JN162247

柴崎友香
岡田利規
山崎ナオコーラ
最果タヒ
長嶋有
青木淳悟
耕治人
阿部和重
いしいしんじ
古川日出男
円城塔
栗原裕一郎
福永信 編

小説の家

鳥と進化／声を聞く

柴崎友香

こんにちは。

夕方から夜になるときに境目はないが、夜から朝になるときにははっきりとした境界がある。わたしの能力ではその瞬間を正確に把握することはできず、せいぜいその境を通過したらしいことをなんとなく感じるだけだ。しかも、なんとも鈍いことに、通過して多少の時間が経ってからでしかない。しかし、鳥にはわかる。鳥が知らせるので、境界が存在するのだと、わたしは教えられる。

わたしたちは、鳥の子孫ではない。恐竜の仲間の子孫ではあるかもしれないが、鳥がさらに進化してわたしたちになったわけではない。恐竜から鳥になる途中と思われる生き物については、化石となって刻まれた岩が見つかっている。だから鳥とわたしたちはいとこのような関係ということはできるかもしれない。いとこよりも遠い、またいとこ、はとこ……。

いずれにしても、鳥が恐竜の子孫なのか、わたししたちもまた爬虫類から進化したのか、ほんとうはわからない。ほんの一秒前でも過去が存在したことを証明することはできないらしいし、それにわたしたちの誰もまだ恐竜を見たことはない（見たかもしれないけど、報告してくれた人はいない）。

でも、わたしたちは、鳥は見た。今、目の前を飛んでいる、鳥。鳥たちとわたしたちは、同時に同じ場所に、存在している。

さっき、夜が明けた。闇の中で鳥が鳴き始めた。つぴつぴつぴつぴ……。その一瞬前には、暗闇の中に青い遠い光が現れた。

「こんにちは」

アパートの階段を下りたところで、ばあさんと鉢合わせた。大家の母親だと思う。前にも一度挨拶をしたことがある。

「こんにちは。どうも」

「二〇三の方？」

「はい」

「小説家なんでしょう？　不動産屋さんに聞いたのよ。小説っていうとジャンルは？　なに小説？」

「なに小説……、えーっと、ホラー小説です」

とっさに浮かんだのは怪奇小説とホラー小説で、怪奇のほうは最近あまり聞かないような気がしてホラーが口から出たが、どちらも違うとは思う。ジャンル、という言葉はちなみに、フランス語だそうだ。「ジャンル」とくっきりしたカタカナの発音で言って、アメリカ人に笑われたことがある。genre.

「ホラー……。呪い殺されたり引っ越した家に怨霊が取り憑いていたりする、おどろおどろしいお話？　それとも妖怪や亡者どもがぞろぞろ襲ってくるような」

「いえ、あのう、ちょっとした、単なる怪談みたいなものです。そんな殺したり殺されたりはしないです」

「ああ怪談！　いるからねえ、怪談が好きな人って。きっとお仕事もたくさんあるんでしょう。お忙しそうで」

「ええ、それなりに」

ばあさんは隣のアパートとの境の通路に生えた草を

引き抜きはじめた。白い小さな花が咲いている植物で、残念ながらわたしはその名前を知らないし花屋で売られることもないだろうが、調べれば、和名、学名があり、属や目なども詳細に分類されている。名もなき花、があるとしたら、新種発見！　植物研究史の一ページに名前を載せてもらえるかもしれない。

「かわ！　かわ！　かわ！　かわ！」

振り返ると、自分の部屋の真上にからすがいた。屋根を軒に向かって何歩か下り、また

「かわ！　かわ！　かわ！　かわ！」

と吠えた。はっきりとした、断言するような声だ。今朝、六時頃にも同じ声を聞いた。布団の中でわたしは目も開けなかったしカーテンも開いていなかった。軒を蹴るからすの足音が聞こえた。そして「かわ！」と四回言った。今朝のからすと、今あそこを歩いているからすが同じ鳥なのかわからない。真っ黒で、大きい羽。あんなふうに体じゅう全部、羽も目も嘴《くちばし》も足も爪も黒い生き物って、ほかにもいるんだろうか。虫。黒熊、黒猫、黒豹。

子どものころに読んだ昔話を思い出す。森の中で、ふくろうが鳥たちの羽を染めるペンキ屋をやっていて、皆の注文に応じて美しい色を塗ってあげていて、からすがほかのどの鳥よりも美しくなりたいからそこにあるペンキを全部塗ってくれとごねて、全部塗ったら真っ黒になってからすが激怒し、追われる身になったふくろうは夜行性になった、という話。

しかし、からすも真夜中に飛んでいる。ふくろうは逃げ切れない。

鳥目。ビタミンAが足りないと鳥目になる、と言われた。鳥は、夜目が利かないはずではなかったか。しかしからすは真夜中に飛び、小鳥たちはまだ暗い夜明けに目覚める。

「あー、あー、あー」

さっきの「かわ！」とは別の生き物のような、くぐもって間延びした声で鳴き、からすは上空へ飛び上がった。

大家さんの家は、三軒向こうにある。あいだに並ぶ三つのアパートは全部その家の持ち物で、建物の見た目にはまったく似合わないが「メゾン・プランタン」「メゾン・エテ」「メゾン・イベール」とフランス語で季節の名前がついていて、なぜか「秋」が抜けている。今度会ったら理由を聞いてみてもいいかもしれない。名前を付けたのはあのばあさんではないか、と思った。なんとなく。

わたしがいるアパートは大家さんの家と反対側の角にあり、角を曲がってすぐの家は空き家だ。二階の真ん中にあるわたしの部屋からは、長らく誰も住んでいないと思われるその広い家が見渡せる。敷地は百坪はありそうだし道路側にある二階建ての山荘風の、今となっては古くさい意匠の家には、このアパートの全部の部屋を合わせたほどの部屋数がありそうだった。ペンキが剝げた木の壁には蔦《つた》が這い、四月に入ってからぽつぽつと小さい葉が生えてきたと思ったらそれぞれがみるみる巨大化し、その蔓《つる》もどんどんと伸びて窓の隙間から部屋の中へも侵入しているようだ。磨りガラスに葉の影が映っている（ついでだが、蔦は部屋が有人か無人かを察知して、空き部屋になるとすぐに窓に伸びてくるらしい。人がいると迂回する）。

裏手の庭の真ん中に大きな木がある。わたしの部屋のベランダの真正面だからよく見える。去年の十月に引っ越してきて、そのときは茂っていた葉が十一月に茶色くなって十二月にはすべて落ちた。なんの木なのか、いまだにわからない。図鑑やインターネットで調べてみても、葉と枝振りと幹と、別々の種類に当てはまるように見える。確かなことは落葉広葉樹で、高さは十五メートル以上。葉は、桜のように縁がぎざぎざしているが、同じ一本の木から細長い葉と円い葉の二種類が生えているようだ。枝分かれするところには大きな瘤が盛り上がっているのも、なんだかわからない。

木は、長い時間が経つと、化け猫みたいに、それ固有の種類になるのかもしれない、と考えるようになった。長い長い時間を生きたものは妖怪になる、とはよく聞く話だ。この木はたぶんわたしが生まれる前からここにいて、わたしが死んだあともここで三百六十五日二十四時間すべての天候を経験し続ける。

鳥の声。つつぴつつぴつぴつつぴ……。


窓を開けて、お茶の時間。

ぴーっ、ぴーっ、と鋭く長い鳴き声が響く。引っ越してきて秋のあいだ、毎日ずうっと聞こえて図鑑に書いてあった「やかましい」という解説がぴったりだと思った。ひよどりの声は、久しぶりに聞いた気がする。渡り鳥でなくても、季節というものがあるのだろうか。春や夏に現れる虫のように、毎年日付を覚えているごとく咲く花のように。節分あたりからひよどりの声はめったに聞こえなくなった。そして、今日、また鳴いている。その間、彼らはどこにいたのだろう。大雨が続いたころ、いったいどこで雨粒をしのいでいたのか。冬、雪が三度積もったそのあいだ。いなかったのか、いたが鳴かなかったのか。鳥は冬眠はしないと、さっき調べた。ならば、毎日どこかで目覚めている。

鳥は、声が聞こえても姿を確認できることのほうが少ない。小さいし、速いし、木に隠れているし、空を飛んでいるときは逆光になってよく見えない。からす以外は。

すずめから見たからすは、人間から見た象くらいに大きいのか。かばぐらいか？　すずめはからすが怖いのか、怖くないのか。

わたしは鳥についてあまりに知らなすぎる。三十七年ものあいだ、なにを学んできたのかと思う。なぜ鳥についてあまり知らなくても生きていけるのだろう。鳥は、あっちの系統で進化した、言うなれば彼岸のわたしたちかもしれないのに。


電車に乗って出かけたら人に会った。

「こんにちは」

「こんにちは。めずらしいですね、こんなところで」

親しい人ではない。打ち上げ的な行事で同じ空間にいることが何度か続いた、という間柄だ。なんの仕事をしているのかも正確には知らない。本屋は本棚に本がびっしりと詰まっていた。本を開くと、どのページにも文字が書いてあった。すべての文字ごとに書いた人がいると思うと、その人間の数に圧倒される。

彼は歴史の本を手にしていた。ヒッタイト帝国の隆盛と衰亡。

「だれ？」

傍らの、髪の長い女が言う。まっすぐに切りそろえた前髪の下の目は、わたしを見ない。じゃあわたしも見ないからな。

男が答える。

「知り合いの知り合い」

「そうなんだ」

見ないまま、女は会釈する。わたしの知り合いの知り合いである男が聞く。

「本を探してるんですか」

「見てから考えます。人間って、やっぱり鉄で変わったと思いますか？」

男が聞き返すような仕草をしたので、わたしは本を指差した。

「ヒッタイト」

「ああ。いや、今度、遺跡巡りに行くんですよ。まあ、鉄は重要だと思いますけどね。少なくとも、ほかの生き物は使わないわけですし」

女が彼の脇をすり抜け、向こうへ歩いて行く。

「それでは、またいずれどこかで」

男は女のあとを追った。わたしは動物図鑑の棚を探してフロアを移動した。エスカレーターに乗って。


朝七時ごろ、はとの声も聞こえるが、姿はまったく見かけない。生まれてから長い間住んでいた街には、はとはたくさんいた。むしろ、はととすずめしかいなかった（からすは木に巣を作るので緑の少ないところではあまり見かけない。東京は森だ）。しかしここらでは、はとは駅のホームの天井で留まっているのしか見たことがない。しかし、駅から五百メートル離れたこの部屋でも声が聞こえる。くーくー、くくー、くーくー、くくー。ああ、絶対音感があればなあ！　音階を書けるのに！

からすのほうはというと、今日はほとんど年寄りの愚痴のような声でしゃべっている。おあぁ、おぉあ、おあ、おあ……。なんなんだよ、なに言ってるのか、おまえら、全然わからねえよ。

わたしはたいていの情報や知識をテレビから得てきた。去年、「言葉の誕生　~私たちはいかにして人間になったのか~」という番組を見た。石器時代の暮らしを描いたアニメーション部分のデザインが妙にかわいらしいと思ったらフランスの制作だった。ペーパークラフトみたいな質感のアニメだった。

それで。人間がほかの生き物と区別される決定的な要因はなにか、道具を使うとか、火を使うとか。その境目が「言葉」だとすると人間はいつ、どのようにして言葉を話すようになったかについて。そういう趣旨の番組。

脳の容量の変化や猿の身振り手振りを認識する能力などいくつかの学説が紹介されて興味深かったが、わたしがもっとも心引かれたのは、鳥のさえずりのようなものから言語が発生したという研究。鳥のさえずりの、繰り返されるメロディの一部分が言語として分節して認識されるようになったという。ならば、言葉より先に歌があったことになる。話すより先に、わたしたちは歌った。では人間がいなくなっても歌はなくならないということだ。

そして、あいつらはやっぱりしゃべっているということでもある。

鳥。目の前に立つ、なにかわからない十五メートルの木にやってくる鳥たち。

十月にこの部屋に来て、まず耳についたのはさっきも言ったようにひよどりだった。ぴーっ、ぴーっ、と空中を削り取って飛ぶような声。

次に聞こえてきたのは、つぴつぴつぴつぴつぴつぴ。これは、その前に二年住んでいた部屋、ここから一kmほど離れた場所で初めて聞いた。ルーバー窓の隙間から見ると、電線にすずめよりも一回り大きい黒と灰色と白の配色の小鳥が留まっていた。

そのような小鳥が野生で暮らしているとは思いもよらなかったので、てっきりどこかの鳥かごから逃げ出してきたに違いないと思い込み、おうちの方はさぞかし心を痛めていらっしゃるだろうと気がかりだったが、しじゅうからは野鳥であり、日本では野鳥は飼育禁止だったのだ。めじろやうぐいすなども飼ってはならない。めじろは鳴き声を競わせる愛好者がおり、輸入証明書を偽造して飼う犯罪者が続出する。近所でめじろのかごを大量に並べていたじいさんは、犯罪者だったのだ。めじろはそれほど美しい声。

もう二十年以上も前のこと、中学の同級生の家によく遊びに行ったが、その家の隣のばあさんが九官鳥を飼っていた。ばあさんの本体は見たことがなかったが、九官鳥はドーム型のワイヤー製の鳥籠に入れられて窓際に吊されていた。

「ピーコちゃん、ハァーイー、は?」

九官鳥は、いつも同じことを言っていた。

「ピーコちゃん、ハァーイー、は?」

ばあさんが言う言葉をそっくりそのまま覚えた。ばあさんが言葉を教え込もうとした行為そのものが、動かぬ証拠として、大声で近所に響き渡っていた。

ばあさんのほうはというと、九官鳥の鳴き真似はできなかった。一方的に自分の言葉を九官鳥に教えようとした。その家は路地の奥の行き止まりの場所にあり、その家との隙間に犬小屋を置いて、同級生は雑種の犬を飼っていた。鼻先の黒い犬。雑種という響きが、わたしは好きだ。九官鳥は、今では飼う家もほとんどなくなった。長生きのはずなのに、どこに行ってしまったのか。

鳥は全般に寿命が長い。調べてみたら、びっくりすると思うよ。

幽霊が出てこない怪談を書きたい。

別の番組で。ペルーにはミイラがたくさんいる。温暖湿潤の日本からは想像しがたいほど空気が乾燥しているので、死んだ人の体は特別な処置をしなくても、ほうっておいただけでミイラになりやすい。その人の形もよく遺っていて、眠っているような表情、そうだ、表情がわかるミイラもいる。ミイラは、エジプトのピラミッドみたいに特別な高貴な人の墓に捧げられているだけではなく、人の家にもいるし、道ばたにもいる。たぶんお地蔵さんや神棚のようなものだ。それでも「ある」と書かずに「いる」と書くのは、ペルーの人がそのお地蔵さんのようなミイラと会話をしているからだ。

何年か前にも、すでに、また別の番組でペルーのミイラをみていた（これもＮＨＫで、さっき書いた二つの番組もＮＨＫだ。わたしの知識はＮＨＫ経由多数、世界の像の相当の部分がＮＨＫ経由で構成されている。いいか悪いかは知らないが、ＮＨＫがなければわたしは別の人間になっていただろう。今のこのわたしではなくて！　だとしたら誰に？）。そのときテレビの人が取材していたのはもっと田舎のほうで、インカ時代の風習も残る、民族衣装を着た人たちだった。取材を受けていた男の人の家の、入ってすぐのところにミイラがいた。彼の父親で、死んでから何年も経っていた。彼は毎日、父親と会話していた。日々のできごとを、思いの丈を、父親に話すように。だって、ミイラは乾いているだけで父親であることになんの変わりもないのだから。

「おれは常におやじと話しているが、今日はあんたらがいるせいでおやじがしゃべらねえ」

というようなことを、彼は言った。苛ついていた。だってお父さんと日々話すことは彼にとってたいせつなことだから。

わたしたち（というのはとりあえず、そのテレビの人とわたしとして）は、話し方がわからなくなっただけかもしれない。あるいは、聞き方が。

たとえば、子どものころにしか聞こえない音がある（それもテレビで見た。ＮＨＫじゃなかった）。可聴域は年とともに狭くなっていく。成長とともに、得る能力と失う能力がある。しかたがない。

それか、言葉が通じない可能性もある。

鳥がなにを話しているのか、わからないのと同じで。ミイラにはミイラ語があるのかもしれない。わたしがミイラになったら、誰がミイラ語を教えてくれるのだろう。

そうそう、鳥の話。からすは頭がよい。道具も使えて、線路に胡桃を置いて電車に割らせることだってできる。それよりもわたしが戦慄したのは、滑り台を滑っている映像だった（これはなにチャンネルで見たか忘れた）。二羽のからすが交代で、滑り台を滑り降りてはまた上に登り、滑り降りて、を繰り返していたのだ。つまり、彼らは遊んでいた。遊ぶ。生きていくために必要なこと以外のことをする。

　さっきからまたやつらがしゃべっている。

ああああー、ああー、ああー。

　おあ、おあ、おああ。

　からすたちは子育て中。あの木のてっぺんに巣がある。どこかから枝を銜《くわ》えては飛んできて、巣ができた。からすの見分けがつかないから、何羽があの巣を作ったのかわからないが。

　おいっ、おいっ、おいっ。

　あれってどこかで野球の練習でもやってるかけ声かと思ってたらからすだったのかー。そういえば近くに野球ができるような場所ないもんな。

おおお、おお、おあお。

鳴き声は、決してランダムではない。はっきりと、いくつかの種類に分かれており、場面場面で使い分けている。返ってくる別のからすの鳴き声にも、法則がある。

　もしかしたら、わたしはからすの言語を解することができるようになるのではないか、と妙な自信が湧き立ち、手近にあったペンを取ってメモをとりかけて、気づく。

　こんなことはすでに何十人、何百人の鳥博士たちが研究してきたことであろう。彼らはもっと幼いころから熱心にメモを取り、からすの声を聞き、さらにその行動をつぶさに観察し続け、仮説を立て、証明しようと日夜研究に没頭し、仮説は破られ、また別の発見があり、一歩ずつ、前進と後退を重ねて、からすを知ろうとしてきた。からすの鳴き声辞典、のようなものもすでに存在するだろう（わたしはすぐに飽きるから、とてもそこまで到達できまい）。

　だがしかし。にもかかわらず、わたしたちとからすは、まだ会話をすることができない。

人間はなぜ、こんなに多種多様な発音ができるような喉の構造になったのだったか。それもテレビで見たはずだが、忘れてしまった。二足歩行になって首が上に伸ばされたから？

人間と、歌う鳥たちとなにが違うか。人間の言葉は、ここにないものも表せるそうだ。言葉を聞き、存在しないものでも想像することが可能だ。リプレイス、言語的類推という能力、だと番組で解説していた研究者が言うには、青い空、青い川、青い果実、などから「青い心」という目には見えないはずのものを言葉で表して想像することができる。その能力を加えてシミュレーションすると人間の表現力は飛躍的に進化するのだそうだ（ほかの研究も含めて、それらは研究者たちが長い長い試行錯誤を積み重ねてようやく姿を現しはじめたビジョンであり、テレビで見ただけの自分がしかもそのおもしろそうなところだけをちょいちょいっとつまみ上げて書いてしまっていることは、お詫びしておかなければならない）。

人間に言語的類推の能力があるとしても、からすに聞いてみることができないから、実はからすが目に見えないもののことをしゃべっててもわたしたちにはわからないからなー。

今日も雨だ。日本の天候は変わったのだ。五月はもう梅雨だ。五月雨、はもともと梅雨のことだから、ずれた新暦に合わせて季節も移動してきたに違いない。でもそうすると閏月のある年には行方不明になる季節が発生する……。あれ？　間違えた。

とても雨。少し、やんだ。

階段を下りてアパートの前で大家さんちのばあさんにまた会った。雨が降る季節になってから、アパートの前の植え込みに突然降って湧いたように生えた草を抜いて、ゴミ袋に入れていた。花のない、細長い草。縮れた根についている土は、養分の多い色をしている。

「こんにちは」

「あら、こんにちは。わたしは農家だったからね、草取りしないと落ち着かないのよ、体は動かしてないとね、うちはもうずっと農家でね、実家も嫁に来たこのうちも農家、あっちの線路の向こうまでずーっとここの土地だったのよ、父はね都議会議員を四期務めて勲章いただいてね、それでも死ぬその日まで畑仕事してたのよ」

「それはすごいですね」

「ところが息子なんて大豆と枝豆は別の植物だと思っていたのよ。うちにだって植わってたのに。土じゃなくて機械ばっかりいじって、その子どももおんなじ、孫なんてもう小遣いほしいときにしか来ないんだからって、夫と笑い話にして、まあそんなものよね、ほら、うちは代々農家だったからね、土が根本なの、体を動かしてないと落ち着かないのよ、草取りなんかもね、業者に任せてもいいんだけど、農家だからね、あっちの線路の向こうまでずーっと畑があったのよ」

「そうなんですね」

「夫はずうっと柔道教えてるから、今でも体は頑丈で、近所の子どもに無償で教えてあげたりしてね、でも自分の孫は小遣いほしいときにしか来ないとか言っちゃって」

「そうですか」

「生まれたときからマンション住まいでね、土なんて虫がいるから触りたくないなんて言うのよう、うちの父なんか畑に手を入れない日なんて一日もなかったのに、ほんとに死ぬその日までね、葱に土をかぶせててそこで倒れて、都議会議員を四期務めて勲章いただいてたから、なにもしなくてもよかったんだけど、ほら、代々農家だから」

「そうですよね」

「わたしも草を見ると落ち着かなくて」

湿った植え込みは整えられ、ピンク色のカルミアが金平糖《こんぺいとう》のような形で咲いていた。ばあさんのうしろを黒い影が横切ったので見上げると、からすが大家のうちの屋根によじ登るところだった。

「かわ！　かわ！　かわ！」

あの「かわ！」の意味だけでいいから知りたい。誰にも言わない、人間には教えないから、教えてほしい。

わたしは耳鼻咽喉科に行った。耳鳴りがおさまらなかったし、寝返りをすると部屋全体が回転するように感じた。結構前からだからきっと恐ろしい病気などではないのだが、時間ができたので来てみた。案の定、はっきりしたことはわからなかった。

漢方の本で読んだところでは、耳鳴りというのは内耳に水が溜まっている状態なのだそうだ。音を聞くところと平衡感覚を感じるところが同じなのはどうして？

わたしは、緑色の階段をぐるぐると下りた。踊り場の小窓から薄日が差していた。階下から、ぼそぼそと声がした。鳥ではなくて、人のようだった。三階から二階のあいだまで来ると、なにを言っているのか聞き取れるようになった。

「あ、ほら、晴れてきた。よかったよかった」

若い女の声。誰と話しているのか、相手の声は聞こえない。

「ねえ、ほんとに、待たされちゃったよね、早く帰りたいのに」

携帯電話か。いや、独り言？　階段を一段下りるごとにはっきりと聞こえてくる声から、女の姿を想像する。楽しそうだ。こんな蒸し暑い日に。一人で、なにを言っているんだろう。

「そう、見えるの、おもしろいの、そうだねえ」

最後の踊り場を曲がると、ビルの入り口に女が立っていた。ベビーカーがあり、女は腕に子どもを抱いていた。まだ生まれて何か月かの、頭の毛の少ない子ども。女は体を揺らし、子どもの顔を覗き込んで言う。

「ほんと？　楽しいの？　よかったねえ。おばあちゃん遅いね、電話してみようか？」

その子、「電話」なんて言葉わからないのに！

わたしの頭の中で、驚きの叫び声が聞こえた。わからない相手に、なんで「電話」なんて言うんだ？

女は振り返った。若くて色の白い、やさしそうな顔にはまだほほえみが残ったままだった。

わたしは自分の動揺を隠せないまま、女と子どものほうを見ながら、その横を通ってビルを出た。わたしがあんまりにも目を丸くして見つめているので、女のほうでも、なにか起こっているのかと不安げな表情になった。しかし彼女に説明して不安を解消してあげる余裕がないほど、わたしは混乱していた。

どうすれば、言葉の通じない相手に、話しかけることができるんだろう。あんなに、自然に、しかも幸せそうに。

自分が書きたいと思っている怪談は、この感じではないのか。ずっと考えていたら、帰りのバスで珍しく酔った。


台風が南の海上を進み、朝から大雨となった。降水は昼過ぎに一旦小康状態になったが、空は厚い雲が風で流されており、薄い灰色と濃い灰色のまだら模様で覆われ、部屋の中はずっと薄暗かった。

午後三時過ぎ、ばらばらばらと大粒の雨が建物のあらゆる表面を叩く音が響き渡った。雨の音は好きだ。大雨の日に部屋の中で濡れずに音を聞いていられることは最大の贅沢だ。

あんまりにも凄い音なので様子を見ようと、わたしはベランダのある窓に近寄った。薄いカーテンを開けようとしたその瞬間、ベランダから大きな黒い影が動いて飛び出した。慌ててカーテンを引くと、真っ黒なからすが裏の空き家の屋根へと舞い降りるところが見えた。わたしはもっとよく見ようと、もう一つのベランダがないほうの窓へ駆け寄った。大木の枝先からも葉の一枚一枚からも庭中に生い茂った草や低木も雨に打たれてはその滴を地上にまた落としていた。空き家の赤茶色の屋根を、水が川のように流れ、途中で壊れた雨樋からは滝のように水が流れ落ちていた。強い風が吹き、雨も木々もいっせいに波打った。

そして、からすは。からすは、赤茶色の屋根の上で、太い爪の伸びた足を踏みならして位置を定めたあと、雨を浴びていた。嘴を斜め上に向け、たたきつける水滴を、真っ黒な羽で覆われた体の全体で受けていた。

しばらくそうしていたと思ったら、水の流れる屋根をつーっと滑り降りてきて、雨樋に頭をつっこみ、水を飲んだ。つっこんでは真上を向いて水を喉へ流し込むことを繰り返し、またつっこんで今度はそのままごくごくと飲んだ。合計一リットルも飲んだのではないかと思うほど首をつっこんでいたあと、からすは雨樋の外れかかった金具を鋭い嘴の先で挟み、何度か力を込めて首を振ると、金具は外れて、からすはそのまま銜えた金具を庭へと放り投げた。

それから、飛んだ。ごうごうと鳴るほどの雨と風の中へ舞い上がったと思うと、空き家の別棟のアンテナのてっぺんに留まった。遠くの空では、鈍い灰色の雲の中で青白い光が弾けた。しかし、からすはほんの少しもその光も、震動とともに伝わってきた低い雷鳴も気にかけることなく、ぽかんとあいた空間に掲げられたアンテナのてっぺんで、雨を浴びていた。

窓を開けた。からすが、こっちを見た。雨が吹き込んできた。からすはわたしになんの関心も示さず、また天を向いて、長いあいだ強い雨を浴び続けた。

女優の魂

岡田利規

私はこのあいだまで、女優でした。小山サダ子という芸名で舞台の役者をやっていたのです。でも、今は違います。

私が女優をやめたのは、芝居をするのは好きだったんですけれどいかんせん役者はお金にならないので、三十を間近に控え、芝居は私、そろそろいいかもな、それより結婚して幸せな家庭を、的な考えにシフトしたからです。というのは嘘です。私はそんな平凡な「幸せ」観の持ち主ではありません。というか、そのような幸せの形を想定してそれに憧れたりすることが、私はどうしてもできないのです。むしろそういう価値観に憧れることに対して憧れるところがあるくらいで、何度もそれに挑戦してみたのですが、そういった枠の中に自分の気持ちを嵌め込んで満足できるならそれに越したことはないわ、と思ってやってみたのですが……てんで無理でした。いわゆる、業が深いというやつなのですね。

私が女優をやめたのは、私が死んでしまったからです。これではさすがの私も、女優をやめざるを得ませんでした。生きていたら、ずっとずっと女優をやっていたかった。東北の地方都市で生まれた私が、大学入学を機に上京したのと同時に演劇にのめり込み、学内の演劇サークルでの、客といってもみんな仲間内、みたいな芝居に出たのが初舞台で、それから徐々に実力を付け、あくまでも東京のマニアックなインディペンデント演劇の世界、というごく狭い領内でのみ流通するものではありますけれども、知名度も付いてきて、そしてようやくここ数年少しずつ、定評があったり野心的だったりする劇作家なり演出家の作る芝居にも出られるようになってきていたのです。おもしろそうな芝居のオーディションを見つけて応募してみればだいたい三割強の確率で通る、というくらいにはなり、ときには先方からオファーをいただくようなこともありました。雀の涙程度のものとは言え、ギャランティもらえるようになってきていたのです。チケットノルマを課せられて、言ってみれば、持ち出しで芝居に出させていただく、というのが東京のインディペンデントな演劇ではごく普通のスタンスです。はじめのうちは私もそうでしたが、それにくらべれば信じられないくらい環境がよくなっていったのです。そんな矢先の死だったのです。十年とちょっとの女優人生でした。

私の死は不慮の死でした。それはある芝居の稽古期間中のことでした。私はその芝居の共演者のひとりであった、Mさんという女優さんに殺されてしまったのです。Mさんがそんなことをする人だとは、私はゆめゆめ思っていなかったので、これはとても意外なことでした。

Mさんが私を殺したのは、私に恨みを持っていたからです。というのも、その芝居の稽古始めの段階では、Mさんは、ある重要な役を演じることになっていました。ところが、稽古期間も中盤に差し掛かった頃、Mさんはその役から降ろされて、それよりいくぶんか出番の少ない役に回されてしまったのです。理由は明白です。Mさんの実力ではその役を演じるのは無理だ、という判断が下されたのです。正直申し上げて、これはもっともな判断だと私は思いました。そしてこれは私だけではありません。あの現場にいた誰しもが、プロデューサーだか演出家だかによるその英断に、内心では感心していたに違いないのです。Mさんは、顔はちょっとばかし可愛いのですが、あくまで「ちょっとばかし」であって、それも二十三歳だか四歳だか、そういった現在のMさんの若さにその多くを依存しているような可愛さなのです。そして肝心の演技力といえば、これがもうからきしダメなのでした。Mさんの場合、せりふを言うことや、身振りをしてみせることが、どうしても、Mさん自身の問題にとどまってしまっている感じがするのです。そしてそれっていうのは私に言わせれば、役者にとって致命的にダメ、ということなんです。

Mさんは、演技力の致命的な欠如を、かろうじて彼女が武器にできるところのもの、つまりそのちょっとばかしの容姿の可愛らしさでもって、なんとか補おうとしているところがありました。もちろん、Mさん本人が「わたしは可愛い」とか「可愛さを売りにしてる」とか口にしているわけじゃありません。Mさんだってそこまで愚かなわけではありません。けれども、内心でそう思っていること、若さがその主要素であるところの可愛さに、彼女が甘えていること、そういうのは、振る舞いを見ていれば分かるものです。そして私は、なんといっても十年以上女優をやっていますから、そういうタイプの人たちがみじめな末路を辿っていく、というこれはもう一種のパターンと言えますが、それをもう何度も目にしているのです。そういう目を通して見ると、ま、意地悪な話ですけれども、Mさんのような可愛さは、もはや全然可愛いと思えないのです。女優は可愛い必要などないのです。女優に必要な要素は何か？　それは、ただただ強い女優であることだけなのです。

さて、Mさんが新しく割り振られた役は、嫉妬深くてヒステリックにギャーギャーわめいていればいいだけ、と言えないこともない役でした。こういうのは実は簡単な役なのです。「実は」でもなんでもないのかもしれませんが。演じることに格別の面白みがあるというわけでもありません。

そして、です。その役を当初演じることになっていたのは、私だったのです。つまりこれは、Mさんが降ろされた役をMさんの代わりに演じる女優として白羽の矢を立てられたのが、この私だった、ということですね。役を取り替えた、というわけです。

こうしてMさんは、私に役を奪われた形になったのですが、でも言わせてもらえば、なにも私は「奪った」わけじゃありません。役が変更になる話は、私にとっても降って湧いた話だったのですから。けれども、Mさんにとってはそんなふうに思えなかったのでしょう。それはまあ、無理のない話です。そして、それが面白くなかったのでしょう。だから私に対して殺意を抱き、そして実際に私を殺したのです。これについては、無理のない話だとはさすがに思えませんけれども。

ところで当の私は、こうして実際に殺されてみるまで、Mさんにまさかそんなふうに思われているなんてことは、ちっとも知りませんでした。Mさんは稽古場でも毎日とてもにこやかな人だったし、共演者に気を配ることもできる、とても良い人でした。演出家の言うことも素直に聞きます。役の変更を告げられた後も、もちろん努めて明るく振る舞っているのだろうということは想像できていたわけですけれども、とても根に持ってるようには見えなかったのです。でも、Mさんだって女優ですから、表面を繕うことくらい簡単にできたのでしょう。それにしても、そこまで想像が及ばなかったのが、その程度の演技力もMさんにはないと私が高をくくっていたことを意味するのだとしたら、これはずいぶんと失礼な話ということになりますね。あはは。

役柄の変更がMさんに告げられた週の、その翌日は稽古休み、という日の稽古が終わった後のことでした。そういうときは決まって、稽古場の有志で飲みに出かけるものです。当然この日は、Mさんをそれとなく積極的に誘うという場の雰囲気がありました。けれどもMさんは、すみませんわたし今日友達とご飯食べに行く用事を入れちゃって、と、やんわりと断って、恐縮しながら稽古場から出て行きました。

私はその飲み会に参加しました。私はお酒を飲むのが大好きだったからです。話題はもっぱらMさんのことでした。Mさんがここにいれば、こんなことにはならなかったでしょう。酔いが回った先輩の男の役者さんから、「こんなことになってお前さー、やりづらくないの？　後ろめたさみたいのって感じないわけ？」と絡まれましたが、私は「いいえ、別に」と言ってのけました。これは強がりでもなんでもありません。私は全然そんなものは感じないのです。私は女優ですから。

東京では飲み会は終電でお開きになるものです。私はほどよい酩酊状態で、私の最寄り駅まで電車に揺られ、アパートまでの道すがら、煙草を吸って夜風に吹かれながら、いい気分でした。そして実はこのとき私はMさんに尾行されていたのですが、そんなことにはまったく気づいていなかったのです。Mさんは私の住まいの場所こそ知りませんでしたが、最寄り駅がどこなのかは知っていたので、駅でさりげなく待ち構えていたのです。改札から地上へと降りる階段は二つあって、そのうちの一方を降りたところに、午前一時まで開いているモスバーガーがあり、Mさんはそこのガラス張りの窓際の席で私を張っていたのです。私が使うのがもう一方の階段だったら私は、少なくともあの日に殺されることはなかったのでしょう。アパートに帰る前に、私はコンビニに立ち寄ってハーゲンダッツのアイスクリームを買いました。そのあいだMさんは、店には入らず、少し離れたところで立って待っていました。

アパートの建物の、地上階にある郵便受けを開けて中に入っている、チラシだとか、知り合いの役者さんが出る芝居の公演案内などを取り出しているあいだに、Mさんはすすっ、と私に近づいて来て、私の名を呼びました。私は振り返り、そのとき初めてMさんの存在に気が付いたのです。

「あ、Mさん」と私は言いました。

「小山さん」とMさんが言いました。「演技のことで、相談があるの」

「え、何？　私なんかでよければ、相談には喜んで乗るわ」こんなところまで尾けてきて演技の相談なんておかしいだろう、という考えが浮かばないくらいには、私は酔っていたのですね。

そして、Mさんは言いました。「ねえ、小山さん。私、感情表現が細かくできる人になりたい。今の私には、そこが足りないと思うの。どうしたら、小山さんみたいに、細やかな感情表現ができるようになるのかしら？」

げっ、と私は内心では、Mさんに向かってヘンな顔をしてやりたい気分でした。そんなことを本気で悩んでいるから、あんたダメなんだよ。

けれども私は、次のように丁寧に答えました。

「実はね、私がやってることは、ほとんど真逆よ。私は感情を細かく表現しようとは思ってない。むしろ、努めてガサツにやろうって思ってるくらい。私が思うのはね、たぶん大事なのはね、感情のひだをどこまでも細かくしていって、それを的確に描写すること、ではないの。その気になればいくらでも細かくすることができてしまうそれを、ある程度のところでばっさりとやるの。そしてそのガサツさを、自分で引き受けるの。そう、引き受けること。それが大事だと思う。そうしないと、いつまでもカメに追いつけないアキレスの話、知ってる？　ああいうことになっちゃう。あれって、滑稽でしょ？　そういう演技って、きまじめだし、けなげだなって思わせるけど、でも、決して強い演技じゃない。演技は、強くなくちゃね。そして強さは結局、引き受けることから生まれるんだと思う」

ちなみに、これはほとんどその場の出任せです。その割にはいいこと言ったと思う。

「すごく参考になったわ」とMさんは言いました。

「どうもありがとう」

「どういたしまして」そしてこのときになって私は、なにやら妙な気配がここにはあるということに遅まきながら気が付いたのです。

「ねえ、小山さん」とMさんはなにやら思い詰めたような表情で言いました。「ごめんね」

「え、何が？」と事情がなんだか飲み込めないでいた私は言いました。

「でも、こうしないではいられないの」とMさんは言うと、私がきょとんとなっていたその数秒を見計らったかのように、すばやく、このときすでに両手にしていた細いビニール製の、紙ゴミなんかを束ねるときに使うテープを何本かくるくる寄せ集めたのを、私の首に巻き付けました。私は、テープがきゅっ、と私の首を締め付ける、その苦しみを感じていた数秒間、もしかしたらこれって苦しいんだけどそれと同時に気持ちいいかも、なんてことを思いながら過ごしていました。あ、Mさんは私のことを殺したいって思ってたのか。ネガティブな感情を向けられていることに気づかなかったのは、どんだけ私が暢気で鈍感で、人の気持ちが分からないんだっていう話かもな、なんてことも考えました。私はあまり苦しまずに死にました。Mさんが私を上手に殺したのは、はたして事前の練習のたまものなのか、それともたまたまのことだったのでしょうか？　あ、あと私が食べようと思っていたハーゲンダッツ、マカデミアナッツ味のやつだったのですが、あれはどうなったのでしょう？　郵便受けの下でコンビニのビニール袋の中でむなしく溶けてしまったのでしょうか？　もしかしてMさんが食べていたりして。ま、そんな細かいことはいいですけど。

それにしても、あと三週間と少しで本番を迎えるというときに死んでしまったのは、悔しい限りです。なんと言っても、女優にとって本番の舞台に立つことに勝る歓びはありません。死んだのは、翌週に初めての通し稽古が予定されている、といった時期でした。私が抜けた穴はどうしたんでしょうか？　まあ、どうにかしたんでしょう。それで公演が中止だなんてことは、あり得ないわけですから。代役なんて、誰にでも務まります。せりふおぼえて段取りおぼえて、その通りにこなせば、それで「なんとかなった」ことになる。芝居ってそういうものです。だから代わりなんて簡単に見つかるのです。断っておきますが、これは私自身の見解ではありません。私に言わせれば、役者の仕事ってそんなテキトーなものでは全然ありませんよ。でも、一般的には芝居って、そういうものだと見なされています。だからある意味では、その程度でいいのだとも言えてしまうわけです。一般にどう思われているか？

というのはとても大事なことなのですから。それを無視することは許されません。芝居は、一般に対してやるものなのですからね。

言い換えれば、私の女優としての十年と少しは、こうしたこととの葛藤の連続の、十年と少しでもあった、と言えましょう。いや、それはちょっと言い過ぎですが。しかし、とにもかくにもその葛藤から私は、もう解放されたのですね。

●

嗚呼。死んで肉体を失ったということは、これはもう、演技ができない、パフォーマンスができない、ということです。舞台上に自分の身体をどん、と置くこと、そしてそれを観客に差し出すこと。要するにパフォーマンスって、ただそれだけのことですから。でも、身体がなくなってしまったら、それだけのことが、もうできなくなってしまう。

すごくうまくいったパフォーマンスの記憶も、身体がなくなったのと一緒に、失われてしまいました。なぜならそういう記憶は、身体にだけ宿るものだから。あー今夜のお客さんすごくちゃんと見てくれていたなー。集中して付き合ってくれていたし、私たちも私たちでそれに応えられていた、そのように思えるときに会場に確かに形成されていた、金属の線に熱が通ってジリジリ音がしてる、みたいな感じの緊張感は、とてもたまらないものです。

私が何かせりふを言うことが、そしてたとえば腕を持ち上げるという動きをしてみせることが、そういう緊張感を生む、それって奇跡だと思います。どんな動きでも別にいいのです。手のひらをゆっくりと開いていく、すると手首から延びている指の骨が、手の甲の表面に浮かび上がってくる。そういうのだっていいのです。なんでもいい。なんでもいいということが、すごく大事で、だからこそある動きをすることに決めるのです。せりふを言うのもおなじです。決まったせりふを毎回言う。私はなぜこの決められたせりふを言うのだろう？　なぜ、腕を上げるとか、他のいろんな動きを、するのだろう？　そこに意味や動機なんて必要ない、ということは、実際に舞台に立てば、比較的すぐに分かるはずのことです。なぜここで腕を上げなければいけないのか意味が分かりません、だなんて言って、そういうところで引っかかってるような人は、はっきり言って鈍感なんだと思います。舞台上で行う行為が観客にもたらしている効果といったものが、見えていない、感じ取れていないから、そんなこと言うのでしょう。私の行為が、空間を現にこうして、こんなにも変えているというのに！　もう少し正確に言えば、観客にとっての空間というものを、ぐいっとねじ曲げたり、ぐぐっと収縮させたりしているのに！　そういった効果を与えているということ以上に、一体どのような根拠が、具体的なパフォーマンス行為に必要だというのでしょう？　動機を真剣に追い求めるというのは、たぶん、考えどころを完全に勘違いしてるんだと思います。

まあ、いろいろな考え方があっていいんですけれどもね。

それに、動きになんてどうせ意味はないよ、って開き直っちゃっても、それはそれでつまらない。間違ったこと、イタいことを何も犯していないものって、逆に見る意味がなかったりしますからね。だからパフォーマンスは、失敗をしていいのです。役者が舞台上でやることなんて、言ってみればとても簡単です。舞台上でなにか言葉を言ったり、なにか動きをしてみたりする、というだけですから。そんなこと、誰にだってできます。

けれどもです。難しいのは、パフォーマンスには成否というものがある、ということです。成否を問題にした途端、パフォーマンスというのはとてもシビアなものになります。もっとも、成否なんてことを問題にしないでパフォーマンスをしたり見たりすることは、全然アリなのです。成否なんて気にしないでいられる、というのを比較的容易にできるのは、パフォーマンスというものの、とても良いところです。

けれども、私たち役者は、そこで敢えて、パフォーマンスの成否というのを必死になって問題にしてみるわけです。この世のほとんどの人にとって目くじら立てるようなことじゃないものに、真剣に目くじらを立ててみる、ということをしていたのです。少なくとも私は、そうやってきました。成否に必死になって、そのうえで失敗をしてもいい。つまりある意味では、失敗というのはあり得ないのです。

ところで私の意見では、パフォーマンスの成否、というのは、これはもう非常にはっきりした基準を持っています。もしかしたら、無数の基準がそこにはある、と思われているかもしれませんが、私はそうは思いません。

もしも役者が、舞台上でなにかを言ったり動いたりするとき、その言い方や動き方自体を、あーだこーだ、もしくはあーでもないこーでもない、と問題にしていたとしたら、そのパフォーマンスは絶対に否、です。だってそれって役者が自分のパフォーマンスを所有して手放さないでいるということだから。観客にそれを渡そうとしてない、ってことだから。Mさんの演技なんか、まさにこの典型です。

そうではなく、自分がある言葉を言ったということのその効果を、または、自分が動いてみせたことのその効果を、問題にすることができているとしたら、それはきっといいパフォーマンスです。そのように遂行されたパフォーマンスは、空間を変化させること、あわよくば時間を伸縮させることができる。少なくとも、その可能性を持っている。

そして、こうした絶対的な成否の基準にもとづいた成功に、自分が行うパフォーマンスを導こうとすること。実際に成功に導いてみせること、これはけっこう難しいのです。誰にでもできることじゃありません。役者とかダンサーとか、そういう人でなければ、それはできないことです。まぐれで成功させることならば、素人だってできます。ボウリングでストライクを取ることが、誰でも一ゲームで一回くらいならばできるでしょう。それと同じです。でも役者は、ダンサーは、それをもっと高い精度でやるのです。私は自分がそれをできることに、誇りを持っていました。

けれどもそんな誇りを見せるのも、なんだか照れくさいものです。なので私は、自分のことを女優、女優、と女優呼ばわりしていたのです。小山さんは気位が高いだけの人、みたいに思われているほうが、あの人は真摯なアーティスト、みたいに思われてしまうより、私はよっぽど気が楽だったから。

最近、お客さんが自分のことを見ているのが気持ちよくて好き、みたいな俗っぽい感覚って、逆にすごく大事だなって思うようになってきていました。そしてその感覚のさらに先に、きっと何かがあるような気がしていました。でも、私の探求は、そこまでで終わりとなりました。とりあえず、お疲れ様。

●

さて、私が不案内な死後の世界をさまよっておりますと、やがて人々がある流れを持って一方向に歩いている、という感じになったので、私もそれに従って進んで行きました。やがて、「新規登録の方はこちらです」とみなに声をかけている人が見えました。みなでぞろぞろと役所とか税務署なんかにありがちな、いかにも面白みのない建物の中に入って行きました。「各種登録」という案内板が出ていて、どうやらその窓口に並ぶ必要があるようです。

そこに大人しく並んでいたら、若い男の子に声をかけられました。線の細い、見るからに神経質そうな青年でした。服装はわかりやすい感じでおしゃれです。色彩の主張が強いポール・スミスのシャツなんて着ています。

「僕はあなたに会ったことがあります」と彼は言いました。「僕は和歌山と言います」

「私の出てた舞台を見てくれたことがあったのかしら?」と私は言いました。

「あ、舞台じゃなくて、僕が通ってた大学にデッサンモデルに来てくれたときに会ったんです」と和歌山クンは言いました。それを聞いて思い出しました。彼の顔にも見覚えがあります。和歌山クンが言っているのは、私がアルバイトで美術モデルをしていたことです。美術サークルとか美大なんかに出張して、クロッキーやデッサンなんかのためにヌードモデルをやっていたのです。

私がとある東京の美術大学の名前を言うと「そうです、その通りです」と和歌山クンは言いました。

私は思わず「あそこの大学は、ひどかったなー」としみじみ言ってしまうのでした。苦笑いせずにはいられないのでした。いやー、あそこはモデル仲間のあいだでもひじょうに評判の悪いところでした。モデルへの気遣いがまるでなっていないのです。ポーズを取る際に床に敷くカーペットに壁蝨《ダニ》がいるわ、デッサンの実習時間のあいだ講師が教室を空けるものだから、学生に緊張感がないわ。

宅配便の業者の人がなにやら荷物を持って教室の中にずかずか入ってくる、なんていうことさえ何度かありました。ガラガラ、と引き戸を開けながら「失礼しまーす。〇〇便でーす」とか言って入って来て、そして教室の中のある種独特の空気にただちに気がつくわけですが、すると「あ、すいませーん」なんて言ってすぐに出て行くんです。モデル仲間のあいだでは、あれはわざとやっているんじゃないか、というのがすっかり定説になっていました。そして女優である私の目から見て、それは間違いのないことでした。業者の人たちのさり気ない小芝居、というのがあまりにも素人くさいのが、私くらいになると、完全にお見通しです。うっかり間違った、という体で入ると女の裸を拝めるぞ、という情報が、彼らのあいだで流れているのでしょう。教室の中に教師がいない率高し、ということもすっかり共有されていたのでしょう。

「はっきり言って、あの大学はクソだと思ったよ」と私は言いました。「そもそも訊きたいんだけど、君はあそこで何かを学んだ、っていう実感あるわけ？」

「まあ、なーんにも学ばなかったとはさすがに思いませんけど」と彼は言いました。「でも、親に高い学費払わせたのに見合うだけのものを得たかと言われたら、とてもじゃないですけどそうは思えないですよね」

「基本、学生にやる気がなかったよね、あそこは」私も彼がダメさを認めたのに便乗して、ここで少し悪態をつかせてもらうことにします。「裸になる甲斐がほんっとにねえなココ、って思いながらやってたよ正直」

「そうですか。でもまあ、そうですよね」と少ししょげ気味になっている和歌山クン。

「この中にいる奴の誰一人としてまともなアーティストになんかなれるわけねえ、って内心で思いながらやってたよ」と私。

「まあ、そう言われてしまっても仕方ない雰囲気でしたよね確かに」と和歌山クン。「実際、同期やその前後含めても、別にこれといった奴、出てないですし」

和歌山クンがどんどん恐縮してくるので、私はなんだかおもしろくなってきて、それが私の本性なのかどうかもよく分からないのですが、なぜかSっ気が出てきてしまっていました。

「私のほうがお前らなんかよりよっぽどアーティストだよ、女優というアーティストだよ、って思いながら裸の姿晒してたよ」と私。

「とにかくいろいろとその節はすいませんでした」と和歌山クン。「でも、ほんとひどかったですよね。モデルさんのこと携帯のカメラで撮るやつとかもいましたからね」

「そういえばあったねそんなこと。私も一度、撮られたことあった！」私はそれを聞いて、思い出が甦ってきて、おかげで今さらながらムカムカしてきました。「あれは信じられなかったよ。だって、人としてあり得ないでしょ。まあ、私は目の前でただちにデータ消去させたけどね」

「そうでしたね。でも僕あのとき、あ、このモデルさんかっこいいなって思ってました」

「かっこよくもなんともないよ。そんな写真勝手に流出したらイヤでしょ。自分の身を自分で守っただけだよ。そうじゃなきゃ誰も守ってくれないんだから。世の中出たらそういうもんでしょ」

「あ、そういうもんですかね」

「ていうか、和歌山クンは卒業してから何やってたの？」

「まあ、普通ですよ。一応、大学は院まで行ったんですよ。で、修了して、あとはまあバイトしながらこつこつ制作は続けて、みたいな感じでしたけど」

「なんで死んじゃったの？」

「いやー、それはまあ、自殺ですね」と和歌山クン。

「自殺なんだ。すごいね」

「すごいかどうかは分かんないですけど。小山さんは？」

「私は他殺だよ」

「ていうかそっちのほうが俄然すごいじゃないですか！」

「私のことはいいよ。え、どうして自殺？」

「まあ、ベタですけど、絶望したんですね」

「何に？　自分の才能に？」

「うーん、どうなんでしょう？　割とそれ以前の問題ですかね。アーティストって一体なんなんだろうな？　って思っちゃって」

「アーティストってなんなんだろうな、とは？」

「アーティストって意味ないな、と思って」

「意味ない、とは？　世の中の役に立たないってこと？」

「まあ、それも、意味のなさ、の一つではありますかね」

「ふーん」

ここで会話はちょっと淀んでしまいました。

「でもさ、何も死ななくたって、アーティストやめればいいだけの話じゃなかったの？」私はふたたび和歌山クンに向かいます。

「いや、それはでも原理的に無理ですよね」

「え、どうして？」

「だって僕は別にアーティストだったわけじゃないですもん」

「え、違うの？」

「ていうか、それで食ってなかったし」

「それで食ってなくたって関係ないよ。そう言っちゃって良くない？　アーティストはアーティストだよ。」

「やー、その考え方って、でもぶっちゃけ難しくないですか？　考え方としてはすごくその通りだと思うんですけど」

「私だって女優で食ってなかったけど、私は自分のこと女優って言ってたよ。美術モデルとは思ってなかった」

「ていうか小山さんはでも認められてたでしょ？」

「せっまい世界でだよ」

「いや、たとえそうでも、認められてたでしょ？　僕はその点が、ぜんっぜんですもん」

「そ、そうか」

「まあそれはともかく、今僕が言いたかったのは、僕はアーティストなわけじゃないから、アーティストをやめることもできないっていうことですよ」

「なんだそりゃ」

「や、でもそうだったんですよ」

「アーティストじゃないんだったら、アーティストって意味ないな、なんてことで悩まなくなっていいじゃん」

「え、でもアーティストになりたいじゃないですか」

「どっちなんだよ！」

「だからどっちもなんですって。アーティストになりたいのに、なったとしてもアーティストなんて意味ないし、でもそれ以前に自分はアーティストになってさえいない、という具合に二重三重に苦悩がこんがらがってたんです」

「あっそう。ん？　それって二重三重、なのか？　まあいいけど」

「でも、悪いなとは思いますよ、せっかく小山さんが裸まで見せてくれたのにこんなこと言って、すみません、って感じです」

「そんなことはいいよ。私が舞台の女優やってるってこと、和歌山クンは知ってたんだっけ？」

「あ、それはいつだったか、実習終わったあとの時間に小山さんとちょこっとだけ話したことがあったんですよ、そのとき聞きましたよ、いつもは女優やってるって。へーそうなんですか、って言いましたよ確か」

「私、和歌山クンに公演のチラシとかあげたことってあった？」

「もらったことありますよ。でも、すいません、見に行ったことはなかったです」

「いいんだけどさそれは。はっきり言って、他のジャンルへの旺盛な好奇心があるような、見込みある学生さんたちだとは思ってなかったし」

「わーまた厭味言われましたね。でもここはぐっと我慢して、甘んじます」

「ほんとだよ、やる気ねえし好奇心ねえし才能ねえし。まったく裸になり損だよ」

「さっきそんなことはいいよって言ったじゃないですか？」

「返してよ！」

「え？　返すって何をですか？　裸を見た経験をですか？」

「冗談だよ」

「でも小山さん、ギャラは当然もらってたんですよね？」

「当たり前じゃん。そういうことを問題にしてんじゃないんだよ今は」

「あ、それは分かってます」

「私はね、こう見えてもね、世の中のために美術モデルやってるっていう意識があったんだよ。若い有望な学生さんにちゃんとデッサンとか勉強してもらって、それでまともなアーティストになってくれたらいいなと思ってやってたんだよ。これほんとよ！」

「はい、分かってます。でも、言い訳がましいですけど、これ信じてほしいんですけど、僕は小山さんの出る舞台とか、見に行ってみようかなって思ってはいたんですよ」

「ほんとかよ？」

「ほんとですよ！」

「今だったらどうとでも言えるからね」

「いや、そういうんじゃないですよ。マジで行こうと思ってたんですって」

「じゃあ、どうして見にこなかったの？」

「やー、なんでですかね。ていうか演劇ってわざわざ会場まで行かなきゃいけないじゃないですか？　それが正直億劫なところがありますよね」

「それ言ったら、美術の展示とかだって会場に行かなきゃいけないじゃん」

「あ、でも展示は会期とか長いし時間とか指定されてないじゃないですか？」

「それはさ、慣れだよ慣れ。要は和歌山クンは舞台見に行く習慣とかなかったんでしょ」

「なかったですね、でも普通、人って演劇とか別に見なくないですか？」

「でもそんなこと言ったら美術だって普通の人は見になんか行かないよ」

「え、そうですかね？」

「そうだよ」

「演劇よりは見るんじゃないですかね一般的に？」

「そんなことないって」

「やー、でも僕の印象としてはそうですけど」

「そりゃ和歌山クンの周りにいる人は見てるかもしれないけどさ、そういう人ばっかりじゃないでしょ」

「あ、僕の周りにいるのは美大上がりのやつらばっかりの要するに特殊な趣味持ってる人種だ、的なことを言おうとしてます？」

「そうそう」

「ま、そうかもしれないですけどね。それ以外の人間関係、別になかったしな」

「『小山さんの芝居行こうと思ってました』なんてのはどうでもいいよ。実際に見に行ったかどうかだよ」

「まあ、そうですね。大学の先生にも好奇心を広く持てってことは言われてました」

「そりゃ言うだろうね。でも和歌山クンは先生の言うこと聞かなかったんだね」

「でもお言葉ですけど、小山さんだってモデルの仕事とかやってたら、今度個展やるんで、とか今度グループ展やるんで、とか言って案内もらったりしたことありますよね？」

「まあときどきは」

「そういうの、行ったことあります？」

「ないよ。だってそんなのおもしろくなさそうじゃん」

「やっぱりな。でもそれって小山さん今、僕とかのこと責めてますけど、そういう小山さんだって同じ穴のムジナってことにならないですか？」

「んー、なるかも」

　このとき私たちは、ようやく行列の先頭となりました。窓口の手前にやって来たのです。まもなく「こちらにどうぞ」と係の人が言いました。私は窓口に進みました。

「もしご一緒でしたら、ご一緒にどうぞ」窓口の人が和歌山クンに声を掛けました。和歌山クンは、私の隣に並びました。

「お二人はご夫婦か何かで？」

「あ、いいえ、ご一緒と言ってもただの知り合いですけど」

「ということはつまり、現世ではアレだったけどせめて来世では一緒に、みたいな？」

「いや、そういうことでもないんですけど」

「ん？」窓口の人は首をわずかに傾げました。要領を得ない様子です。でも、無理もないことですね。

「いたずらに混乱させてしまうようでしたら、ばらばらでもいいですので」と私は言いました。

「いや、別に混乱ということはないです。つまりは詮索は無用ということですね」そう言うと窓口の人は、今度は口元を歪めた含み笑いをしました。

　誤解を解く必要も特にないので、これはほうっておきました。

　それにしても長い行列でした。一度、私が参加した芝居がアメリカで公演したことがあります。そのとき、渡航前に大使館に行き、ビザの申請手続きをしたことがありました。あのときもずいぶん並ばされましたが、それを思い出させるような行列です。どうやらこの行列は、基本的な個人情報を登録するための手続きだったようです。私たちは、何も理解しないまま並んでいたので、記入しておくべきだった所定の用紙を手にしてさえいませんでした。窓口の人がそれを今、私たちに渡してくれたので、この場で記入していくことになりました。名前や生年月日、没年月日、死因をはじめとする項目のなかに、職業を記す欄があります。

「和歌山クン、胸を張って、芸術家、って書きなさいよ」と私は言いました。

「それはいいんですけど、小山さん」と和歌山クンが言いました。

「職業の欄のあとの、継続希望する／しない、っていうの面白くないですか？」

「あ、ほんとだ。何これ？　ということは私、希望すれば女優を続けられるんですか？」

「はい、もちろん」と窓口の人が言いました。

「じゃあ私は、女優を継続希望で」と私は、希望する、を丸で囲みました。死んでしまったら肉体が滅びる。そしたらもう女優はできない。だって女優は肉体労働だから、と論理的に思い込んでいたふしがあった私ですが、どうやらそんなことはないようです。とにかくこれは、とても嬉しい！　私はまだ女優を続けられるのですから！

「ところで和歌山クンは？」と私は、隣で用紙を埋めるため背を屈めている和歌山クンを見ます。

「や、僕は継続はしなくていいです。ここで万が一また自殺する羽目になろうものなら、となんだかよく分からなくなっちゃう、というのもありますので」

「じゃあ、新しく就職を希望される場合はハローワーク的なものもあるのでいつでもご利用ください」と窓口の人が言いました。

「そうですね。仕事を何にするか、もうちょっと考えてからまた来ます」と和歌山クン。

「差し出がましいかもしれませんが」と窓口の人が言いました。

「公務員とか、悪くないですよ」

「ええ」と窓口の人が言いました。「定時で終わりますから、自由な時間が比較的多いですよ。その時間で好きなことするというのも、いいと思いますが」

「なるほどね」と言ったあと、和歌山クンは少し考え込んでから
「あの、すいません、質問が」

「なんでしょうか？」と窓口の人が快く応対します。

「人種とか変更するってことは可能ですか？」

「え、人種ですか？」

「はい。芸術家を継続希望で、かつ、人種を日本人以外とかに変更できたらいいなと思いまして」

「ん、それはどうしてですか？」

「もし日本人以外だったら、たとえば欧米人とか、中東とかアフリカとか、インドとか中国とか、いや、とにかく日本人以外だったらなんでもいいかな、みたいな。それだったらアーティストになっても意味あるかもと思いまして。いや、なんとなくなんですけどね」
「いやー、でもそこの変更はちょっと無理ですね」
「そうですか。じゃあ、やっぱり継続は希望しない、ということでお願いします」

あたしはヤクザになりたい

山崎ナオコーラ

金と芸術について、本郷は考えていた。すると、頭が痛くなってきた。しかし、一時間ほど考え続けていたら治り、晴れ晴れとした結論が出た。金という概念を持てていて良かった。本郷は睫毛《まつげ》が長く、黒目勝ちで、日本猫のような顔をしている。ぱちぱちとまばたきすれば春の嵐。窓の向こうでは、サラリーマンや女子高生、雑多な人々が行き交う。まばたきという仕草ができて良かった。ずっと目を開けていなければならないとしたらとても耐えられない、普通に生きているだけでも眩しくて、しょっちゅう死にたくなるのだ。一分ごとに暗闇を垣間見なければ、到底やっていけない。椿屋珈琲店新宿茶寮で、椿屋炭火焼ブレンドを飲み、テーブルの上にスケッチブックを広げ、紙に横顔を付け、本郷は窓を眺めていた。紙の上で、初めは、キャラクターの案を、思いつくままに描き出す作業をしていたのだが、いつのまにか、ペンから出るのは、数字のメモに変わっていた。

数字は予定の収入だった。

これを思うと、「生きていける」という自信が湧いてくるのだった。

指をコーヒーに浸してみる。それからくちびるを触ると気持ちいい。手を丸め、五つの爪を均等にくちびるに当てるのは本郷のくせだ。くちびるに当たったときに気持ちよくなる長さに爪を整えるのは大事なことだ。コーヒー茶碗に指をつっこむのははしたないことだが、家でいつもやっているので、つい外でもしてしまった。

この喫茶店の壁際の、ガラスケースの中には、ガラス器が飾ってある。薄赤いコーヒーカップと、薄青い花瓶。高いんだろうな、と想像する。こんな花瓶、もしも家にあったら、自分が倒して壊してしまうことを常に想像しそうで、頭痛が止まらないだろう。ガラスというだけで駄目だ。急にガラスを割りたくなったときに、どうしたらいいのかわからない。

立ち上がる。背が百四十八センチで体も薄く、普通にしていたら、自信が漲《みなぎ》っても迫力は出ない。そこで、七センチヒールの靴を履いて、やたらと胸を張っているのが本郷だ。髪は短い。全体的に五センチぐらいの長さしかないショートカットだ。

「領収証をお願いします」

と本郷はレジで頼んだ。そして、恋人と、その友人二人と、約束しているタイ料理屋へ向かった。

安っぽい金色の装飾がほどこされた派手な店内に、タイポップが流れている。

草之介は、見るからに草食系男子というものだ。これが本郷の恋人だ。ひょろっと背が

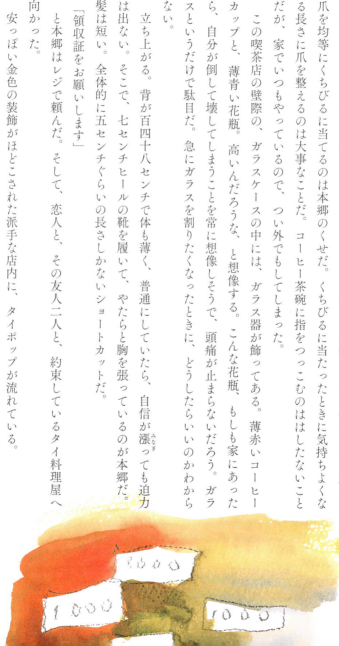

高く、色が白く、上品な公家顔をしている。

「草之介」

本郷が後ろから声をかけると、

「おつかれさま」

と草之介は振り返った。

「みんなはまだ？」

本郷は、草之介の隣りに腰を下ろした。

「うん」

草之介は、ボーダーTシャツに紺のブルゾンを羽織っている。下はジーンズだ。総額一万円以下だろう、と本郷は見てとった。

二人ともシンハービールを頼み、先に飲んでいると、十分ほどして友人二人が店に入ってきた。二人とも、本郷、草之介と同じ三十歳だ。同じビールを頼んで、乾杯する。トムヤムクンやソムタム、パッタイ、カオマンガイなどを次々注文して、食べ始めた。

「仕事帰り？　おそくまで大変だね」

本郷は二人に言った。二人は、スーツを着ている。

「本郷さんも？　仕事？」

友人のひとりが聞く。

「うん、あんまりはかどらなかったけど」

本郷はイラストレーターだ。初めは、個展を開いたり、出版社に持ち込みをしたりしていたが、今はどんどん依頼が来るので、それを受けて、こなす日々だ。二年前に、ある広告会社からの依頼で、乳飲料のキャラクターをつくったら、それがヒットしたため、そのあとは、企業だの、公共機関だの、あちこちにキャラクターを描いて売るようになった。絵を描く、と思っていたものを、そのうち、イラスト製作、と言うようになり、それから、キャラクター案を出す、という作業になった。本郷の描くものは、絵でもキャラクターでも、日本人受けのする可愛らしいもので、需要があるのだった。

「これ、おいしいね」

「こっちもおいしいよ」

「取り分けようか」

友だち同士でいるとき、本郷の感じは良かった。

本郷には、人と会う筋肉が付いている。

「そういえばオレ、本郷さんの描いたキャラクター、さっきコンビニで見かけたよ」

友だちが言う。

「……あ、そう」

本郷はもごもごと頷《うなず》いた。

「すごいね、いろんなところに進出してるね」

「あ、そう」

「ポップなことをやりたいの？」

もうひとりの友だちが質問をする。

本郷の描くものは、ポップだとよく褒められる。ポップって何？　本郷は首を振る。

「ううん、ミューズに捧げるようなことをやりたいよ」

　ポップなことをやりたいの反対だと思う科白《せりふ》を、本郷は考えて言った。

「あはは」

　草之介は笑った。


　新宿の部屋は夜中、床の隅で光がチロチロ動く。大通りに面しているこの部屋は、暗くしていると、カーテンの隙間から、通り過ぎる車のライトが入ってくるのだ。

　この部屋の家賃は二十四万円で、二人は十二万円ずつ払っている。本郷は、草之介にいくら収入があるのかを知らない。でも、暮らしの感じから推定するに、本郷の収入の、四分の一くらいではないだろうか。本郷には、去年、今年、と年収が二千万円ずつあった。草之介のは年に五百万円くらいなんじゃないかな、と想像しているわけである。それでも、たぶん、小説書いて五百万円なんてすごい。それに、移り気な女の子たちに人気のある、本郷の絵より、ちゃんとした大人たちに読まれている草之介の小説の方が、のびしろがあるだろうから、三年後には逆になっている可能性もある。でも、どっちだって構わない。そのときに収入のある方が、払えばいい。本郷は金に対して執着心があるが、けちではなかった。本郷が考えているのは、体制側から金をふんだくりたいということだった。

　とにかく仕事を頑張って、貯金をつくるようにするけれど、先のことは考えない。考えたって、不安になるだけで、計画は立てられないのだから。本郷は、イラストにしても、小説にしても、浮き草稼業であることをよく知っている。三年後の収入が全く予測できない。現に、本郷の三年前は、今の収入の十分の一だった。二十八歳のときは年収二百万円だったのだ。当時は上昇志向なんてなかったし、絵が描けるだけで嬉しいのに、その上それを発表できる場があるのはこの上ない、と思っていたから、描くことがこんなにも儲《もう》かる職業だとは想像だにしなかった。それなのに、三十歳になったら、他の同世代の会社員たちよりもたくさんの金を、知らずに手にしていたのだった。

そして、本郷は三十歳まで処女だった。二十代は絵を描くことしかしていなかったので、恋愛を少しも頑張れなかったのだ。つまり本郷にとって、草之介は遅くに現れた、初めての恋人なのだった。

本郷と違って金に執着がなく、しかし同じようなフリーランスの仕事に就いているため不安定さには理解がある草之介は、本郷にとって心地いい。

稼ぐようになると、人になかなか心が開けないようになってくる。ずっと仲良くしてきたイラスト仲間たちから嫌われてきたように感じたり、人気が出る前から依頼をくれていた仕事相手の人の態度が変わってきたように思ったりしてしまう。そして、新しく出会った仕事相手の人がちやほやしてくれると、逆に信用できないように思ってしまう。友だちの友だちという感じで出会った人に「イラストのことはよくわからないけど有名なんでしょ」なんて言われると、「なんだ、普通の友だちにはなってくれないんだ」とがっかりしてしまう。

でも、草之介はフラットだ。草之介とは七年ぐらいずっと友だちだったが、そのあと恋人になった。友だちだったときも、恋人になってからも、ただ、ただ、本郷のことを面白がって、可愛がってくれる。

草之介はダブルベッドを、横断するように寝ていて、腕を床に垂らしている。ダブルベッドって横向きにも寝れるんだよな、と本郷を見た。

「そこ、海だよ。フローリングの海だよ」

本郷は壁から覗き、諧謔を弄した。草之介の手が、水を掻《か》き回すように動いていたからだ。

「まじで」

と言いながら、草之介は床に向かって手を伸ばし、水深を測るような仕草をした。

「泳ぎ切らないと」

と本郷は壁から離れると、床に寝そべって、クロールの真似をしてみた。それから草之介の手を引っ張って、草之介も海に引きずり落としてみる。

女優だ、と本郷は思う。私は女優のようだ。友だちといるときのほんわかと感じの良い自分。草之介といるときの甘えた口調の自分。ひとりのときの冷たい自分。そして、一番の演技は、仕事相手と対峙するときの、厳しく怖い自分だ。

溺れた人のようにぎゅっと、草之介の肩にしがみつくと、その爪はコーヒー色に染まっていた。

初夏の夕方、本郷は喫茶店で、新聞のインタヴューを受けた。「新進気鋭のイラストレーター」ということで取り上げてくれるらしかった。

帰ってきてから、夜、

「今日さ、インタヴューを受けたの」

素麺をつるつる食べながら、本郷は話した。

「ふうん。どこの？」

草之介は相槌《あいづち》を打つ。

「赤旗新聞の」

「へえ」

「すごくいい人だった。優しい記者さんだった」

その人は、真面目で温厚そうな、四十代と思われる男の人だった。

「良かったね」

「だけどさ、『僕は本郷さんのイラストが好きなんですが、さっき、出かける前に同僚に〝これから本郷さんのインタヴューに行ってきます〟って挨拶したら、〝あの人って、商業主義なんじゃないの？〟って言われました』って、最初に笑ってたの」

「あはは、いいぞ！　赤旗」

と草之介は手を叩いた。

「ねえ、イラストと絵って違うの？」

「なんで？　そういうの、ぽんちゃんの方がわかってるんじゃないの？　……なんだろう、イラストっていうのは外部にあるものを通すフィルターで、絵っていうのは表現なのかな」

草之介は本郷のことをぽんちゃんという愛称で呼ぶ。

「表現て何？」

『『世界はこういう風にも捉えられますよ』っていう提言みたいなのかな？」

「小説もじゃん」

「小説もだ」

「草之介の書いているあの小説は、表現なの？」

「あれ？　オレの書いているのは、外部にあるものを通すフィルターな気がする」

「じゃあ、イラスト的なの？」

「どうなんだろ？」

草之介は頭を掻いた。

そのあとに本郷は、別の武勇伝を発表した。

「そう、そう。ところであたし、こないだ描いたイラストの、画料をつり上げたんだ」

「どうやって？」

草之介はいぶかしんだ。

「交渉したの」

「なんで？」

「言われるままに仕事をするのが癪《しゃく》だから。こっちから、どれくらいの仕事なのか考えて、それを交渉していこう、と思い始めたの」

「ふうん」

「で、他の会社ではいくらでしたが、とか、その画料ではちょっと、とか、いったん帰ってからお返事します、とか言ったの」

「そういうの、恐喝って言うんだよ」

「へえ」

本郷は頷いた。

「良くないんじゃない」

「いや、あたしは、これからも画料を、恐喝して値上げしていく」

本郷は茗荷《みょうが》が汁の中で紫色になるのを見た。

『ゆすり』とか、『たかり』とかをする人になっちゃうよ」

草之介は重ねて言った。

「なる」

本郷は繰り返した。

草之介には離婚経験がある。二十四歳のときに結婚して、二十六歳で別れた。本郷は、草之介が結婚するときは心からおめでとうと言ったし、離婚が決まったときには本当に可哀そうと思った。その間、ずっと友だちで、草之介の離婚後も三年ほど、二人はただの友だちのまま、ときどきみんなで遊ぶような感じのつき合いで、三十歳になるまでは、お互いに恋愛感情はまるきりなかった。そのあとに急に恋になったのはおかしな話だが、ある日、もらいもののチケットで、一緒に美術展を見にいったら、妙に話が合って、恋人としてつき合おうと盛り上がったのだ。草之介にはそれなりに恋の経験があるし、本郷には、恋愛経験こそないものの年齢相応の人づき合いのコツは備わっていたので、つき合い方を切り替えよう、と意識したら、どんどん盛り上げていくことができた。

本郷には、結婚したい、という気持ちがあるのだが、それは一般的な考えが侵入してきているだけのことだから、自分のその気持ちを育てるよりも、草之介の心を尊重する方がずっと大事だ、と考えている。

草之介は、前の結婚のときに、とても傷つくことがあったらしく、その傷がまだ癒えていないようだ。結婚というものを、今は考えられない、という雰囲気がする。だからゆっくりでいいと思う。草之介の歩調に合わせたい、と本郷は思う。

夏の日、知り合いの人のギャラリーを借りて、本郷は個展を開いた。自由が丘にある小さなギャラリーで、二十点ほどの作品を壁に並べた。あとで消す約束で、壁にも直接描いた。オープニングレセプションには五十人ほどの人が来てくれた。

草之介は、ミニ花束を、ジーンズの尻ポケットにつっ込んで、持ってきた。オレンジのガーベラに、小さな緑色の花が二本と、地味な葉がちょんちょんと添えられていた。

「お酒、あるよ」

にっこりして花を受け取ったあと、本郷はミニテーブルを指さした。本郷はこの日、いろんな人からたくさんの花をもらっていて、草之介のはその中で一番小さなブーケだったが、これが一番嬉しかった。花なんて、草之介はめったに買わない。

「飲む」

白ワインの入った紙コップを、草之介は手に取った。

それから、本郷は、この人は何々社の何々さん、この人は何々で知り合った何々ちゃん、と紹介していった。草之介は、挨拶なんて苦手だろうに、いちいち口角を上げて、愛想をふりまき、いい恋人のフリをしてくれた。

みんなが帰り始めたときに、

「〇〇社さん、ありがとうございました」

と本郷は、お世話になっている出版社の人に挨拶した。一番大きな花束をくれた人だった。

帰りのタクシーで、

「あれ、駄目でしょ」

と草之介が眉をひそめた。

「あれって？」

本郷は聞き返した。

『〇〇社さん』じゃなくて、個人名で呼びなよ。あの人、ぽんちゃんの仕事を担当してくれている人でしょ？」

草之介は指摘した。

「いいんだよ。あの人は、うちらと同じ三十歳で、大会社の正社員なんだから」

「そういうヤキモチ、僕はもう卒業したなあ」

と草之介は大人ぶった。タクシーは新宿のマンションに着いた。本郷は金を払い、領収証を受け取ると、すたすたとエントランスに入っていった。

「うちらは、大手出版社の背中に載っているコバンザメだよ。金を取れるだけ、取るんだよ」

エレベーターの中で、本郷は言った。

「あはは」

草之介は笑った。

「うちらはコバンザメ！」

部屋の鍵を開けながら、本郷は繰り返した。

「そう」

「あの会社の社員は、うちらなんかよりも安定しているんだから。生涯収入はあっちの方がずっと多いんだから。今だけはうちらの方が収入が多いかもしれないけど、あの会社の社員たちの方が、保障があるんだから！」

靴を脱ぎながら、本郷はまた言った。

「わかった」

草之介は諦めたのか、適当に頷いている。

「あたしが、結婚しなくても、賞をもらわなくても、生きていけると思うのは、金というものがあるからだよ」

そう言って、本郷はフローリングの上で体育座りをした。

「うん」

「私は、あいつらから、金を巻き上げるんだ」

「あいつら?」

「そう」

「それって、ヤクザ者のやることだよ」

草之介は言った。

「あたしはヤクザになりたい……」

本郷はつぶやいた。


やがて秋になり、本郷は元気良く、雑草のように過ごした。決して、稲穂のように頭を垂れたりしなかった。組織や国などの体制側には絶対頭を下げず、金を取るようにした。

そのあと二人は年を取り、草之介は本郷とは別の人と再婚し、本郷は無一文になって、ホームレスになって、死んだ。

きみはPOP

最果タヒ

口紅を宣伝する看板が、私の頭上で輝いている。ビルのほとんどを占めるぐらいの大きさで、美人が顔をこちらに向けて、笑っていた。私はそいつをめがけてはじめての、引き金を引いたのだ。小さな穴が彼女の皮膚に空いたかもしれない。だれも気づかなかった。それぐらい、足音が大量に鳴り響いていたスクランブル交差点。

私が大学時代に入っていたサークルは、小さな小さな宗教団体だった。

信者はOBを含めても30人で、金銭のやりとりはなく、過去問すら手に入りやしなかった。ただ彼らは円盤形の木の板を崇拝し、それらに触れる勇気すら、忠誠として捧げてしまっていた。だれもそれがなんなのか知らない。30年以上こうやって、一人二人入ってくる新入生とともに奉ってきたのだ。

私は、卒業の前夜、サークル棟にしのびこみ、それに触れた。そもそも、崇拝なんてしていなかった。ただの木を崇拝する人間達が面白くて、いつか漫画に描いて一儲けしようと思っていただけだ。でも、それなのに、板を前にして手が震える。どうしてかな。わからないけれど円盤を開けたらそこには銃があって、私はもう理由なんて考えるのをやめてしまった。

それから2年、私は歌っていた。小さなライブハウスから始まり、嫌われたり好かれたりしながら、1万人ぐらいのファンを作った。肯定的な批評家に、バックアップしてもらいながら、CDを出して、有名なライブハウスに出してもらって、そろそろスターになれるんじゃないかって、私のことを大好きな人は言うけれど、バカだね。今がピークだって私は知っている。

ＣＤが発売されたのは今日、それまで私は自分のことを、嫌いだったし今でも大して好きではないけれど、とにかく、そんな自分のことを好きでいてくれた、あなたたちのことが大好きだったよ。彼らだけが私の歌を歌う理由だったし、彼らがいなければ私は、小さなくさい畳が並んだ部屋のすみで、小声で歌っていればよかったのだ。場所を作って、ＣＤまで作って、ここまでしてやってきた理由はあなたたちのためだった。

白いライトが足下にたまごみたいに並んでいた。そこに向かってギターひとつで駆け出して、たくさんの視線に串刺しになりながら、その痛みに泣き笑いして、大笑いして、ありがとうって告げるつもりだったのだ。いつもどおり。そう。たまごの向こう側にあるはずの、あなたたちの顔、それはもちろんいつもどおり、並んでいた。なのにたったひとつがちがう。私そっくりのピンクのツインテール、私そっくりのワンピース。私そっくりの白いレースのついたくつした。あなたたちは、ただの「私」のものまねになっていた。質の悪い鏡が並んでいるだけの、空間に私はとびだしていた。いつのまにか、たくさんの「私」が、鏡で自分を映し出したような私を、とろけるような白目と空洞のような黒目で見つめている。だれとも、目が合わない。だれとも、かいわができているような気がしない。マイクだけがはっきりとそこに存在していて、物質らしく沈黙をして、これから歌うの？　と声にならず口だけが動いて。だれが聞いてくれるの？　だれも聞いていない。私をだれも見にきたんじゃない。ステージにたった、自分の投影を見にきていた。彼らは少しも私のことなんて見たくはなかったのだ。

息を吸って、それから吐いて、ぶらさげたギターにふれもせず。

「おまえら、死ねよ」

鼓膜に届いた声はそれ以上、彼らに届きもしなかった。ただ、ゴキブリみたいに詰め込まれて彼らは、私を憧れという空洞のまなざしで見ている。

声より吐瀉物が出てきそうだ。

歌っても歌っても、なにも入っていかない気がした。感謝とか愛とかそういうものを詰め込むつもりだった器に、砂と泥のかたまりみたいな嫌悪感を詰め込んでいっている。目の前の彼らは気づかず、私の名前を呼び捨てで呼ぶ。なれなれしい。嫌い。

好きだとか、大好きだとか、愛しているとか、私は無警戒に彼らのことを思っていた。私はだれにも今、見られていないのにステージに立って派手なワンピース（古着屋で2万円もした）を着て、ギターなんて弾いて、うたなんて歌って、ライトなんて当てられて滑稽だ。みんな、私を通した自分自身を見にきている。自分が大好きで、自分を肯定しにきている、自分に似ているような気がした私を応援することで、自分を応援しにきている。本当にみんな、私のこと嬉しいと思ってくれている？　CD発売おめでとうって思ってくれている？

こいつじゃなくて私がステージに立っていたらもっとよかったのにって、思ってんじゃないの？

CDにはスペシャルサンクスとかいうものを、書いてしまって、そこに、私の音楽を好きなすべてのひと、とか、書いてしまって、大量に印刷されて全国のCDショップで発売されること、今になってはそれが、ひどく恥ずかしい。愛されているつもりになっていた。私を通じることで、みんな、なんの罪悪感もなく自己愛におぼれることに成功している。私を好きって、言っているのは、本当は自分が大好きって言いたいから。私を好きってことにしておけば、楽だから。おまえらナルシストたちの自己愛発散のサンドバックになっている私です。

「私は……」

おめでとう、という声が飛んできた。曲が終わって、私がなにかを言いかけた瞬間だった。ありがとうって言いたくなくて無視をした。私の肌が認識している。今日のライブはすごくいいライブだ。嫌悪感が暴れて、音が暴れて、のんきなやつらの鼓膜の中で暴れている。だれも、それを自分に対する嫌悪感だとは気づいていない。おまえら死ねよ、って言ったとして、それを本気で受け取るひとはここにはいない。その反骨心がかっこいいだとか、そうだそうだみんな死んじゃえとか、都合良く自分を攻撃対象から除外して、ポジティブに解釈をしていく。

「先生、繊細な人間ってさ、本当はものすごくポジティブで、バカなんじゃないの？」

「どうしたの」

アンコールを終えて、舞台裏に戻ってきた私に急に問いかけられ、モラトリアム先生と呼ばれている、音楽評論家が眉をひそめた。

「勝手に曲解して、じぶんのことを悪く言われたとか思うわり

には、直接言われた批判に対して、妙に甘い解釈をするってい
うかさ、みんなバカって言われたら、それに同調して、自分は
そこの例外なんだろうって思っていたり」
「どうしたの、新しい歌詞？　メモったほうがいい？」
「歌詞なわけないだろ、バカなの？」
モラトリアム先生は、じつはすごいところのレコード会社の、
すごい部署のすごい肩書きのひとらしい。でもわたしには詳し
く知りたいことではなかった。
「えーっと？　じゃあ続けて？」
「だーからー、繊細だとか弱いだとか自称するひとたちの、あ
のポジティブさってなんなのって話で」
「それライブ直後にする話？」
「したいから、するの。期待して、しすぎて、そのせいですぐ
落胆して、へこんでるだけなんじゃないの。ポジティブなくせ
に心臓も強くないし覚悟もない、それだけのことなんじゃない
の」
「なに、そんなこと考えながら歌ってたの？」
「うん。いいライブだったでしょう」
すごかった、と先生は言った。私は先生の家に今晩はじめて

行くことにした。

朝になったら私のギターケースが知らない家の知らない部屋の知らない壁に立てかけられていて、私は服を着ていなかったし、先生はぼんやりと外を見ながらたばこを吸っていた。

「先生、私、先生の会社に入るよ」

「うちは、売れる歌しか売ってないよ」

「なんか好きとかラブとかお砂糖とか、そういうことしか歌わないんでしょう？　いいよ、それやるよ」

先生が振り向いて、困った顔。

「そうしてほしい、って言ったのは先生じゃん」

「……」

「きみに音楽の才能はあるし、ポップスにも結局必要なのは才能で、それらを極限まで薄めてポップスに混ぜるのが、音楽を売るコツなんだーって言ってたじゃん」

「言ったなあ、言っちゃったなあ」

「0と0・000000001はまったく違うのに、今売れているのはみんな0だって。だから長続きしないんだって。先生、私がやればきっと、売れるって」

「言った言った」

「だからやるよ」

「いいの？」

裏切り者呼ばわりされるだろう。今までの私の後ろについてきていた金魚のファンがすっごく怒るんだろう。

「いいの！」

最高だね。


モラトリアム先生という名前の由来はそのつまんない意地とつまんない反抗を、15年前からずっとひきずっているということで、そのくせ大手企業に入り込んでちゃっかり出世してこの高層マンションの最上階に住んでいるということ。白いまっすぐな壁しかないここには、大量のレコードとCDが積み上げられてはくずれおち、そしてまたその上に積み上げられている。隣の部屋にあるのが彼の本当に好きな音楽でそれに、私は興味がなかったから、このリビングにある過去に売れてきたポップスばかりを再生していた。

「大量の肯定に少しだけの否定を混ぜたのがポップスだ」

先生は昔、ライブ帰りの飲み屋で私に言った。

「否定をするのがへたなやつが多すぎて、今のポップスには肯定しかない。けれど否定だけの音楽、きみとかきみと共演している連中とかの音楽は、決してこれ以上は売れない。限界があるんだよ。そもそも受け入れられる人間に限りがあるから」

「だからって全人類に媚びるために肯定するのって変じゃない？」

「そう思うのは勝手だけど。だったらCDを売ったり、ポップスで金を稼いでいるミュージシャンをバカにしたり、バイトやめたいとか言ったりしないことだね。貧乏を嘆くべきでないね。きみたちはプライドを守るためにすすんで貧乏をやっているんだから」


先生は今、新しいアーティストのジャケ撮影だとか言って、裸の私を置いて渋谷に行った。私の名前はまだタワーレコードの片隅に並んでいる。

都合のいいことを言って売られている。とがっているとか、ひねくれているとか、
今日もまた、ライブの予定が入っていた。

「変なうたを歌って、それでお金がじゃんじゃん入ってきて、みんなに罵詈雑言なげつけられて、それで生きていくとしてどこがどう、今の私より劣っているんだろうか」

今までの私に誇りがあったのかどうか、知らないけど、だれも、私を本当の意味で、認めてくれていなかったのに誇りなんてもっていたらそれはただ滑稽だし。

「予定していたライブには行け」

今朝、家を出ようとする先生はそう告げた。私はもう、ライブなんか行きたくなかったのに。

「売れたいならご機嫌をとれ。嫌われるな。愛されようと思うな。それは許されようという考えを生む。甘えを生む。ひたすら、嫌われたくないと思い続けろ」

それが凡庸さを手に入れる手段だと。

高層マンションの向かいのビルにはおいしいイタリア料理屋があって、マダムたちがランチをしている隣で私もスマホを片手にランチをしている。あさりと白ワインがなんらかのなにかをしたタリオッティーニ。先生がおいしいと言っていた店だった。

はじめて来た。ギターケースが空いている向かいの席に立てかけられていて、私はそこに先生の顔を思い出しながら、食べたり、特に思い出さずに飲み込んだりしながら、今日行くライブハウスへの近道を探す。嫌われたくないなんて思ったことがない。私、いつだってすでに嫌われているような気がしていた。嫌われたくないだなんて、つまりそのひとに現時点で好かれているに違いないという確信を抱いてなきゃ思いもしないことだ。図太くって気色が悪い。図太さに無自覚なところがなによりも気色が悪い。先生は彼らを、凡庸だと言った。そんなやつらから共感を勝ち取れって。

「私も同じように気色悪くなればいいの？　共感って結局、凡庸になることでしょ？　才能をなくすってことでしょう？」

「そうじゃないよ。共存させろってことで……」

「え？」

「煽動するってことだよ」

ライブが終わって、そのあと夜ご飯をと、先生のマンションのリビングでコンビニのパスタをすすりながら、ビールをあけて、へんな汚れみたいになった夜景を見ている。

「才能は他人にわからないもののことを指す」

「わからないもの？」

先生はもう、ビールを4本飲み干したあとで、私はパスタをもう食べたくないと思ってゴミ箱に捨てた。

「理解できない感覚・考え方・感情。そういったものを当たり前のように持ち続けられる人間が天才なんだ。けれどだからこそ彼らは、理解されない。つまり共感がされない。そうすると売れないんだ。誰にも伝わらないから。まあ本当の意味で伝わることなんて決してないんだが……」

「決してないの？　だれにも？」

「自分の考えや感情を、完全に理解できる人間がいるなら、自分がいなくてもそいつがいたらこの世は成立するってことだよ」

「それは」

優しい目をした先生は、いつだって冷たい声で話す。私は、それをどうやって聞いたらいいのか、今だって知らない。

「完全にわからないというのが、才能の強度だとすれば、それを世の中に伝えていくには、あえてわかる部分を作っていくしかない。それが共感のポイントであり、そこから人は才能の迷宮にアクセスしていくんだから」

「……」

「媚びへつらうのはいやだとか、そんなつまんない意地をやめろ。供給する側は、需要する側より上に立っている。才能のある人間が搾取しているにすぎないんだよ」

「私は……」

利用されていると気づいた。あのステージで、みんなに、私を好きだと言うみんなに、ただ食い散らかされているのだと気づいた。見たんだ、私を餌にぶくぶく自己顕示欲を太らせてきた客たちを。

「そのぶん、金をむしり取ってきただろう」

先生は、そんなときは彼らから奪い取ったものを数えろ、と平然と言うのだ。金だけは絶対的な価値だと。

「相対的な人の評価とは違う。絶対に、ぶれることのない価値だよ。それだけが、きみのプライドを確実に守ってくれる」

「……」

「お前は強者だってことさ。きみはPOPだ。不安にならなくていい」

「……先生は」

「ん？」

「先生は、そう言っていて怖くならない？」

「なんで」

「だって、先生は奪われる側だし……」

先生の目が、冷たく光った。それだけが恐ろしくなる事実だった。目の前でみんながわたしをけしごむみたいに消耗していても、それは別に大した問題ではないような気がするぐらいに。

モラトリアム先生が、ミュージシャンを目指していて、そして挫折したことを知っている。でも、私はあ尋ねた。先生はたぶん、大してがんばらなかったのだろう。だから挫折したんだと思う。


私が予定していた最後のライブはこの3日後で、不思議だった。それまで不愉快でしかなかった、水色のワンピースと、ピンクのツインテールの女の子たちが、ただの1000円札に見えていた。私は彼らからいくらもぎ取ってきたんだろう、あいつは毎日ライブに来るし、あの子はこのままCDを買っていた。あいつらのために私の着ている服と同じ服をグッズで販売したら売れるだろうか、カツラもプロデュースしたら売れるんじゃないかな。好きとか嫌いとかそういうこと言っている場合じゃなくて、いいやそういう関係じゃなくて、私はあくまで彼らに一方通行の影響を与え続けている。煽動せよ。先生の声が聞こえていた。彼らがわたしになにかを与えることは決してできない。

ライブを終えて、他の共演者が演奏する間、私はバーカウンターのお姉さんに飲み物を注文した。

「ああ、あの先生？　今コンビニでよくかかっている曲とか、たいていあいつが関わっているんじゃなかったっけ」

「だから、先生って呼ばれているの？」

どんな飲み物にもシナモンをかけるこのお姉さんはあちこちのライブハウスをクビになって、そのたびに所在不明になるけれどやっぱりすぐに見つかる。この大量の自己愛主義者がうごめく下層空間も結局は狭い世界なんだろう。

「なに、知らないの？　金持ちだからじゃないの。先生におごってもらってない人間はいないでしょ、このへんのバンドマンで」

「つまりただのお世辞ってこと？」

「そーね、わっしょい？　いいじゃん、先生も喜んでいるんだし」

彼女が私のヨギーパインにシナモンをふりかけた。

聞こえてくる音楽は、くそみたいな、売れないことに開き直った自意識のたれながしみたいなやつだった。

私がその夜3分で作ったその曲は、先生の部屋で生まれて私と先生はやっぱり裸で、先生はそれを聞いて、歌詞が、と言いかけてだまった。私が曲を考えた時間よりずっと長くだまった。

「いいね」

それからそれだけを言って、動かしていたボイスレコーダーを止める。歌詞が、という言葉が私には気になって、それが先生にもわかっていたようだけれど、なにも、先生は言わなかった。それは、ネガティブなことを言おうとするときの先生の口調だった。いいね、と言ったのはきっと歌詞のことではなく、いろんなことの顚末として、だろう。

「売れる?」

「オリコンだと4位ぐらいかな」

「だめじゃん」

「1ヶ月後に1位になるよ」

その通りになった。

厳密には売り出してから4位になるまで3週間の時間がかかった。その間、今までのファンのだれも私に連絡をくれなかった。もちろん携帯電話もメールボックスも怖くて見ることができなかったけれど、まったくといっていいほど、連絡がこなかった。

「ネットで検索すりゃ出るよ」

と彼は言うが私はだまった。それをする勇気がないことを告白する勇気すらない。

「いっぱいある?」

「あるんじゃない? そりゃ」

先生は知っている。でも言わないのは私がかわいそうだから、ではなく、

「なんの利益にもならない人間のことを考えるな」

興味がないからだろう。でも、私にはわかってしまう。今ごろ彼らに、変わってしまっただの、私たちを捨てただの、戻ってこいだの、言われていることが。

「だめになったのかな、私」

「それは相対的な評価だから。誰基準かによる」

「……全員によいといわれることはできない？」

「どんな人間でも無理だ」

だから数字はあるのだ。

だから金はあるのだ。

だからオリコンはあるのだ。

「あと1ヶ月待て。俺の言った通りにお前の歌は上位に来る。俺はまず、お前に、順位ではなく売れた枚数を教える。お前の歌を買った人間の数を教える。いいか？　そのときにもう一度今のことを考えろ」

「……」

「人間が、ただの数字にしか思えなくなったとき、お前は本当の意味で、自分の世界を守れるだろう」

「先生？」

「……なんだよ」

「先生、音楽、好き？」

「好きだよ」

「私の音楽は？」

「好きだよ？」

「今も？　今の、この曲も？」

私のＣＤは先生の、リビングに置かれていた。他の、自主制作した過去のＣＤは見当たらなくて、私が入ったことのない部屋に、あるんだろうと思う。

「プロだろ。個人に向けて歌うのはやめろ」

「でも」

「歌うしか、感情表現ができない鳥なのか、お前は」

その夜、わたしは無理矢理先生の部屋に、連れて帰られた。


裸になったら先生は、音楽の話をやめる。なにも言わなくなって、静かに眠る。横顔は、花びらが散ったあとの花みたいに、無骨で少しだけ、気味が悪い。明るい日差しがカーテンから、まっすぐ目覚まし時計と私の小指を切っていく。

「私、ギターケースに銃をいれているの」

サークルの話をすると、先生は同じ大学の卒業生だったと教えてくれた。

「いつ？」

「ぼくは現役。きみが計算して」

奇跡なんてなくて、わたしと先生は構内ですれちがったことはないようだ。

「サークルは？」

軽音楽、という小さな声が聞こえた。そして彼の体は一層縮こまり、さなぎみたいにまるく固まった。

「きみの入っていたサークルは、知っている。友達がそこに入って、おかしくなった」

「宗教だから」

「なんにも搾取されていない、だからこそ、彼はそこを信じていた。金もなにも取られていないし、崇拝の対象は人でないから、誰も優越感すらえていないのだと言っていた」

「それで」

「ぼくの……」

「え？」

「ぼくのバンドはそのせいで解散した」

ふうん、と言ってしまうのを必死でこらえて、彼の背中をじっと見ていた。それが、音楽を諦めるに十分な言い訳になるとは思わなかったけれど、彼はこれを不幸なことと受け止めなければ、生きていけなさそうに見える。

「何かを崇拝したら、それ以上のものには一生なれない」

「先生」

「俺は凡庸だけれど、当時は自分を天才だと思っていた」

「……」

「あいつ、銃の入っていた箱なんかのために、4年も無駄にしたのか……」

ばかだな、と彼は言う。けど、いつもみたいな優越感に満ちた声ではなくて、わたしは、CDが売れたらいいな、と思っていた。

2ヶ月後わたしのCDは50万枚売れていた。わたしは、先生の言う通り、誰にどう言われているか、どう好かれて、どう嫌われているのか、考える必要がなくなっていた。50万人分の感情。熱狂もあれば、嫌悪もある。すべては平均化されて、ただの、人として目の前にいた。空っぽのマネキンと同義だった。

「お前にそっくりの化粧をする女が2万人ぐらいはいるだろうな」

その分、2万人の私の格好をださいと噂する人もいるのだろう。

「なんとも思わない」

「だろうな」

「……先生、この売り上げも、想像通り？」

私のCDはもう、1ヶ月間、1位を取り続けている。

「え？」

「ねえ」

「……ぼくは」

あの歌詞が、きみらしすぎると思った。そう先生は言った。

「え？」

「あれじゃあ才能がありすぎる、そこまで売れないと思ったよ。……びっくりした」

本当は1位にはなれないって思っていたんだ、そう言った先生は子供みたいに芯のない弱り切った表情を見せて、それから笑ったのだ。お墓参りの帰り道みたいに。

「でも、売れたよ」

「そうだね、おめでとう」

先生の袖をつかんで、私は、まだじっと、彼の言葉を待ちたかった。けれど、きっとやってくるのは沈黙の時間で、それが怖くて耐えられなかった。

「先生。私、またあのライブハウスで、ライブしようと思うの。自分が消耗品だって、気づけた記念の場所だから。……先生？」

煙が青いわたしの髪に吸い込まれていく。

「先生、たばこやめたんじゃなかったっけ」

「むりだった」

「……でも、吸うのやめてよ、私の前で」

「煙くさくなるから？　テレビに臭いは映らないよ」

「喉が痛むからだよ」

今晩8時。うまれてはじめて、生放送番組に出演する。先生は、それをテレビで見てやる、と笑う。わたしのCDは先生のリビングに置かれっぱなし。封すら、あけられていないのを知っている。

「消耗品になりにいけば、消耗されても、痛くもないんだね」

けれどまったく気にならなかった。

「そう？」

「自己顕示欲のために作ったものを、他人が、自己顕示欲のために消耗するのが許せなかっただけかもしれない。私も結局、ナルシストだったたってことかな」

先生が今日、プレゼントしてくれた新しいギターは、白い革のギターケースに入っている。使い慣れたやつじゃないと、と言ったわたしに彼は、アイコンになるギターを持って、そいつを10万台日本で売りさばくためのCMに出ていると思えって言った。お前のことをスターだと、何人に思い込ませられるか。お前みたいになりたいと、何人に思い込ませられるか。

「これは商売だ」

「……」

「お前は、自分のプライドを自己顕示欲の発露だけで守ろうとしてきたが、もうそのレベルの人間じゃない。自分の中だけの価値基準で守るのではなく、外の、絶対的価値によって守れ。それがお前の生きていく術だ。これはきっと……間違ってない」

「先生？」

「忘れないでくれ。きみは……音楽が好きか」

「好き」

先生はタクシーを止めた。運転手に、丁寧に、気をつけて、テレビ局に向かうよう告げた。

「ぼくは部屋のテレビで、きみを見るよ」

「はい」

「がんばって」

「はい」

がんばって、音楽をする、ってどういうことだろう。

わたしには、自分が天才にしか思えない。

どんな俗な曲だって、わたしが作ると少しだけ、違うものになる。みんなが振り向くものになる。すぐに消えるシンガーみたいにはならないであろうことが、わかってしまう。みんなに才能がないことがわかってしまう。音楽をがんばるってことが、本当に、わからないのだ。がんばらないとできないなら、最初からやらなければいい。こんな、才能が絶対条件になる作業なんて。

先生は音楽が好きじゃなかったんだと思う。あんな簡単に、バンドを諦めて、音楽を諦めて社会人になって、他人の才能を開花させることに精を出して、お金をかせいで、昔考えてたんであろうことをわたしみたいな才能のある人間に吹き込んで、なんとかプライドをたもっている。かわいいひと。必死で生きているのね。それから、わたしを、大事にしてくれているのね。わたしは彼にとって、才能があるから大切な存在なんだろうか。それとも音楽を捨てても、大切に思ってくれるのだろうか、なんて、考える必要はないね。わたしは永遠に天才でいられるから。

その日、かれは拳銃自殺したわけだけど。

使われた古い銃は、どこかで拾ってきたのか、出所不明なものだという結論に警察は落ち着いた。刑事が証拠品としてそれを持って帰っていく。わたしは一人で白いまっすぐの壁にもたれている。先生はわたしにギターを買ってくれて、だからこのギターケースを今日は部屋においていて、銃が入っていて、先生はそれを頭に向けて。

わたしの名前は亜紀。ミュージシャン。歌える、曲が作れる。尖っている曲も、売れる曲も作れる。たくさんのひとが私を好きと言うし、嫌いと言うし、とにかく知られている。才能があるから。かみさま。

「先生先

生先生」

売れて、プライドが守られた。わたしはわたしのままで、やっといられるようになった。それから？　わたしはこれ以上のことを、教えてもらっていない。先生がいない。

音楽を作って売ってお金を貯めて、それから？

音楽を作って売ってお金を貯めて、また作って売ってお金を貯めて、それから作って売ってお金を貯めて、それから作って売ってお金を貯めて、それから作って売ってお金を貯めて、お金を貯めて、お金を貯めて、お金を貯めて。

「あ」

しわしわのばーさんが、こっちを見た気がした。部屋の中にいたはずなのに、いっしゅん。あれは、わたしの老後だ。わたしの。

音楽しか残っていない。
才能しか残っていない。
食べ物がまずい。
愛がない。
友達がいない。
さいきん泣いてない。
好きとか嫌いとか思うときがない。
おふろに入らない。
眠らない。
服があったかくない。
嘘をつかない。
笑わない。
電話を使わない。
ギターしか使えない。
歌ったら売れる。
お金が入る。
息をしている。
水を飲む。

じー。
じー。
じー。

拳銃がない。

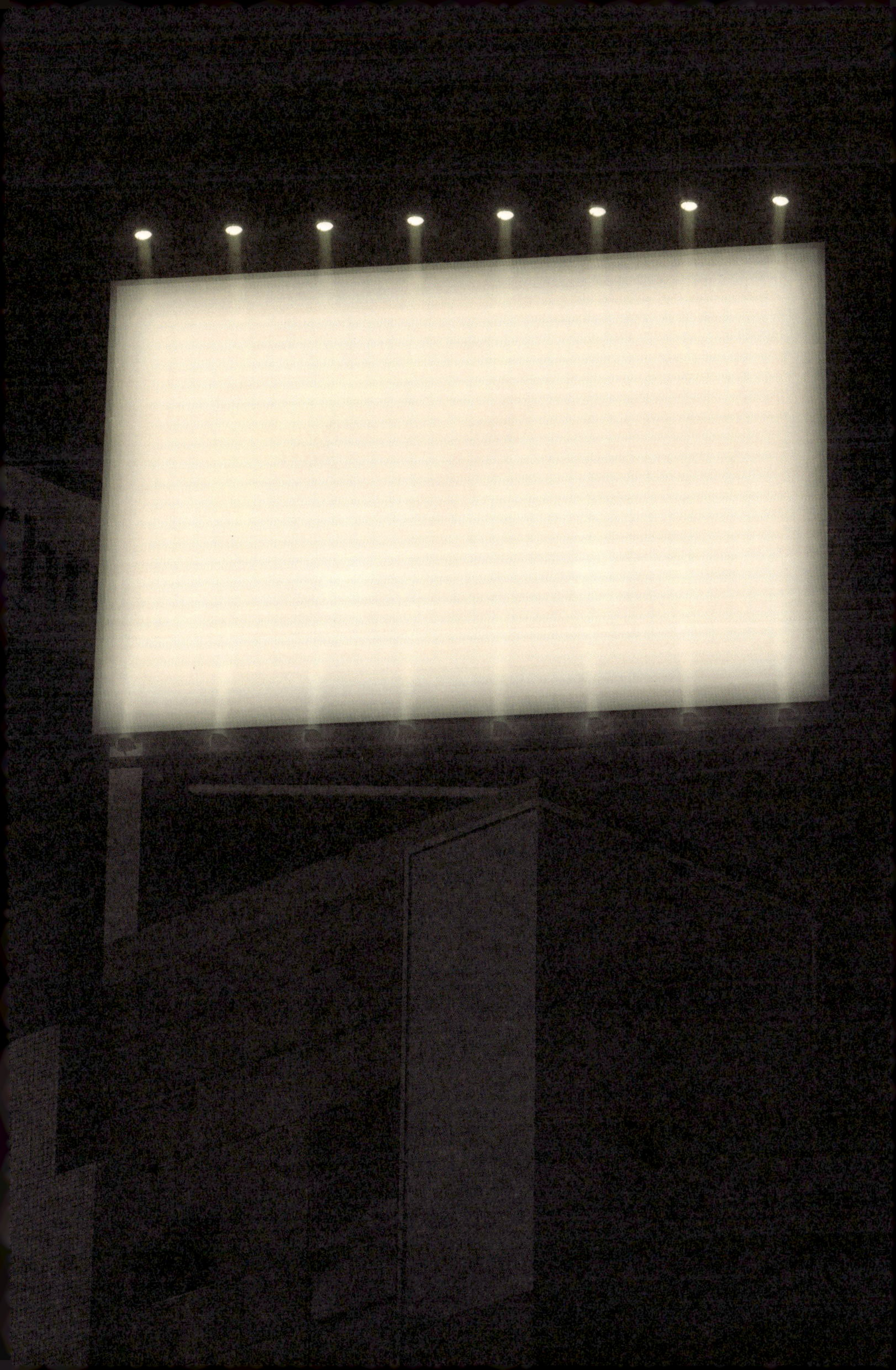

フキ子ちゃんが不謹慎だってこと、皆、気づいてない
私はだんぜん薔薇だなー
普通じゃーん 普通 超普通
凡庸
フキ子ちゃんたちだ
フキ子ちゃんもミル子ちゃんもゴミ出しお疲れ
ねえねえ
二人はさー好きな花ってある？
好きな花で性格が分かるんだって
仏花ならなんでも
そっかーミル子ちゃんは？
そうだなぁ私は菜の花
あ
やっぱりイラクサかな
イラクサ？
へえ
なんか渋いね
性格診断の本にも載ってないや
放課後ー
PCルーム
先帰ってて私調べ物あるから
えーすぐなら待ってるよー
そうだよ
これはそんなフキ子ちゃんとフキ子ちゃんをみている私の話です
イラクサとは
イラクサ科イラクサ属の多年
または総称。多年生植物で30
茎は四角く、葉と茎に刺毛が
うーん……
検索ワード追加して……
花言葉 イラクサ
検索
カチッ
……なるほどね

シンちゃん
作／長嶋 有とダイナマイトプロ
powerd by コミPo!
とはいったものの!
これは そんなフキ子ちゃんと フキコちゃんをみている 私の話です
フキ子ちゃんは 今は いません
私を守るため 秘かな大冒険をして 今は行方不明になっている のです。
kaku kaku sika jika
くわしくは コミックス (マッグガーデン刊) を読んでね
フキンシンちゃん
長嶋 有
おーい いつまで 検索してるんだー
はいはーい
ズッ
行方不明は 気がかりだけど
パタン
ほらお弁当
実はあまり 心配していない
ありがとう お父さん

〈小説〉フキン

「帰ってきたフキ子ちゃん」の巻

よし
急げ私
おはよう
脇坂さん
薬師丸さん
ミル子
ちゃんおはよー
いなくても
いつもフキ子ちゃんの
ことを考えてる
ゆるキャラなら
断然ふなっしー
だよね
くまモン
よりも?
「私は
とまりんだな」
泊原発の
55 DPE

フキ子ちゃんなら
なんていうかを
アメリカ大陸を
発見したのは？
しゃかりき
コロンブス
です
そうだな君尾君
君には簡単すぎたな
なぜか彼女は
いつも不謹慎な言動ばかり
してたけど
じゃあねー
あ
アンドと
アスカ
だから彼女を好きだった
わけでは　もちろんない
いや　そのことも
謎めいていて魅力的だったけど
彼女は優しくて
友達想いで
でもただそれだけ
の人でもなかった
急にいなく
なっちゃって
なんだか
寂しいな
って思ったり
もした
寂しいって
いうか
みずくさいよ
という
言い方が
一番近いかな
またね
すうぅ〜‥

私のお父さんが
職を失いそうになったピンチも
影で守ってくれていたという
ruuse sensei
no
hanashita
image
キッ
そのことへの感謝と
お礼くらい言わせてよって
抗議したいような気持ちとが
混ぜこぜになってて……
……
すうう～…
おや？
そこの霊柩車に
乗る少女は
行方不明になった
親友の
蕗山フキ子君
その人じゃないか
なに君
だっけ

そうか
海外にね
コポコポ
ときになぜ
霊柩車で
移動を?
趣味で
趣味がそうか
君のいないうち
日本では
いろんなことが
あったんだよ
安倍政権三期続投
維新の党分裂
サノケン
五輪フラッグ
ラグビーW杯
五郎丸選手活躍
山口組分裂
又吉さん
『火花』
大ヒット
田畑智子
南瓜切る
側溝男
「生まれ変わったら
『道』になりたい」
なんだ蕗山さん
日本の世相に
詳しいじゃない
ところで
君尾ミル子君には
会ったかい?
ずっと君に
会いたがっているよ
……
うん
ミル子君たちは
明日から
槍態岳で合宿さ
僕は存在感が
薄いので
居残りさ
戻ってきたら
ぜひ会うといいよ
……

やったー
アウトドア合宿　山ー!!
と思いきや
なんじゃい
この嵐は
もっと活発な漫画にする気ないのか作者ー
まあまあ
今日は部屋でジェンガでもやろうよ
クッキー焼こう
じぇんが～グッギー?
わーい
クッキー作りー
結局
ノリノリ
これ前にフキ子ちゃんが貸してくれた型
ワイワイ
フキ子ちゃんの?
それも使おう使おう
ドサドサ
フキ子ちゃんのクッキー型は独特な形ばっかり
?
!?
ス…

どーん！
ついにみつけたぞ君尾ミル子俺の性奴隷よ
フキンシンちゃん悪役
豪浴寺くん
豪浴寺家の没落以後、泥水をすすって（比喩でなく）生き抜いてきた！
↑コミックス参照
ペロペロ
ガルルル
俺の弁当だ
それもこれも君尾ミル子への恨みを晴らすためなんかこうあいつのせいって確信があるのだ
今日ここで決着をつけてやる！
焼けたよー
おいしそう
おいしそーん
これー？
ぐらぐら
ガラガラ…
ミル子ちゃんお風呂どうぞバスボム使ったら？
ありがとういただくね
わぁ広い
いっぺんやってみたかったんだ
ゴシ
ゴシ

ゴツ
つ〜…
チャンス到来
ネイキッドとはさらに好都合
もし改造スタンガンをお貸ししましょうか
あるので結構
やっぱりきてたか
バチッ
ズズズズ…
なんの音?
ザあああああ…
?

う うーん
はっ!
みえない 一体なにが 起きたんだ
森の中? 車のドアの 閉じる音か
くそ 縛られて動けない
ざあああああ…
む…… 誰かくる
ざっざっ
世界征服を企む 豪浴寺家の 末裔、目覚めたか
なんだ お前は ここは どこだ
…… 私はアニータ ここはタンク山
今考えた みたいな間は なんだ
豪浴寺 なぜ君尾ミル子に 執着する?
……貴様何者だ どこまで なにを知っている
おまえのかつての家の 警備セキュリティも 全部知ってるよ
パスワードは 3810《サバト》
はっ!
こいつ豪浴寺家に 入り込んで ハッキングした クラッカーか
声にも 聞き覚えが あるぞ
たしかどこかで……
もう一度尋ねる 君尾ミル子になぜ 執着する?

それはもちろん
性……愛してる
からさ
ここは
穏当な返事を
しておかねば
なーんだ
性奴隷にしたいか
性奴隷になりたいか
そういう理由なら認めて
あげようと思ったのにな
えっえっ
そっちなの正解？
なるなる性奴隷
いや
ならせるならせる
ねえ豪浴寺
欲望をもつのは
悪いことじゃない
周囲と協調だって
しなくていい
それでも
あなたのも含めて
ほとんどの犯罪は
やっぱり私
許されないって思う
それは　ねえ
なんでだと思う？
本当に
聞き覚えがある
声なんだが
くそっ
それはね
「かっこ悪い」
からだよ
なにぃ
強欲で生理的に
気持ち悪い者……

暗き闇に堕ちなさい！
ぎゃああああ！
by rino mizuho
ドサー

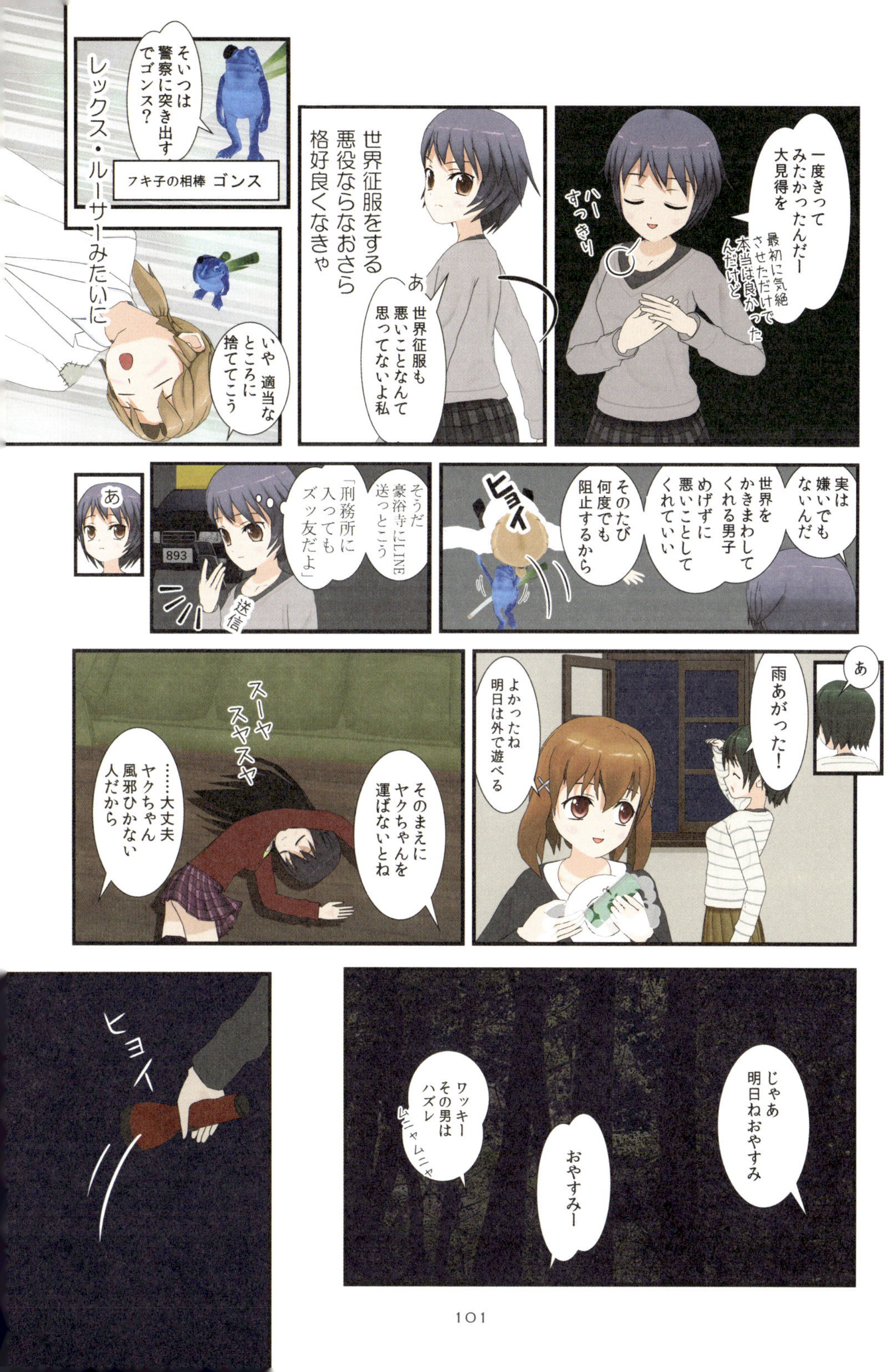

一度きってみたかったんだー大見得を
最初に気絶させただけで本当は良かったんだけど
ハーすっきり
世界征服をする悪役ならなおさら格好良くなきゃ
あ 世界征服も悪いことなんて思ってないよ私
そいつは警察に突き出すでゴンス？
フキ子の相棒 ゴンス
レックス・ルーサーみたいに
いや 適当なところに捨ててこう
実は嫌いでもないんだ
世界をかきまわしてくれる男子 めげずに悪いことしてくれていい
そのたび何度でも阻止するから
ヒョイ
そうだ 豪裕寺にLINE送っとこう
「刑務所に入ってもズッ友だよ」
893
送信
あ
あ
雨あがった！
よかったね明日は外で遊べる
そのまえにヤクちゃんを運ばないとね
スーヤスヤスヤ
……大丈夫ヤクちゃん風邪ひかない人だから
じゃあ明日ねおやすみ
おやすみー
ワッキーその男はハズレ
ムニャムニャ
ヒョイ

さっきお風呂にいたとき
たしかに窓の外に気配があった
危険ななにかかもしれないのに
このとき私は危険を思わなかった
だれも
もっと優しい予感に満ちた……
いません
よねーっと
びくっ
昔からよく知っているのに
まったく新しい
期待に満ちた空気のような

ミル子ちゃん
……落としものしちゃった
写真
……うん それもしかして いつかの『盗撮写真』じゃない？

おかえり
うん 久しぶり
ぎゅっ…
なんで盗撮写真って分かったの?
なんでかって?
それはあなたがフキンシンちゃんだってこと私だけが知ってるからです
「もうどこにもいかないで」だなんて言わないよ
思わせぶりに行方をくらますのでなくても 人と人は時にお互いに離れようとして離れる
だから言わないけど
それはね 私も同じ写真をあれからずっと持ち歩いてるから
またどこか遠くにいっても必ずまた何度でも私と会ってね そうやって私をドキドキさせてね
他の盗撮したのもみる?
う うん
フキンシンちゃん
おしまい

文・青木淳悟

言葉がチャーチル

〔日本人のイギリス像〕

イギリス人の根幹をなす民族は、[redacted]を使用するアングロ・サクソン人であるが、ほかにゲーリック語、ウェールズ語、アイルランド語などケルト語派の言語を使用するケルト系民族がスコットランド、ウェールズ、北アイルランドに居住する。

これらの地域がイングランドとともに連合王国を構成しているが、〈イギリス〉という日本における非公式の呼称は、元来はグレート・ブリテン島の一地域にすぎないイングランドに由来するものである。[redacted]また次にこの国の海外植民地獲得に応じて、〈大英帝国〉（あるいはイギリス連邦）までを含む広範な地域をさして、無差別な、漠然かつあいまいな使われ方をしている。そして幕末開国以来の日本人のイギリス観を支配したのは、日本と同じこの小さな島国の強大化の理由を探ろうとする視角であり、植民地帝国、〈世界の工場〉、立憲君主制の下での議会政治、ジェントルマンの国といったイギリスのイメージが日本人に定着していった。

しかしながら、かかるイギリス観の基底には、二つの誤解が存する。[redacted]

[redacted]

『世界大[redacted]典』二巻（一九[redacted]年）ヨリ転載セリ

——写影「黒塗りされた文書」

*

一九三九年九月一日の第二次大戦勃発から二年以上が経過した現在、欧州に広がるのは東方にまで進出したドイツ第三帝国の大版図であり、軍事同盟を結ぶファシスト政権下のイタリアであり、枢軸国陣営とその影響下の国々によってその地はほとんど埋め尽くされていた。それまでの戦いで連合軍はとうに大陸から駆逐され、引きつづき〈イギリス〉ただ一国のみが、国家の存亡を賭けて果敢に交戦をつづけた。四一年十二月七日（日本時間八日）以前には、眼下のヨーロッパ大陸と東部戦線、地中海を渡った北アフリカ、大西洋の海域が、両陣営の主戦場となっていた——。

フランスが倒れた直後の四〇年夏、ロンドンもすぐに空爆された。海峡を渡って飛来するのは尾翼に鉤十字《ハーケンクロイツ》を塗装した爆撃機編隊であった。出先のシティで突如空襲に見舞われた市民は地下鉄ホームへと待避し難を逃れた。伝統を誇る首都の街並みもいまや一変し、何がということもなくそれら貴重な建築、動産、工作物

が破壊され、そこかしこに瓦礫の山を築いていた。誰もが知る戦前の風景が失われようとしていた。

爆撃が止んで地上へ出てみると、周囲にビクトリーを意味するVサインを振りまいてみせる人物、被災した街を歩いて市民を励ますチャーチル首相の姿があった。議会制民主主義国の政治家らしく、戦時下においても民間では軍服に身を包んだりしない。さすがは〈紳士《ジェントルマン》の国〉といえる。名門貴族出身の彼はトップハットに水玉模様のボウタイまで結び、記録的な太さの葉巻をくわえ、手にはいつもステッキを握っていた。ユニオンジャック柄のベストこそ着用していないが、どう見てもそれは、典型的イギリス人像である「ジョン・ブル」そのままといった姿格好なのである。

「おお！　スーパーマリン・スピットファイア戦闘機！　わがイギリス空軍の勇士、空の軽騎兵たちよ‼　わたしはきっと信じておる。諸君らがいるかぎり、この国は不滅だということを……！」

応戦するイギリス空軍の戦闘機の活躍にもみな大いに励まされた。ときには屋根にのぼって煙突掃除夫と同席することさえあったが、空中戦を直に見るため避難もせずに外へ飛び出した一国の首相は、勇敢な自国の空軍パイロットに向けて最大限の讃辞を贈った。

「そしてわたしは何度でもこういおう。『人類の歴史のなかで、かくも少ない人々《アフューピーポー》が、かくも多数の人々《メニーピーポー》を守ったことはない（――W・S・チャーチル）』と。」

その数日前にも下院の演説でこれと同じことをいったので、公文書にもしっかりと記録されていようが、英国がその暴威の渦中に投げ込まれた「バトル・オブ・ブリテン」の戦局、空襲下の感情をただ率直に表現したまでだった。それは決してイギリス人が陥りやすい自己満足から発した言葉ではなかった。爆撃機編隊による夜間の無差別爆撃にも耐え抜き、実質的にドイツ軍のイギリス本土上陸作戦を阻止したいまでは、それが完全に正しかったことが証明された。

四〇年中のロンドン大空襲当時と、四一年六、七月以降とでは、西ヨーロッパの戦況は大いに異なっていた。ヒトラーは侵略の矛先を東方へ向け、ついに四一年の六月二十二日、それは奇しくもナポレオン一世のロシア侵入と日付をほとんど同じくしていたが、ドイツは独ソ不可侵条約を踏みにじり三〇〇万もの兵力をもってソビエト連邦への侵攻を開始する。バルバロッサ作戦である。ドイツが二正面作戦をとるに至ったその運命の指令は、孤軍奮闘のイギリスにとってまさに僥倖《ぎょうこう》といえた。

ヒトラー「極秘の奇襲作戦暗号名、ひみつのひみつの『バルバロッサ』に備えよ……‼」

苛烈な反共主義者ヒトラーは、ナチス党本来の共産主義撲滅を旗印に掲げ、また世界戦略の観点からロシアの地はドイツ国家の

「生存圏」だとして、これを手中に収めんとした。東方に目を向けるとき、そこには将来増大する帝国国民のため、ウクライナの無限の豊作地帯が広がっていた。一方のスターリンはこれほどの大規模作戦の兆候をすべて見逃していた。それにまったく気づかなかったわけではないが、いたずらに国境線を緊張させてドイツに武力行使の口実を与えないよう努めた。『我が闘争』を研究するまでもなく、対独戦争がどうせいつかは避けられない事態だとしても、すぐに戦端が開かれることはないだろうと読み誤っていた。

東部へのドイツ軍集結を警告するチャーチルからの電信は、ソ連を対独戦に引きずり込もうとする英国の陰謀だと見なされた。東京にいた諜報員リヒャルト・ゾルゲからの情報もまともに受け取られることはなかった。またスターリンと政府首脳部は、ドイツ側が対ソ戦を準備するには数百万着の毛皮の外套《がいとう》が必要になると考え、ヨーロッパの毛皮価格の変動を調査させたりもしていたが、短期での勝利を確信するヒトラーが冬支度を怠っていたため価格の急騰は見られなかったのである。

奇襲は成功し、ソ連空軍の約二〇〇〇機は飛行場を飛び立たずして破壊された。制空権を掌握すると、空の支援を得た装甲師団と機械化兵が電撃戦を繰り広げ、ドイツ軍は怒濤の快進撃をつづけた。それは、二つの世界大戦を生きた政治家で名文家でもあるチャーチルが記すところの「スターリンと彼の人民委員たちは、第二次世界大戦中のこの時機において、完全に出し抜かれたへま

な人間であることを自ら示した」ものとなった。

スターリン「……ははよしっ、同志諸君、毛皮価格は比較的安定しているようだぞ！」

その当日夜のラジオ放送で、チャーチルは早くもソ連への援助を表明する。そこでは「敵の敵は味方」といったありふれた表現こそ使われていなかったが、

「……ナチ制度は共産主義の最悪の特徴と区別することはできません。それには欲望と人種的支配以外に、一切の主題も原則もありません。それは残虐と兇悪な侵略の能率において、人間の邪悪のあらゆる形を凌ぐものであります。過去二十五年間、私よりも一貫して反共主義者であった人はありません。私はその点に関して述べた言葉を、一言といえども取り消すつもりはありません。しかしすべてこれも、現在展開しつつある光景の前に消えていきます。……」

から始まる長い演説のなかでヒトラー打倒を誓い、敵の敵を助けることの必要を説いた。「鈍感だがよく訓練された、ただ命に従う獣のような」凶暴なドイツ兵と、祖国を守るソ連の赤軍兵士の姿とをそこに描き出して、それが階級や人種や宗教の戦争ではなく、自由世界のための大義ある戦争だとした。ところで英雄主義的な考えをもつ戦略家で戦史に詳しいチャーチルは、とりわけ

ナポレオン時代にはひとかたならぬ思いを抱いていたのだが、それだけにこの場合ナポレオンの名前は決して出したくなかったろうし、ロシア側に立っても一八一二年の「祖国戦争」を引き合いに出したくはないところだったろう。そこにもう美学はないと、第一次大戦以来の思いを深くした。

「……戦争からきらめきと魔術的な美がついに奪い取られてしまった。アレクサンダーや、シーザー（カエサル）や、ナポレオンが兵士達とともに危険を分かち合い、馬で戦場を駆け巡り、帝国の運命を決する。そんなことはもう、なくなった。（――W・S・チャーチル）」

　劣勢のソ連軍は敗走を重ねた。四一年十月、ドイツ軍の前線はついにモスクワ郊外にまで達する。しかし後方に長く延びた兵站《へいたん》線の存在は、広大なロシアの地にあまり深入りした事実を告げていた。秋には雨が降り、その年は例年よりも早く冬が到来したといわれる。かつてナポレオンもそれを前に敗れ去ることになった冬将軍である。

黒革のブーツ「……もうすぐ冬将軍！」

ただのオーバーコート「……もうすぐ冬将軍！」

独軍Ⅲ号戦車「……ふんっ、雨でぬかるんだ道なんぞより、まだ凍土のほうが走行しやすいわい。ユンガーガガガッ、ユンガーガガガガッ……！」

イギリス一国が大陸の西方で依然孤立したままであることに変わりはなかった。スターリンからは再三にわたって、東部戦線に対する「第二戦線」をヨーロッパの地に結成するよう要請されていた。しかしチャーチルにその気はない。これまでにイギリス政府は、この新たな同盟国に対し、安全とはいえない海上を通じて軍需品と供給物資の援助をたびたび行っていた。「無愛想で、口うるさく、強欲で、先頃までわが国の生存にも無関心だった同盟国」に、アメリカからの物資を転送することもあった。

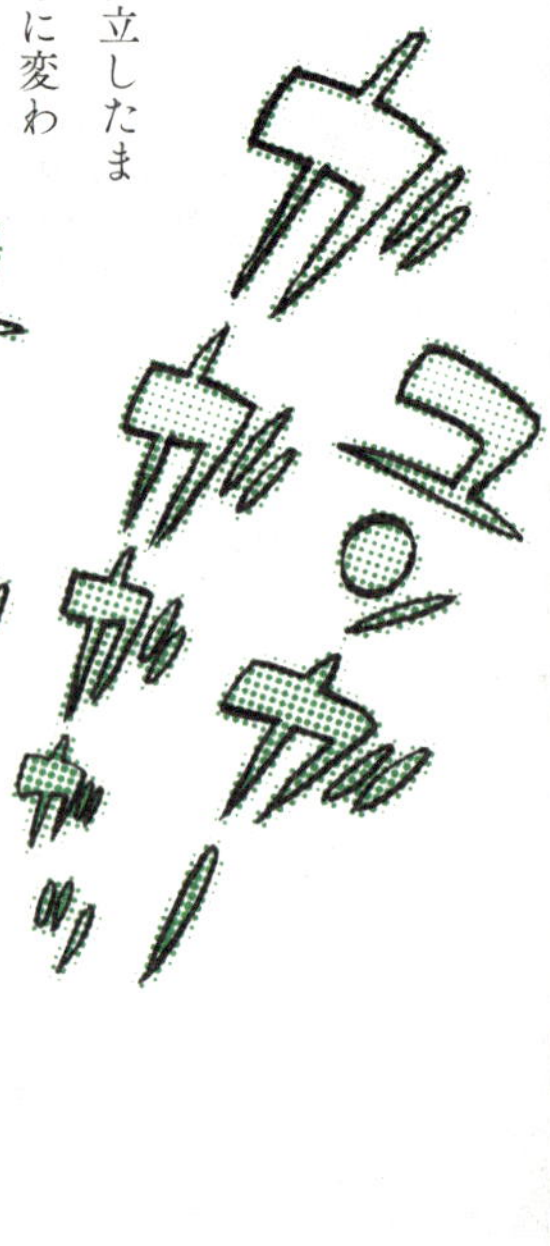

　ところでアメリカ合衆国大統領ルーズヴェルトとの間には、お互いに海相と海軍次官補として戦った第一次大戦以来の交友関係があり、今次の世界危機では合衆国の参戦以前から強固な英米同盟を構築するよう努力がなされてきた。多くの親密な書簡や電信が二人の間でやりとりされた。チャーチルはそこで「陛下の政府を代表する首相」などとするより「元海軍軍人」と名乗

ることを好んだ。チャーチルが内閣に呼び戻された海相就任時には「ウィンストン、海軍に復帰せり」といわれたものである。海洋への思い入れが強いのは国民性だ。

　この小さな島国は依然として世界中に植民地をもつ帝国であり、海軍は強力な艦隊を各方面に送り出しているが、対独開戦からこの方、大西洋上では輸送船舶が独潜水艦Uボートにより多数撃沈されていた。チャーチルは三九年九月の海相復帰、翌年五月の首相就任当初から海上輸送の問題を抱えていた。四〇年五月十日、ドイツ軍のベルギー・オランダ侵攻以降、早くも崩壊した西部戦線で孤立した英仏連合軍の救出に乗り出したときには、大型運搬船だけでなくモーターボートや漁船、遊覧船や伝馬船や手漕ぎボートまで、あらゆる小舟艇を掻き集めて兵員の輸送にあたった。奇跡的に三十三万人以上もの兵員が数日のうちに英仏海峡を渡ったこのダンケルク撤退から、ほどなくパリが陥落、フランスはドイツに降伏した。

ムッソリーニ「ドイツめ、ついにやりおったわ！　もはや欧州制覇も夢ではないな。これは一つの政治思想の精華、ファシズムが体現した力の勝利である。……わが国がこれに乗じて地中海とバルカンに向かうとき、ローマ帝国再興の日が近づこう。こうしちゃおれん、急いで英仏に宣戦してやるぞ！」

モスクワ・クレムリン「欲望のままに生きる自由主義者と野心家のファシストどもが勝手に始めた戦争である。しかし我々はこの間にルーマニアから領土を奪い、さらにいわゆるバルト三国のエストニア・ラトヴィア・リトアニアをも併合していた……。」

　イギリスは緒戦の西部戦線で大敗を喫し、撤退にともなって陸戦の装備をほとんどすべて失ってしまった。来たるべきドイツの侵攻に備え、陸軍と防衛軍が内地で満足な軍備を整えるのに数ヵ月はかかる。ただし空軍の戦闘機隊は劣勢ながらもドイツの爆撃機を多数撃墜していた。また、「海洋軍事力」というのがチャーチル好みの用語なのだが、この時点で独伊海軍には戦力において優位に立っていた。「大西洋の戦い《バトル・オブ・アトランティック》」では群狼のごとく襲撃を繰り返すUボートの跳梁を許すものの、敵に十倍する艦隊をもち、〈植民地帝国〉としてまだどうにかその通商航路を保っていた。ただし本土の周辺海域での絶対的な制海権を確保するには、世界四位の海軍であるフランス艦隊が枢軸側の指揮下に置かれる事態だけは阻止しなければならず、したがってイギリス軍はこれらの艦船を拿捕し無力化し、あるいは戦線離脱や自沈を促し、交戦して撃破することも辞さなかった。

　英国本土や海外領の軍港にいたいくつかのフランス艦隊はすみやかに接収された。また地中海の仏領アルジェリアの各港にはジブラルタル要塞から英艦隊が派遣された。やがて海戦となると、昨日の友軍に砲撃をもって対さねばならない悲劇を生んだ。国民を沸かせたあの「ダンケルク・スピリット」とは印象も異なり、単純な戦意高揚だとか美談めいたところもなく、あるとすれば非情なる決意と覚悟とが示されたことだった。

とあるロンドンっ子の小使がこんなことをいった。

「旦那、試合はいよいよ決勝戦ですね！　しかもこんどはホーム・グラウンドでやるんですよ！」

またこれは誰がいったか、「撤退はわが国最大の産業になりつつある」ところだったが、そこにさらに「本土防衛」「軍備調達」「海上輸送」など、戦時内閣に次々とのしかかる国防上の課題をつけ加えてみてもよかったかもしれない。つい数週間前に政府首班となった戦略家の血は大いに騒いだ。

ドイツ側のイギリス本土上陸作戦は「あしか作戦《ゼーレーヴェ》」といった。これはまた「とど作戦」とも邦訳される。ドイツ軍は海流の早いドーバー海峡付近で大部隊を渡航させ、重火器や戦車を揚陸し、海上に補給線の構築を図ろうとした。この渡航作戦には少なくとも制空権の確保が絶対的な前提条件となる。平底船を打ち並べて大軍で押し寄せたナポレオンの時代ではない。こうして大航空戦の火蓋が切って落とされた。「バトル・オブ・ブリテン」である。

「そう……わたしは、好むと好まざるとにかかわらず、〈大ブリテン〉が危機に瀕したまさにそのとき、陛下の忠実なる僕にして英国政府の首相となる運命にあったのである。」

ウィンストン・チャーチル。サー・ウィンストン・レナード・スペンサー・チャーチル。彼はいう。戦争には決断、敗戦には闘魂、勝利には寛大、平和には善意だと。またこうもいった。「言葉が力になるのなら、必ずこの戦争に勝つのだが……」と。もしもここに彼のような大人物がいなかったなら、さらには国を率いていなければ、イギリス政府はこの四〇年の時点においてさえ、フランスのようにドイツとの講和の道を選んでいないともかぎらなかった。

戦時に際して保守党は労働党や自由党とも手を握り挙国一致体制を築いた。いよいよ国王から組閣の大命を受け、ここに歴史的な挙国連立政府が誕生し、絶大な権力を一手に握った。英国王室に対する彼の敬意と忠誠は本物であり、政治的立場にかかわりなく真の

王党派で、かつ最後の「王権神授説」の信奉者だったといってもおかしくない節があった。

チャーチルは顔を赤くしたり青くしたりしながら戦争指導の陣頭に立った。「二十も若返ったよう」であった。命令には必ず文書による具体的な回答を求め、「命令のとおり手配した」では満足しなかった。問題の軽重は問わず、たとえばワックスを各部隊に供給し兵隊の耳に入れ戦闘時の大音響を軽減できるかなど、戦争に関することならどんな些細なことでも知りたがった。何歳になっても好奇心が衰えることはなかった。

烈々たる闘魂は火を吐くがごとく、議会では連日のように歴史に残る勇壮な演説を繰り広げるのであった。前首相チェンバレンの宥和路線はもはや通用しない。四〇年五月十日金曜日未明、ついにドイツ軍が中立国ベルギー・オランダに侵攻したのだ。北部方面は英仏連合軍が防衛線を敷いてこれを迎え打つだろう。

こちらではさっそく週明けの十三日月曜日、臨時招集された下院で、組閣当初の施策方針演説のなかに「わたしが捧げるものは、ただ血と労役と涙と汗のほかになにもありません！」が出てくる。そして挙国一致を呼びかけ信任投票が行われる。議会政治の正当な手続きではあるが、危機は日を追って深まっていた。

十五日早朝、まだ新首相がベッドにいる時間に、フランスのレノー首相から至急電話が入った。向こうが「電話口に出ている」というのを聞いて飛び起きた。フランス人はわざわざ英語でそれを告げてきたという。

「我々は敗北しました。……我々は負けました。戦いに敗れたのです。」

「えっまさか、そんなに早く負けるはずないじゃありませんか。」

「ノン、ノオン！　戦車と装甲車の疾風怒濤《シュトルム・ウント・ドランク》の進撃に戦線は破られ、陣中深くに敵の大部隊が雪崩れ込んでいます……。我々は負けました。完敗したのです。」

ああくそ、ムッシューの敗北主義をなんとかせねば、とチャーチルは思った。このフロックコートの蛙野郎が。

チャーチル「ノオーン、まだ敗北したわけではありません！　わたしの経験によれば、間もなく攻撃は終わるはずです。一九一八年三月二十一日の例もあります。五、六日もすれば、敵は補給のために進撃を停止しなければならないので、必ず反撃の機会ができます。これはすべて、第一次大戦当時、貴国の英雄フォッシュ元帥自身の口から聞いた話です（あるいは過去の著書で紹介したかもしれませんが……）。」

ところがこのとき先陣を切って猛進撃をつづけていたのが、かのエルヴィン・ロンメル少将率いるドイツ国防軍第七装甲《パンツァー》師団だった。全一三六個師団のうちの一つに過ぎないが、彼とその師団は戦いの端緒で早くも頭角を現す。味方からは「最も西にいる

師団」だとの高い評判を呼び、敵軍に至ってはいつの間にか防衛線をすり抜けている彼らのことを「幽霊師団」と呼んで恐れた。電撃戦とは急降下爆撃機に加えて主に戦車隊の突破力で敵を攪乱する戦法だが、独断専行、勇猛果敢、野心旺盛なロンメルは再三の停止命令を無視して進撃していった。

このドイツ軍の奇襲作戦に俗称の「三日月型分断作戦」だとか、もっと気の利いた「鎌の一撃」との表現を用いるとしたら、それはもっとも鋭い刃の切っ先であった。師団長自身が最前線に立って戦車連隊の指揮をとって進軍すると、途中何度も師団本隊があとから追いつくまで待たなければならないほどだった。部下の将兵の間では「不死身のロンメル」伝説さえ広まり、絶大な信頼が寄せられていたという。

ナチス党とは距離を置いていた生粋のドイツ軍人であり、中産階級出身で歩兵上がりの将校は異例の出世を遂げ、大戦末期には最年少の元帥ともなる。まさに立志伝中の人物といえた。ただしチャーチルもまだこの時点では「ロンメルという将軍」がいると噂を耳にする程度であった。世界にその勇名を轟かせるのは、のちの北アフリカで「砂漠の狐」と畏敬をもって呼ばれ、戦力の勝るイギリス軍を散々苦しめたときのことだった。

一国の代表たる政治家が一人の敵将に魅せられ惚れ込んでしまうということが、現実にあった。「ヒトラーお気に入りの将軍」となったロンメルだが、同時に元軍人の英国首相をして「すばらしい軍事的賭博師」「ロンメルは神に愛されている」とまでいわしめている。下院では敵への讃辞に文句をいわれた。後年、英軍中東方面司令官の首は何度もすげ替えられることになるが、北アフリカ戦線ではそれだけ連戦連敗がつづいていた。本当なら極東の守備隊に送られていたかもしれない戦力がここに過剰に投入されたといっても過言ではなかった。

チャーチル「見渡すかぎりの砂の荒野……。雲一つない空に灼熱の太陽……。わたしのなかの黒い犬が、一つの影を追い求めている。ロンメル！　ロンメル！　ロンメル……！　奴を倒すこと以上に重要なことなど存在しない……！」

四〇年五月十日以来、開戦してまもない西部戦線では、ある森を舞台にドイツ軍の奇襲作戦が進行中だった。英仏連合軍がこれを迎え撃つ。戦況図によると当初の戦力は両陣営でほぼ拮抗していた。フランスの防衛線として、ドイツとの国境沿いには塹壕あるいは回廊のように地下要塞を並べた有名なマジノ線が存在するが、その北端から北方に広がるアルデンヌの大森林地帯もまた天然の要塞というべきものであり、仮にも大部隊の通過は至難とされた。ドイツ軍は第一次大戦時と同じくベルギー経由で南下してくるものと考えられていた。

ところが装甲師団主力のA軍集団はアルデンヌの森を強行突破すると、防衛線の手薄な間隙を突いてフランス国内にどっと雪崩れ込んでいった。そこからベルギー国境沿いを英仏海峡まで進撃し、ベルギー方面に進出していた英仏連合軍の背後にまわってフランス国内との連絡を絶ち、ベルギー経由で南下中のB軍集団とで海岸際に追い詰め袋の鼠とする作戦であった。そしてこの鉄環が完成されつつあったとき、不可解にもヒトラーが前線に一時進撃停止を命じ、これがダンケルク海岸からの大撤収作戦の成功につながるのである。

まだ五月中旬、「我々は負けた《ウィーロスト》」との連絡を受けた翌日の十六日午後、チャーチルは軍参謀とともに空路パリに飛んだ。パリ北東のスダン付近で防衛線は破られていたものの、ドイツ軍の進路からまだ首都は安全だと見られていた。敗北を予期しながらも都合四度、チャーチルは交戦下のフランスを訪問し、同国政府および軍首脳部と協議する機会をもった。最後の訪問となる六月十四日は無防備都市パリが無血開城するまさに当日だったが、このころフランス政府の本部はツールに一時避難していた。のちに政府は南部のボルドーを首都とし、ドイツとの単独講和が成立すると内陸の保養地ヴィシーへ移り、ここにナチスの傀儡であるヴィシー政権が発足する。

六月十日、イタリアが英仏に宣戦した。刻々と戦局が悪化するなか、抗戦派と休戦派に分裂するフランス政府の内部的脆弱さ、また軍部の無能ぶりをたびたび垣間見ることになる。緒戦の一撃でまったく戦意が失われてしまったというべきで、第一次大戦の英雄や生き残りが多く名前を連ねる最高司令部（ペ元帥、ガ将軍、ウェ将軍、ダ提督ら）にあって、反撃の機会は永遠にやってきそうにもなかった。

チャーチル「（まず英語で）では、戦略予備軍はどこにいるのですか……？（特別な意味はなくいつも無造作に使うフランス語で）つまりお尋ねしたいのは、反撃に備えた機動部隊の主力がどこに配備されているのか、ということですが………オーキュヌ（なにもない）？　えっ？　まさか予備軍が存在しない……!?」

どの時点からかその国の首脳部に休戦を求める声が漏れ始める。休戦交渉、単独講和と、これは連合国として許されるべきことではなく、外交問題であるばかりか、共同戦線を張る友邦イギリスへの重大な背信行為であった。抗戦派は北アフリカに渡っても戦うといっているが、それを主導しているのが影響力を失いつつあるレノー首相だった。

驚き、怒り、落胆ばかりを招く会合を重ねつつあったとき、将校服が何人もそこに居合わせるなかで、やけに背の高い星一つの将官の姿がたびたびチャーチルの目にとまった。壁際に、戸口に、ときには中庭にのっそりと立ち、いつも同じような物思わしげな表情を浮かべ、浮き足立つ上層部とは対照的に超然と構えているのだ。将軍としてはまだ若くほとんど無名の存在に等しいが、強い愛国心と不屈の闘志とをそこに見た。

そして、国家が危機に陥ったとき、運命が彼を見出したのである。当初見かけたときは一師団長に過ぎなかった「ノッポの騎兵大佐」は、政府の改造人事にともない国防次官に任命され、緒戦での戦功を認められ初めて五光星を得て准将に昇進すると、最年少四十九歳のド・ゴール将軍として、閣僚では末席ながら抗戦派の急先鋒となりつつあった。それは先見性の域を越える予見というべきものだが、チャーチルは「これこそフランスを背負って立つ人」だと、早くもここで人物を見抜いていたのである。言葉の力を信じた人だった。伝えるにはただ一言でいい。

「ファム・ファタール（運命の人）……」

ほとんどすれ違いざまにささやきかけるという体で、そのフランス語が思わず口を衝いて出た。ド・ゴールはそれを聞いてもまるで表情を変えず平然としていた。

戦局は悪化の一途をたどった。会合の席では誰もが苦悩の色を深めていたが、軍事方針について国家の意向を探り合うと、結局は戦争継続と増援要請とを巡って言葉の応酬を繰り返すばかりだった。いまというこの決定的瞬間に、英空軍は全部隊を出撃させてフランスを助けるべきである。

「……というわけであえて軍事機密に触れましたが、わがイギリス空軍司令部はダウディング大将のもと、そうした巨大レーダー網からなる防空計画を推し進めてきました。ですからその『戦闘機二十五個中隊』が絶対に必要なのです。空を守り海の自由を保つ。それはイギリスの戦い《バトル・オブ・ブリテン》です。この小さくて偉大な島国、〈グレート・ブリテン島および北部アイルランド〉の……」

それがまったくの行きがかり上のことだったにしろ、相手に言質を与えたと解釈されてもおかしくない、かなり踏み込んだ発言をしている。決してフランスを非難するのではなく、国家主権と統帥権には十分配慮しつつも、打つ手がなくふてくされてしまったのだ。

チャーチル「……苦境に立ったフランスにとって、軍隊の降伏がもっともよいと考えられるのであれば、どうぞ、我々に遠慮することはない（降伏すればいい）。あなたがたがどうしようと、それにかかわりなく、我々はいつまででも戦いつづけるつもりだから（「ネバー・ネバー・ネバー・ネバー・ネバーギブアップ！」）……」

フランスが倒れればすぐにでもイギリスは「ニワトリのように首をひねられる」と思われていた。ヒトラーがそう夢想していたというだけでなく、それがフランス政府の多数派の見解なのだ。同盟国としての関係も「十分な援助が実行されなかった」「フランスが休戦するよりも先に撤退した」ことで悪化していた。フランス国内の対英感情はいつもながら悪かったのである。

四〇年六月十七日、フランス政府が休戦を申し入れ、全軍に戦闘停止命令が下されようとした日、ド・ゴールは小さな飛行機に希望を託してロンドンに亡命する。チャーチルがこれを手引きしたともいわれ、彼にはいかなる援助協力をも惜しまないという態度だった。またしても惚れ込んだのか、その「苦痛を堪え忍ぶ並々ならぬ資質」を称える。シャルル・ド・ゴール。彼は、イギリス人の前でレノー首相のことを「あの冷凍魚《ス・ポワソン・ジュレ》」と呼んだ。反骨。祖国愛。我々はこの男の後年の姿についてもよく知っている。やはり立志伝中の人物なのである。

しかしながらやっと星一つのこの将軍のもとに手勢となる軍隊はあったか？　否——。フランス三色旗にロレーヌ十字をあしらった軍旗を翻し、外人部隊を率いて赤道アフリカを転戦しなければならなかった。親独のヴィシー政府を承認する国際社会を相手に「フランスはわたしである！」とあえてうそぶくようにいわなければ、獲得されるべき国家主権などたちまち吹き飛んでしまいそうだった。アメリカン・デモクラシーの旗手たる米大統領には「選挙で選ばれたわけでもない独裁者」「形式にこだわる旧世界的人物」などと忌み嫌われ、のちにはチャーチルからも「大戦中、わたしの重荷はロレーヌの十字架であった」と疎ましがられようとも、亡命政府自由フランスとフランス国民委員会の代表者でありつづけた。また、たとえ凱旋門からノートルダム大聖堂に向けての戦勝パレード中、シャンゼリゼ通りにドイツ軍の残党が放つ銃弾が飛び交おうとも、決してそこで頭を下げてはならなかった。ついぞこの人物が座ったところを目にしたことがないのだが、頭上に頂くフランス陸軍伝統の「ド・ゴール帽（ケピ帽）」を入れたら身長は二メートルを越えていた。頭は常に世界へと向けられていた（「なんですって？　おしまいですって？　では世界は？植民地は？」）。この日、小さな飛行機によって隣国から持ち込まれたのは、フランスの大いなる栄光だった。――「フウム。運命の女《ファム・ファタール》？　運命の……ジャンヌ・ダルク？」

　翌十八日の夜、政府内や外務省の反対を英国首相が抑えると、BBCラジオでの放送が実現し、ド・ゴールは初めて同胞に語りかけている。

ド・ゴール「わたし、ド・ゴール将軍、いまロンドンにいる……。

（一番有名な部分）」

「……しかし最後の言葉はいわれたであろうか？　希望は消えねばならぬのか？　我々の敗北は最終的か？　否《ノン》だ！……フランスは、ひとりぼっちではないから。」

「フランスはひとりぼっちではない。背後には広大な海外領土がある。海を支配し、戦いつづけているイギリス帝国と、手を握ることもできる。」

「どんなことがあっても、レジスタンスの焔《ほのお》は消えてはならないし、消えないであろう。」

　このときの実際の聴取者はごく少なく、本国ではゼロだったとも反発を招いたともいわれるのだが、これがのちに反撃の狼煙として高く評価され、有名となる言葉である。

　さて、英仏とヨーロッパ戦線の窮状は、ラジオ演説だけでなくあらゆる媒体を通じて世界中に届けられた。この危機的情勢への反響の一つとして、四〇年十月、アメリカの喜劇王チャップリンの『独裁者』が公開され、国内での封切り後まもなく海を渡ってくる。主人公である床屋のチャーリーが第一次大戦で負傷するのは、実際にこれに従軍し伍長として負傷したまま終戦を迎えるヒトラーを思い出させる。「チャーリー」および「ヒンケル総統」はチャップリンが一人二役で演じる。独裁者による出鱈目なドイツ語の演説。クライマックスを飾

る、チャーリーその人による六分間にわたる演説（「アイム・ソーリー、バット……、アイ・ドント・ウォント・トゥー・ビー・アン・エンペラー。ザッツ・ノット・マイ・ビジネス。わたしは何人《なんぴと》をも支配したくない。できれば援助したい、ユダヤ人もキリスト教徒も黒人も白人も。……」）。英国人は字幕の必要もなくこれを聴いた。チャップリンの初のトーキー作品だった。

誰もが話す〈英語〉である。再び短波ラジオに耳を傾ければ、大西洋の向こうから「ボイス・オブ・アメリカ」の放送が聞こえてくる。ラジオの政治利用はひとりヒトラーだけのものではなく、ルーズヴェルトが国民に向けて節目に行う「炉辺談話《ファイアサイド・チャット》」も有名だ。さらに英米両国の間は海底を走る電信電話ケーブルでも結ばれている。同じ英語国家としての連帯を呼びかけるのに、チャーチルは首相になってから何度も打電を繰り返した。

しかしこの〈日の沈まぬ国〉の栄光も過去のものになりつつあった。第一次大戦が終結したとき、すでに帝国の輝きに影が落ち始めていた。あれからおよそ二十年、今大戦はしばしば物量の戦争といわれるが、産業革命以来の〈世界の工場〉たるイギリスは、工業生産高ではいまやドイツにも抜かれ、かかる栄冠は工業国アメリカに奪われていた。アメリカの参戦を待ち望む声は連合国間で当初から高かったにしろ、目下の期待はその工業力に寄せられた。

開戦後まもない三九年十一月、米議会の中立法修正案可決により交戦国への武器禁輸条項が撤廃され、大西洋を渡って多くの武器と軍需品が英仏に輸出されていた。四〇年六月、ダンケルク撤退で英国内から武器が極度に不足した際には、アメリカ軍の予備兵器がいち早く急送される運びとなった。純然たる海

洋国家として、この国にはあらゆるものが海を通じて運ばれてくる。イギリス本土にドイツ軍上陸の危機が高まり、制空権の維持と海上の警戒、沿岸防備に最大限の戦争努力が払われるなか、国家としての軍事方針の根底にあったのは、ほかでもなく海に囲まれた島国であるという事実であった。

このとき、第一次大戦以来二十年以上にわたってチャーチルの心を捉えてきた「上陸用舟艇」なるものの存在が、ドイツ側にそれがないとのかたちでちらりと顔を覗かせる。連合国にもないそうした特殊な運搬船を極秘裏に開発し大船団を準備したうえでなければ、ドイツ軍の奇襲的な上陸作戦はまず実行不可能であろうと考えられた。海があるからこそ、一千年以上もの間他国に侵略されることがなかったのだ。当時ここに吹く風がナポレオン率いる平底船の船団にいかに驚異を与えたことか。後年耳にする「Kah mih KAH zee」と同じ風がドーバーにも吹いている。

特殊船艇については四半世紀も前に早くも構想し、ロイド・ジョージ首相の戦時内閣のもとで専門家の手も借りずに独自の計画案を作成したことがあったのだが、敵前上陸を可能にする「防弾装備の艀《はしけ》」にしろ、浅瀬に沈めて人工島をつくる「コンクリート船」にしろ、まだいずれも連合国側に必要とされていない。これらが日の目を見るのは実に四年後のことであり、四四年六月六日「Dデー」に決行される史上最大の上陸作戦を待たなければならない。現下の本土侵入の危機のためには、まだほかに必要な船はいくらでもあった。

「……大統領閣下、この瞬間にわたしが死ぬようなことがあれば、駆逐艦がないことがわたしの心臓に焼きついていることでありましょう。それがないためにわたしがどれほど苦しんできたか、そしていまもどれほど苦しんでいるか、言葉では到底いいあらわせません。」

「ここに引用しました『わたしの心臓』云々というのは、およそ一五〇年前に、わが国のネルソン提督（うちの黒猫ネルソンのことではありません！）が、本国にフリゲート艦を求めたときの手紙にある言葉なのですが、……」

「それらはすべて送っていただけるものと確信しております。ご存じのように、こちらに回していただける駆逐艦の一隻一隻が、ルビーでその価値を示せるほど貴重なのです！」

そもそもチャーチルは、ルーズヴェルト米大統領に宛てた首相就任挨拶の親電で、早くもその要請を行っている。第一次大戦を海相と海軍次官補として戦った過去もあった。そして四〇年九月、アメリカ大西洋側にあるイギリス軍基地の租借権と引き換えに、ついに念願の旧式駆逐艦五十隻が提供される。先の大戦でも使われた船だったが、何物にも代えがたい価値があった。またとりわけ四一年三月に制定された武器貸与法《レンドリース》は、米議会史上もっとも高く評価されてしかるべきものだった。

この「リース」という聞き慣れない言葉に、何より重大で光輝

ある着想が含まれていた。すなわちそれまでのアメリカからの軍需品は「現金払い《キャッシュペイメント》・持ち帰り《テイクアウト》」方式であり、すべて米国内で先払いにてそれらを調達し、武器輸送を禁止された米国船に代えて、それぞれ自国船で本国まで持ち帰らなければならないというものであった。うまい商売を始めただとか、まさかこれをファーストフードになぞらえるわけにもいくまいが、かのマクドナルド兄弟がカリフォルニア州ロサンゼルス東の田舎町でドライブイン型レストランを開業するのがちょうど四〇年のことだという。ともあれアメリカ経済は、一九三〇年代には大恐慌を経験して急速に冷え込み、ルーズヴェルト政権がそこからの脱却を図って公共投資に注力した一連のニューディール政策を経て、最終的には戦争景気に沸いたのであった。

チャーチル「戦いの轟音と激突とは別に、こんどは別の系列に属する世界の運命にかかわる問題が、我々の前に浮き出てきた。米大統領の選挙が十一月五日に行われた――」

その島国に激震が走る。いま振り返ってもイギリス政府がそれをどう乗り切ったのかまったく不明なのだが、「バトル・オブ・ブリテン」まっただなかの四〇年八月頃には、すでに国家財政が破綻する兆しが見えていた。経済学者ケインズに諮問しても打つ手はもはや増税策しかなかったようだ。さる大臣の緊急提案では、所得税の非課税基準の見直しや消費税の対象拡大、「強制貯金」の実施が叫ばれ、また可処分所得の上限設定、資本課税についても言及されていた。英国の金準備高と海外資産の総額は絶望的な低下ぶりを示し、財政問題が閣議で頻繁に協議されることになる。

――アメリカはわが国から換金できる資産をすべて吐き出させて身ぐるみ剝ごうとしているのか。隣人が火事のときにもまず十五ドルを払わせてから十五ドルのホースを引き渡すのがいいところだ。本当の危機に陥ったあとで「善きサマリア人《びと》として」手を差し伸べてくるつもりなのか。しかし十一月の大統領選が終わればワシントンも少しは気前がよくなるだろう。

エレノア「どうしたのフランク、浮かない顔をして。」

ルーズヴェルト「……こんどは『危急存亡の秋《とき》』ときたか。いやなに、またチャーチル首相から遠回しに参戦を促す電信だよ。やっと議会を黙らせて駆逐艦五十隻を送ったところだというのに、いやはや困ったものだ。」

エレノア「この国の民衆は誰も戦争なんて望んでいない。……フランク、大丈夫よ。あなたならきっと勝利できるわ。今度また再選されればついに『三選』よ。」

ルーズヴェルト「ああ、アメリカが参戦することはない。家庭から息子たちを戦場に送り出すことは決してない。それが表向きの一大公約だ。」

「……そしてこのたび『三選』されましたことは、長らく『行動の人』として国民の支持と信頼を集めてこられた歴然たる事実からすれば、蓋《けだ》し当然の結果だったといえましょう。ここに、イギリス政府から大統領へ、もっとも熱烈な祝意を表します！」

合衆国内では元来ヨーロッパの権力政治には不介入の立場をとる孤立主義的な世論が根強かった。チャーチルはときに「英語国民」という言葉を使って、両国が運命共同体にあるという連帯感を演出した。万がいちイギリスが倒れるようなことがあれば、ドイツ軍は堂々と大西洋に進出でき、いずれアメリカ本土も危険にさらされることになろう。このころのブリテン島はヨーロッパ大陸への橋頭堡《きょうとうほ》などではなく、いうなればナチズムの脅威に対する防波堤となっていた。

やはり〈英語〉が二つの国を密接に結びつけていた。二人の政府代表による文通は大戦末期のルーズヴェルトの死までつづき、ロンドンからは総計およそ九五〇通、ワシントンからの返信は八〇〇通に及んだという。ちなみにチャーチルは英語の普及にも関心があり、大戦中から「ベーシック英語」を支持していた。やがて後年、大著『第二次世界大戦』でノーベル文学賞を受賞し、さらに八十歳を過ぎて公職を退いたのちのことだが、『A History of the English-Speaking Peoples（英語を話す人々の歴史）』（本邦未訳）という著作をも出版している。

戦局や国際情勢に大きな変化を認めると、チャーチルはよく渡米した。一度目はドイツ軍のロシア侵攻の直後である。当時、独ソの開戦でイギリスの単独抗戦という苦しい時期は脱したものの、地中海に移った主戦場では北アフリカで何度もロンメルの「黒豹部隊」に勝利を許していたし、中近東方面もだいぶきな臭くなっていた。また依然として不安が去らないのは、ほとんど増援できる見通しが立たない極東に不利な情勢を抱えているためだ。極東にある仮想敵国の海軍はかつてイギリスの教官のもとで鍛えられた。イギリスとは長く同盟関係にあった。いまやその日本という極東の巨人が、欧州の動乱の外にいて、遠く地球の裏側から、ものすごい形相を呈して連合国を睨みつけていた（チャーチルの表現）。

四一年八月初め、最新鋭戦艦プリンス・オブ・ウェールズは多数の駆逐艦に守られながら「Uボート天国」の大西洋を渡った。英米二国の首脳はニューファンドランド沖にてついに対面を果たし、そのまま洋上で秘密会談を重ね、数日間の協議のすえ戦争目的や戦後の国際協調についての共通原則を策定、のちに大西洋憲章と呼ばれる共同宣言を出すに至る。

ただしその第四項の通商自由化の原則について、それが自治領や植民地とのブロック経済体制の早期解体を迫るものだとしてイギリスが反発した結果、「既存の義務を尊重しつつ」の文言が入れられることになった。また第三項の民族自決原則が謳う「あらゆる民族が自らの統治形態を選択する権利」は、自ずと英領植民地の独立問題にもかかわってくるが、そこに「強制的に奪われた主権や自治の回復」を追加することで風当たりを弱めた。事実、帰国後に植民地政策への影響を議会で追及されると、チャーチルはこの条項があくまで枢軸国に占領された地域に主眼を置いたものだと弁明した。純粋に反ファシズムを標榜した第六項中の「ナチ暴政の最終的破壊」という表現になると、これは首相が議会でもどこでも口にする言葉そのままだった。

この「憲章」ではいくつかの条項を巡って英米間に論争があったものの、対外的には英米の強い結束を印象づけることになった。そしてこれが「原則において、感情において、そして用語においても、我々は完全に一致していた」とチャーチルが自信をもって語る「連合国共同宣言」にまで発展するには、これからおよそ四ヶ月後に迎えるアメリカの参戦を待たなければならない。そのとき「列強同盟」はルーズヴェルトの提案で「国際連合《ユナイテッド・ネーション》」と名前を改めるだろう。

ルーズヴェルト「世界によりよい秩序が確立されるまで、我々はその治安維持に積極的にかかわっていこう、ということです。」

ここにきてアメリカは、まだ参戦前にもかかわらず、世界平和のためには侵略的国家の武装解除が必要だと、ぐっと踏み込んだ内容を宣言する。あえていえば、第一次大戦後に国際連盟の創設に尽力したウィルソン大統領の流儀を受け継ぎ、目標に向けて早い段階で「平和原則」を打ち出したのだ。――これまでの経過をたどると、ルーズヴェルトは、中立国の大統領として三選した直後の四〇年十二月に「炉辺談話」を行ったときに、合衆国が「民主主義の兵器廠《しょう》」となるべきだと訴えていた。ついで翌四一年一月に発表した年頭教書のなかで、「四つの自由」すなわち言論と表現の自由、信教の自由、欠乏からの自由、恐怖からの自由をそれぞれ擁護することの重要性を説いた。武器貸与法がそのあと三月に制定される。

ニューファンドランド沖、強い日差しの降り注ぐ八月の洋上で、チャーチルは大統領の人柄にまったく魅了されてしまった。大統領は遥か遠くまで世界の未来を見据えている。この人が好きだ！ ただの理想主義者ではない。民主党の老練な政党政治家であり、政権運営では強いリーダーシップを発揮して政策実行の舵を取り、世界危機において自由と平和への思いは誰よりも強い。

アメリカは国として環太平洋地域に多くの利害を抱えていた。大洋の遥か彼方の島国には、当初は捕鯨船に薪と水を補給すべく立ち寄るだけだった。さる艦隊が通商を開くべくその国の「厳重に閉ざされた封建的門戸を武器と思想をもってノックした」のは、およそ百年前の出来事だった。「遠い過去以外何の背景ももたなかった日本人」が、やがて武器を侍の両刀から砲や戦艦に代え、大国ロシアを海上と陸上とにおいて打ち破ったとき、初めて世界の大舞台に躍り出ることになった。ちなみにチャーチルが日本に威をもたらした武器として列挙するのが、「装甲艦」、「旋条砲」、「水雷」、「マキシム式速射機関銃」である。

時代は過ぎ、日英同盟は廃棄され、日本は国際連盟からも軍縮条約からも離脱していた。三七年七月には日中戦争に突入し、中国で長らく交戦状態にある。近年の強硬外交と「南進」にはさらに警戒が必要だった。

四〇年半ば以降、西側がロンドン大空襲の戦禍に見舞われていたとき、〈大日本帝国〉が緊張させた極東情勢を追ってみると、九月——北部仏印（ヴィシーフランス）進駐、日独伊三国同盟締結　十月——大政翼賛会発足　十一月——紀元二六〇〇年祝賀行事　十二月——第三次近衛声明　といった動きがあったようだ。

一九四一年——

3・11　米、武器貸与法制定
4・13　日ソ中立条約調印
6・22　独、宣戦布告せずソ連奇襲（「バルバロッサ作戦」）
7・24　米英、国内日本資産凍結、二日後に蘭も追随（ABCD包囲網）
7・28　日本軍、南部仏印進駐
8・1　米、対日石油全面禁輸
8・14　大西洋憲章発表
9・6　「帝国国策遂行要領」決定
10・2　独軍、モスクワ攻撃開始（十二月に停止）
10・18　東条英機内閣成立
11・26　米日間で「ハル・ノート」手交さる
12・1　御前会議で米英蘭との開戦決定
12・5　ソ連軍、攻勢に

もはや日本の対決姿勢は疑いえないとして、はたして日本軍はどこから攻めてきたものか、それはなかなか見極めがたい。晩秋から年末にかけてのこの時期、香港、マレー、シンガポール要塞を守る大英帝国の誇りある将兵には、特に海上からの第一撃に備える必要があったし、いずれそこに「自転車部隊」を見るように仏領インドシナからマレー半島を南下してくる日本陸軍にも対応しなければならなかった。「援蔣《えんしょう》ルート」となっている英領ビルマも、長大なインドの沿岸も脅かされることになるかもしれない。十二月二日、チャーチルは英国諜報機関MI6から日本軍の不穏な動きを伝えるいくつかの暗号電報を受け取っていた。

山本連合艦隊司令長官や山下陸軍中将の存在はかろうじて知られていた。それから「カミソリ東条」東条英機首相である。日本政府の上層部に坊主頭が増えてきたのを見れば、ブッディズムではなく軍国主義が台頭していることは火を見るよりも明らかだった。

　イギリス本国ではドイツ軍機の猛爆が止んでも防衛体制を緩めるわけにはいかず、北アフリカや中東の戦線を維持し、さらに大西洋では新たなドイツ軍の雄・デーニッツ提督を前に、そのUボート艦隊が仕掛ける「群狼作戦」への対処を必要とした。太平洋およびインド洋方面では現戦力でどうにか持ち堪えるしかなく、本国からは首相名で励ましの電信を各守備隊に送るのが精一杯のところなのだ。いずれそれは最終的な「死守命令」、すなわち「玉砕せよ」との命令に変わるだろう。

　頼みの綱はプリンス・オブ・ウェールズとレパルスの二大巨艦がシンガポールに到着していることだった。直近の情報では、日本軍はタイ国の領土で、マレー半島が一番狭まるクラ地峡の重要拠点を攻撃する可能性があるとのこと。いよいよ海峡植民地（現マレーシアおよびシンガポール）に脅威が迫る。

チャーチル「……長い、ロマンティックな日本の歴史において、もっとも恐るべき冒険に飛び込むときがきていた。軍閥の首領秀吉が中国（明朝）との決死の戦いに乗り出す決意をかため、水軍を使って朝鮮に侵入した一五九二年以来、そのような運命的な挙に出たことはなかった。」

　十一月二十六日、六隻の空母を主力とする日本の大艦隊は、太平洋を北上した千島列島の単冠湾《ヒトカップ》を密かに出航、霧と烈風をついて太平洋の北の線を沿うように進んだ。はじめの六日間の航海で東経一八〇度の日付変更線に至り、帝国海軍の正規の軍事行動として初めてこれを通過する。全艦隊の艦内の時計は日本時間を示したままだが、途中で受けた暗号電文「ニイタカヤマノボレ一二〇八」にしても時差を考慮したものではなく、開戦日を日本時間の十二月八日とすることを報せていた。日付変更線を跨ぐごとに時計を早めたり遅らせたりした形跡はなく、戦況を追った航跡図にも日本出航から帰航まで一日刻みで艦隊の位置が記録してある。真珠湾の北四四〇キロ、予定地に到着し攻撃機隊の第一波が発艦したのが十二月八日月曜日の午前一時三〇分（日本時間）のことだった。

イソロク・ヤマモト「ゴー・アヘッド！　ゴゴー。ゴゴー。ゴーウ、ゴーウ！　ゴー・アヘッド……！」

　朝方の奇襲攻撃となった。洋上の艦隊から現地上空にかけて、第一波、第二波攻撃が進行し、作戦が成功なら数時間と経たずに攻撃機隊の帰還後すみやかに全艦隊の撤収帰航となるが、作戦中は時計をハワイ時間に合わせる必要がある。夜間攻撃ではないし、あっちは日曜日の朝なのだ。東京―ホノルル間は時差マイナス十九時間、太平洋艦隊がいる真珠湾では七日日曜日の朝七時から八時台、朝食後に新聞を読み始めている時間だった。
　しかしチャーチルにいわせれば、日本軍は計画が厳格である一方、事が予定通りに進展しないとすぐに目的を放棄するという傾向をもっていた。それは主に「日本語の厄介で不正確な性格のため」、言語構造的に信号通信による即座の伝達が困難なのが原因だという。しかも機密保持の点でそこが不利に働くとも指摘する。つい警句的な言葉が口を衝いて出るが、別の機会にはこんなこともいった。「短い言葉は一番よい。古い言葉で短ければもっとよい。」

チャーチル「もしもし大統領閣下、さきほどラジオで知りました。日本はどうしたというのですか?」
ルーズヴェルト「事件は本当です。日本は真珠湾を攻撃しました。いまや我々は、『同舟の友』となったわけです。」

チャーチル「『同舟の友』とは、事態はむしろこれで単純になります。閣下のため、神のご加護を祈ります……（やったぁー、アメリカの神よ！）。」

大本営発表「帝国陸海軍は今《こん》八日未明西太平洋において米英軍と戦闘状態に入《い》れり。」

スターリン「これで極東の不安は去った。独軍への反転攻勢を急ぐのだ！　失地回復！　ウラー、ア、ア、ア！」

ヒトラー「（まさか日本がアメリカを？　世界戦争でも始める気なのか……？　伸るか反るか、かくなるうえは）対米宣戦の準備を下命する！　機は熟している！」

ムッソリーニ「（ヒトラーが……？）じゃあこっちもアメリカに宣戦してやれ！」

　こうして、四一年十二月七日または八日、日本軍が真珠湾攻撃を行ったとき、三七年以来の中国大陸での戦いと、三九年に勃発したヨーロッパ戦役という二つの併行する戦争が、地球規模の一つの戦争に融合したと伝えられる。

案内状

耕治人

一

書斎を出ると細君に、

「葉山君のところに行ってくる。」

と堀は声をかけた。茶の間から「そうですか」と云う細君の声がした。出て来る気配がないのは、手離せない用をしていたからだろう。葉山の下宿は近い。

普段着のまま下駄を突っかけ門を出ようとして堀は、庭の方にヒラヒラ光るものをみた。立上ってよくみたら、梨の葉である。平たく左右にのびた葉は風にそよぎ、鳥が羽ばたいているようだ。ちょっと前まで白い花がついていた。枝も葉も褐色がかった、黄色がかった色をしている。

「美しいなあ。エローオーカーだ。」

堀がつぶやく。すくすく延びた枝と、葉は一、二ケ月もすれば堅い感じに変り、光沢を失ってしまう。堀が愛惜を感ずるのは、それだけでない。絵描きになりたくて、せっせと描いた頃の彼自身を愛しんでいるのである。今でもその望みは、胸の何処かに残っている。堀がはるか年下の葉山と附合うのも彼が絵の勉強をしているからである。

「エローオーカーという絵具があるということは、なんと有難いことだろう。」

堀が絵の勉強をしていたとき読んだ或る画家の伝記に書いてあった言葉である。堀はそれを思い出し、胸がカッと熱くなった。落葉を壺に投入れ、描いてみたい。しかし絵具やカンバスがない。あることはあるが、十何年前のものである。絵をやめてから、長い歳月が経ったにもかかわらず、棄てないである。

こわれかかった門の戸をあけると、飼犬の五郎が飛んできた。堀の懐には葉山に渡す金が入っている。それはある品物の代金である。ある品物というのは葉山が模写した絵巻物である。葉山はいろんな内職をやっている。戦争中学徒動員で、海を渡ったが、留守の間に母を失った。父は葉山が復員して間もなく死んだ。一人になった葉山は、家を畳み、近くに部屋を借りた。そして絵の勉強をはじめたのである。堀が葉山を知ったのはその頃で、そこに越して間もない或る日、紹介なしで訪ねて来たのであった。

それから近所のよしみで附合ったが、模写にはいささか驚くと共に当惑した。

「見つかったら、ブタ箱行きだぞ。」

堀は書斎の襖が閉っているのを確めたが、それでも茶の間の方を気にせずにいられなかったものだ。

「友達がやってるんだ。そいつから習ったんだ。」

「どうやって模写するのかね。」

堀はいささか好奇心を動かした。

「下の方に電燈をつけて、写すんだ。」

何処にも持ってゆけるしろ物じゃない。大きな絵を描きたいから、金が要る。風景や静物ばかり描いたから、モデルを使いたい。そんなことを葉山は云い、

「これきりで止める。もうやらんから買って下さいよ。モデルをいっぺんかきたいんだ。それが仕上ったら、ポスターの注文取りにゆきますからね。」

江戸時代のものの模写らしかった。模写をやろうとやるまいと葉山の勝手だが、持込まれるのは迷惑である。堀はレンブラントが描いたというそんな絵をみた

ことがあった。残忍な絵を描いたゴヤにもあるかもしれない。春信のは有名である。芸術と猥セツが紙一重の場合があるが、その紙一重が重大な意味を持っている。それは堀の仕事である文学の方にも云える。

しかし堀はすでに断る機会を失っていた。葉山がそれをひろげる前断るべきだったのである。堀は値が高いのを口実にした。葉山の云い値が馬鹿気て高いのは、恥ずべき仕事の代償であろう。

「いっぺんでなくていいよ。」葉山はそんなことを云い出した。

堀は吹き出したいのを抑えた。洋服やテレビの月賦はあるが。……

「何回払いかね。」

堀は面白がって聞いた。

「そうだな。三回ぐらいならいい。」

葉山はまるで施しものでもするような口調である。くたびれた復員服で、髪はバサバサだ。それ位の金ならあるだろうと云いたげに葉山は書棚や額を見廻した。額が二つ壁にかかっている。一つはレンブラントのサスキアの複製で、白い額縁に収まっている。もう一つは、堀が坐っている後の壁の、三十号の風景である。誰れの絵かと堀に尋ねるものがあるが、堀は黙って笑っている。書斎が狭いから、実際より大きく見える。葉山もはじめて訪ねてきたとき、同じ質問をしたが、例の如く堀が笑っていると、葉山は立って、そばにゆき、

「いいねえ。」と云った。署名がないから、堀が黙っている限り、堀の絵と思うものはないらしい。その絵は春陽会に出したものである。堀は三度出して三度とも落ちた。葉山はどうしたことか去年の秋はじめて雲母《きらら》会に出し、いきなり入選した。雲母会は国画会や春陽会と肩を並べる美術団体である。

葉山が「いいなあ」と呟いたとき、堀は葉山の鑑識眼を疑ったが、うれしかったから妙なものだ。堀が葉山に好意を懐いたのは、それが原因に違いない。堀は絵をやったとき、いろんな内職をやった。図案、家庭教師、封筒書きなど。どれを取ってもお行儀のよいものばかりで、葉山のような模写など到底考えつかな

かった。そこまで身を落とした葉山にある逞ましさを感じたのである。堀も自分の鑑識眼に自信がないが、雲母会に入選したのだから、才能があるのだろう。葉山は制作に燃え、手取り早く、そして沢山金を取るため手段を選ばなかったのだ。堀はそう考え一回分を払ったのであった。模写は焼いてしまった。堀はそんなものを一向慾しくない。もっと若かったら、楽しかったかもしれないが、小学校に通っている女の子の手前なんとなく後めたいのである。

あと二回分残っているが、そのうち払えばいいだろう、売る奴も売る奴だが、買う方も間が抜けている。しかし葉山の無鉄鉋には或る魅力がある。ところが昨日二回分を取りに来たのである。玄関で女の声がし、細君が話していたが、やがて書斎の襖をあけ、

「葉山さんのお使いが見えましたよ。」

堀はまさか代人をよこしたと思わないから、

「なんの用かね。」

「若い女の方だわ。御用をお聞きしたら、葉山さんに言附かって、来たっていうの。あなたお出になったら。」

細君は画集でも借りたいのだろうと思っているらしい。堀が立ってゆくと、葉山の下宿で一、二度会ったことがある津川鈴子がニコニコしている。

「戴いて来いと云いましたの。」

それだけで分るはずだと云いたげに鈴子は、堀を見る。

堀は「俺より葉山の方が上手《うわて》だ」とひそかに思った。鈴子はピンクの花模様のワンピースに、素足で、サンダルを突っかけていた。彼女は模写の代金であるのを知っているのか。尋ねてみたいが、細君が聞耳を立てているようだ。あいにく手許に金がなかった。たとえあっても渡すのは細君の手前まずい。

「二、三日したらぼくが行くからって、葉山君に云ってくれないか。」

堀が渋い顔で云うと、鈴子は身をひるがえすようにしなやかな体で、玄関の敷居をまたいだ。あぶらののった素足と、水色のサンダルが堀の眼にあざやかだった。

なんか
エロいぜ…

鈴子は喫茶店で働いているといつか葉山が云ったことがある。喫茶店で知合った単なる友達か。それとも恋人か。葉山は鈴子のことを話したがらないから、堀が鈴子について知っているのはそれだけである。金を取りに来るくらいだから、いずれ親しいことは確かだ。

畑の間を歩きながら堀の頭にそんなことが浮んだ。向うを私鉄の電車が走っている。葉山が売り、鈴子が集金する——奇怪な商売だが、鈴子はなにも知らず、頼まれて来ただけかもしれない。

路地の角から五軒目の、裏木戸を押した。狭い裏庭に向った四畳半が葉山のアトリエ兼寝室だ。

ガラス窓が閉っている。内側のカーテンが引いてある。朝寝坊の葉山のことだ。二、三度呼んだが、しんとしている。金を待っているはずだ。堀は又呼んだ。家主の未亡人に聞けばわかるだろうが、部屋代はとどこおり、生活は不規則だから、葉山は追立てを喰っている。

堀が裏から来たのは未亡人に会いたくないからである。堀は来たついでに五郎と散歩することにした。五郎はおとなしい犬で、知らぬ人にも尻尾を振る。垣からこぼれた山吹や紅白のつつじが、美しい。

二

庭で洗濯物を取込んでいた細君に、五郎が吠えた。五郎が吠えるのは家族のものだけである。

「お帰んなさい。さっき大栄堂から本を持ってきましたよ。」

四、五日前、堀は三越に「美の美」展を見に行った。その帰り駅前の大栄堂で、村上華岳画集を注文したのであった。

「お金は払っておきました。」

堀はちょいちょい画集を買うが、細君は小言を云わない。堀の仕事に役立つことを知っている。絵描きになりたくてなれなかった堀を、憐れんでいるようだ。

画集は書斎の机の上にあった。わきに、二、三通の郵便物がある。なかに春陽会の案内状があった。堀は、「おや！」と思い、取上げた。どうしてよこしたのだろう。出品したことがあるからか。十何年前のことを、会の事務をやっている人が、知っているはずがない。堀は体をよじり、壁の風景画を見上げた。堀はそこに或る皮肉を感じた。絵をやめてから暫く展覧会を見るのが苦痛だった。しかし今はその頃をなつかしむ気持に変った。去年も一昨年も見に行った。堀は春陽会でかつての仲間——岩本と小早川の絵をみるのも楽しい。

絵の下に題と名が墨で書いてあるが、名前には会員の肩書がついている。彼等がいるから、よこしたのか。それとも織賀画伯のお蔭だろうか。堀は絵の学校に行ったことがない。変則なやり方でその点私大出の葉山と似ている。堀はサラリーマンをやめ、織賀画伯の門を叩いたのであった。画伯は春陽会の創立者の一人である。堀は学生の頃画伯の家の近くに下宿したことがあって、画伯の顔を知っていた。岩本と小早川は非常に若いときから画伯についていた。だから堀が絵をはじめたとき、彼等はすでに何回も入選していた。技術の上でも気持の上でも大きな隔りがあるので、画伯のアトリエで顔が合っても親しく話したことはなかった。堀のことなどとっくに忘れているはずだ。

自分の原稿がいくらか出るようになったからだろう——堀はそう考えるよりほかなかった。春陽会から来たのははじめてだが、他の展覧会からたまに貰うことがあった。

堀は書斎の隅の、雑誌を詰めた箱の上の絵具箱に眼をやる。それをかついで、写生旅行に行ったのだ。そのときの使い残りのチューブが、残骸のように入っている。……

堀は戦後絵を描く層が、拡大したのに感慨を覚ゆるのだ。案内状が来たのもそのためかもしれない。アマチュアの数はおびただしいものだ。それだけ或る甘さがあるようだ。葉山が入選したのも審査が甘いせいじゃないか。そう思うのは、嫉妬がまじっているのかもしれない。葉山の絵が並んでいる雲母会を、葉山に誘われ見に行ったとき、うらやましさを感じないわけにゆかなかった。

堀は華岳画集をひろげた。華岳には佛画が多い。

ずっと前ある雑誌で、華岳のことを読んだことがある。華岳はアトリエに入る前、気にかかること、たとえば奥さんとケンカしたら、奥さんに詫びて、つまり心を清らかにして仕事にかかったというのである。堀は感動して、そのときから画集が欲しかった。華岳の気持は小説の方にもあてはまるようだ。

柳や山などの絵をみていると繊細で、きびしい華岳の魂が伝わってくるようだ。いつか葉山のことに考えが戻った。あんなことをしてよいのか。しかし華岳と反対な作画態度もあり得るのだ。醜悪も一種の美である。現代は醜の美により多く魅かれるようだ。

鈴子は葉山の生活を助けているらしいが、醜の魅力のためじゃないか。葉山の絵にはナマ臭い、生理的な感じがある。

三

仕上げた仕事を神田の出版社に届けてから、上野に廻るつもりで堀は家を出た。

国画会も開かれているから、それも見るつもりである。堀は入場券を求める習慣がしみ込んでいるので、タダ見るのがなんとなく気が咎める。春と秋は美術シーズンで、二科、一水、新制作、光風、独立――全部みたら目が廻るように忙しい思いをしなければならない。その間に個展があるし、デパートの催し物もある。ひとつ展覧会をみるだけで精神と体の疲労は激しい。

駅にゆく途中葉山のところに寄ったら、昨日のようにカーテンが引いてある。堀はそのとき先月もそうだったのを思い出した。模写のため人目をはばかるのだろうか。それとも引越先を探しに行ったのか。未亡人は堀に対してもよい顔をしないから、呼ばずに行こう。しかし葉山は部屋代やカンバスに困っている。出掛けたあと鈴子が取りに行ったら、不愉快なことが起きるかもしれない。迷っていると、ゴソゴソ物音がする。

「なんだ。居るじゃないか。」と呟き、ガラス窓に近づき、耳をすますと、人の気配がする。低く呼んだら、暫くして返事があった。いつもガラス窓から顔を出す葉山が、縁側に向った襖から出てきた。それは扉代りになっていて、突当りが便所だ。

赤褐色のワイシャツ、黒ズボンの葉山が別人のような感じだ。

「寝ていたんじゃない？　持ってきたよ。」

有難うと云い、葉山は受取ったが、閉めた襖の前に立ったままだ。部屋を片付けるからちょっと待ってくれと云ういつもの葉山と違っている。ずっと年下の癖に葉山が同じ年配の友人のような口をきくのを、堀は面白がったが、あまり身勝手なようで、腹が立った。堀の気持を察したのか葉山が取ってつけたように、

「お出かけですか。」といやに叮重な口をきいた。堀にはそれが早く帰ってくれというふうに受取れた。

四

それが頭に引っかかっているせいか美術館の建物に近づくと、三十号の風景を搬入したときのことが浮んだ。建物の一隅を事務所に当て、出品画を受付けたが、奥の方で談笑している人達のなかに堀が写真で知っている小杉放庵や石井鶴三の顔があった。彼等をみただけで、畏怖を覚えたものだ。織賀が居ないか急いで見廻したのも審査を受ける不安からだろう。絵と引換えに預り証をくれるが、堀が風呂敷——夜具を包むもの——を解いていたら、

「堀さん持って来たのか。どれお見せ。」とわきから小柄な男が出てきた。小早川だった。彼はその頃すでに会員になっていた。堀は恥ずかしさで、絵と共に消えてしまいたかった。

「ふーん、こんな絵をかくのか。」

額縁に手をかけ、眺めながら小早川が笑った。堀が織賀画伯のアトリエに行かなくなってから大分経つので、小早川は堀の絵に、興味を懐いたに違いなかった。堀が画伯を訪ねなくなったのは、電車賃がないほどひどい暮しをしていたからだ。絵に対する悩みもあった。堀の絵は暗く痩せていたのである。三回出品したのにその時のことだけあざやかなのは、最後の出

品のせいだろう。

一人でみると勝手な空想が出来てよいものだ。雲母会をみたとき、葉山の絵があるにもかかわらず、そんな気持にならなかった。春陽会が堀にとっていわば古戦場であるからだろう。堀は落選画をみな持っている。壁の風景画のほかは、押入れで埃りをかぶっている。……

葉山がいつか
「なぜ止めたの。」と聞いたことがある。堀が絵をやったのをいつとなく知ったのである。

「なんと云ったらいいかなあ。もとから好きだったが――うまく説明出来ないよ。ぼくが風景を描いているとする、畑の向うに百姓家がある、その百姓家は風景のなかの――木や空や山と同じもんだ。ところがぼくは百姓家から人が出てくると、なんの用で出てきたんだろ。どんな生活をしているんだろなど考えるんだ。次ぎ次ぎ思考がひろがってゆく。こりゃもう文学の世界だからねえ。」

「そんなもんかなあ。」

「つまりだな、美的傾向より人生的傾向が強いっていうわけだ。」

「分ったような分らんような話だね。堀さんが苦しんだことだけは分るがね。」

堀は、葉山の理解を期待しない。立っている場所が全然違うのだ。

「だからぼくの絵はだんだん暗くなった。」

壁の絵がそうだと喉まで出かかったのを抑え、

「そのうち暇をみつけて、始めるかもしれないよ。」

娯楽としてなら出来る。

「かきなさいよ。面白いよ。」

どんな人でも安直にやるのがこの頃の流行だが、葉山もそうじゃないか。そうでなければ幸せだ。

「絵をあきらめたから、小説をやったんだね。」

葉山が飲み込んだように云った。

「絵をやっているとき、小説を書いていたんだ。ノートに鉛筆でね。誰れに見せるというあてもなくね。それがある人の眼に偶然とまって、売れたんだ。」

葉山が笑い出した。堀も仕方なく苦笑したが、小早川や岩本が堀の小説を読んだらどう思うだろう。かつての仲間を、堀がなつかしむように、なつかしがるだろうか。彼等は小説など読む暇はないだろう。

織賀のアトリエで会ったのは小早川と岩本のほか相原と草間の名が記憶に残っている。

会場を歩きながら、いつか堀は彼等の名を探している。去年もなかったが、彼等は止めたのだろうか。ほかの展覧会に出すのだろうか。確めたいと思うのはその時だけで、会場を出ると面倒臭くなり、そのうち忘れてしまうのである。

六室あたりで岩本の絵をみると、堀は、

「やってるな。」と思い、ひとりでに笑いを浮べた。エローオーカーを沢山使った十号の風景である。堀は近よって眺め、後ずさりして眺めた。岩本の顔を浮べてみたが、霞がかったようにぼうとしている。岩本に限らず彼等がそこに現れても認識出来るかどうか疑わしい位だ。

堀は老大家の織賀の絵を期待したが、見付からなかった。見終ってから目録を調べてみた。絵をみているうちひろげない習慣である。消息欄で、何度目かの外遊からまだ帰らないのを知った。

五

展覧会の感想を葉山と話したいが、彼の態度が腑に落ちない。私鉄のK駅を降りた堀は、葉山の下宿のそばを素通りした。

何月か過ぎ、堀はM市のH大学文化部主催の講演会に行くことになった。H大学の宝積寺が、堀の同窓の友で、その関係から、堀を呼んだのである。ついでに三、四日宝積寺の家に泊ることになった。絵と同じで、読む人、書く人の層がいちじるしく拡がったから、堀のようなものが引張り出されたのだろう。

留守の間に鈴子が三回分を取りに来やしないか、月賦だからあわてて払う必要はないが、葉山のことである。堀は細君に預けてゆこうかと思ったが、細君に触れさせたくなかった。わざわざ届けるのも馬鹿らしい。来たら来たときのことにして黙って発った。

宝積寺は英文学の教師だが、ギリシャ神話の意義について話した。そのあと堀が壇に立った。下手な話を三十分ばかり喋った。終ってから堀は宝積寺に連れられ、町を歩いた。喫茶店に寄り学生時代の思い出話にふけっているうち、飲みたくなった。

「手軽るなところがいいんだ。」

「バアの女でね、君を知ってるひとがいるよ。講演のポスターをみたらしいんだ。」

「誰れだろ。」

M市で知った女に会うとは思いがけない。

「君がこっちにいるうち、一度連れてゆこうと思ってたんだ。」

「名前はなんていうの。」

「秋子さんとか云ったな。本名かどうかわからんが。ぼくも滅多にゆかないんだ。」

堀が関係した同人誌に、同じ名の女がいた。例会に夫の鶴見と来たことがある。秋子は女子大生で、鶴見と同棲して間もなくキャバレーで働くようになったということだった。

「たしか新潟の人だった。三、四度会った記憶があるね。」

「そんなこと云ってたよ。」

その同人誌が潰れてから、秋子と鶴見の消息も聞かなくなったが、秋子が東京を去って、ここにいるところをみると鶴見と別れたに違いない。鶴見は葉山と同じ年頃である。

スミレというそのバアは、喫茶店からいくらもなかった。堀は体の衰えが目立つ秋子を何年振りかでみた。

「あたし胸を悪くして、新潟の実家に帰りましたの。一年ばかり静養していたんですけど、親戚のものがこのお店をはじめたでしょう、頼まれて手伝っていますの。」

鶴見と新潟にゆく前別れたのであった。いま何処にいるか知らないと云う。堀はいつとなく葉山のことを浮べていた。

翌朝堀は宝積寺と赤城山に登った。その前H大学近くにある詩人萩原朔太郎の生家を見に行った。

六

四日目に帰った堀が、土産物をひろげながら、

「葉山君は来なかったかね。」と聞くと、

「見えませんわ。」

細君は夫が模写にこだわっているのを知らない。

露見して引張られたんじゃないかと堀は不安になった。どんな罪になるか。買ったものも同じ罪になるのか法律にうとい堀はわからない。世間態があるから遠ざかっていたいが、放って置けないので、一日置き、寄ってみた。

明けた窓から、葉山の横顔がみえる。堀はまずよかったと安堵した。

「お上りよ。グラジオラスをかいてるんだ。」

葉山は筆を動かしながら云った。堀は縁側から上った。卓の上の白い壺に、赤や黄のグラジオラスがさしてある。その卓は葉山にとって食卓でもあれば仕事机でもある。

「贅沢な材料だね。」

壁に若い女の着物がかかっていた。堀はキョロキョロ見廻した。

「いい壺だな。買ったのか。」

葉山は笑っている。筆をおき、濃紫色の箱から一本抜いた。前には新生しか吸わなかった。堀が三回分を出すと、

「すまんなあ。いつでもよかったんだ。」

堀は早いところ済ましてしまいたかったのである。

「模写の方はやってるのかね。」

「止めたよ。鈴子が稼ぐからね。」

堀は葉山が、鈴子を呼び棄てにしたのに気をとめた。

「鈴子さんはここに居るんじゃないか。」

あたりになまめかしいものが漂っている。

「女房気取りでね、自分の家に帰らないんだ。喫茶店から十二時頃ここに来るんだ。」

堀は葉山の小ざっぱりした服装が思い当った。

「鈴子さんが居るんじゃここの奥さんが余計うるさいだろ。越さなくていいのかね。」堀が小さな声で云っ

た。

「昨日も催促されたんだ。ずい分意地悪したからね。引越料を取ってやるんだ。女だからケチでね。引越料がないから、越されんてやり合ったんだ。」

葉山のほかに下宿人が二人いる。

「それじゃモデルどころでなかったろ。」堀は半分出来ているグラジオラスを見た。葉山は眼を細め、煙草をふかしていたが、吸い差しを灰皿に置くと、後の押入れから、十五号位のカンバスを取り出した。堀はギクッとした。鈴子がこっちを向いて、婉然と笑っている。

「二時頃喫茶店にゆくからね、ポーズの時間が少くてね、かき足らないんだ。」

まげた片腕に、ふさふさした髪をのせている。胴がくびれ、腰が盛上っている。腿まで画面一杯にかいてある。

「いい体だな。」

のど許から乳房のあたりが豊かで、マヤ夫人を描いたゴヤみたいだと堀は思った。マヤ夫人を思い出したのはポーズが似ているからだが、いつもの絵と違い、写実風に描いてある。鈴子はよくこんなポーズをしたものだと堀は溜息が出た。

「あいつの体はちょっと違うんだ。実際はもっとクニャクニャしてるんだ。」

葉山がひっそり笑った。

「キレイな肌だなあ。」

堀の妖しい胸のときめきを感じたのか、葉山は押入れにしまった。

七

葉山はよい道伴れを得た。葉山の画境は開けるだろう。堀は葉山のためよろこんだ。葉山は鈴子の献身にむくゆるためだろう、新宿まで迎えに行く。喫茶店から帰る鈴子を、新宿駅で待っているのだ。堀はそんな葉山を見掛けることがあった。葉山は渋い着物をきるようになった。鈴子の好みで、鈴子がこしらえるのだろう。


七月はじめ堀は、或る放送局のプロデュサーと新宿で飲んだ。そこを出たとたん、葉山と打っつかりそうになった。

「やあ、暫くぶりだね。」

鈴子と同棲してから、葉山はバッタリ来なくなった。堀も寄るのを控えていた。

「パチンコをやってたんだ。」

葉山は濃紫色の箱を四つばかり持っている。パチンコ屋は飲み屋の隣りだった。

「君が隣りにいたとは知らなかった。絵はどうかね。」

「パチンコは面白いね。毎晩二、三軒ぐるぐる廻るんだ。」

葉山の眼は焦点が定まらないようで、あたりをみるかと思うと遠くの黒い人影に走る。すぐ前の堀が気にならぬように。そわそわして葉山は「失敬」と云うと、人込みにまぎれ込んだ。堀は呆気に取られた。後姿に、妙に廃れたものがある。

三月あまり経った。そのうち葉山が越したことを、堀は近所の人から聞いた。未亡人と立廻りをやったあげく、引越料を取ったというのである。

葉山が居なくなって、堀はやれやれと思うはずだ。ところが実際は淋しくなったのである。往き来しなくても近所にいるだけで、なんとなく身辺に賑やかさを感じたのだ。葉山は黙って越したから、越した先はわからなかった。

堀が最後に葉山に会ったのは秋雨がふる、夜更けの新橋駅前である。葉山は痩せ、眼だけギラギラ光っていた。

「すっかり見限ったね。どうしてるかね。」

「鈴子の奴を待ってるんだ。」葉山は吐き出すように云った。

「銀座に移ったのかね。」

「Nキャバレーにいるんだ。」

それだけ云うと、葉山はクルリ背を向け、雨に濡れ、土橋の方に消えた。雲母会の搬入が迫っていたから、出品画のことを聞きたかった堀は、なんとなく裏切られたように感じた。喫茶店やバアで働く女性は身を持ち崩すことが少い。キャバレーは収入が多い代り、誘惑を避けるのがむずかしいと云われる。堀は秋子のことを思い出して、危懼を感じたが、鈴子は秋子と違い、葉山に大切に、守られているようだ。

間もなく独立展と並んで雲母会が華やかに開かれた。葉山の絵をみたいので堀は、雲母会をのぞいた。

しかし葉山の絵はなかった。出品しなかったのか。それとも落ちたのか。

堀が人伝てに、鈴子がキャバレーで出来た男と逃げたのを知ったのは、クリスマス過ぎのことである。葉山の行方はわからない。

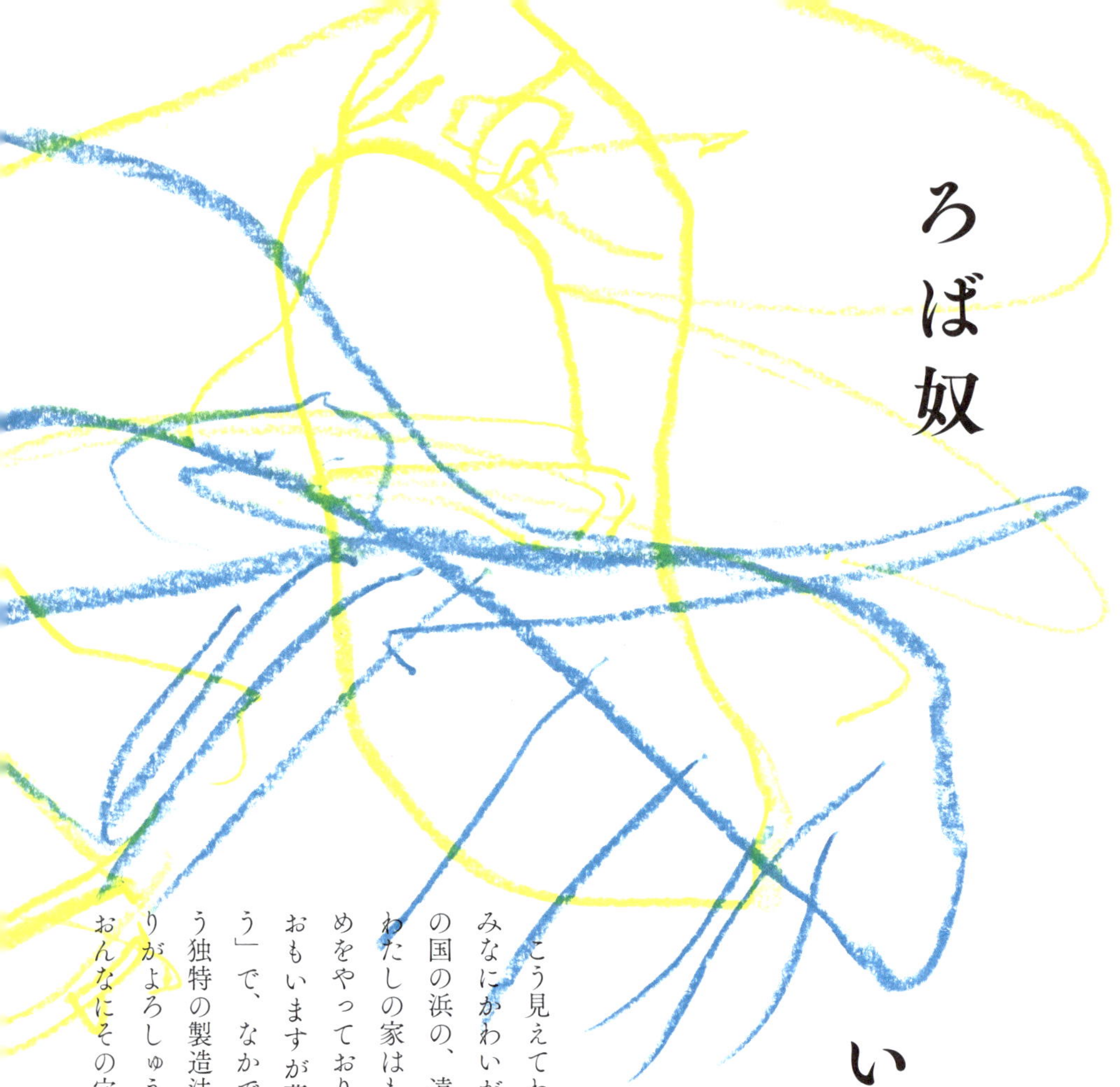

ろば奴

いしいしんじ

　こう見えてわたしは、わりと大きな屋敷で生まれ、みなにかわいがられて育ったものでございます。讃岐の国の浜の、遠くに近くに潮鳴りがひびいてくる村で、わたしの家はもう八代にわたって塩をあつかうもとじめをやっておりました。讃岐の塩田は、ごぞんじとはおもいますが幕府ちょっかつのいわゆる「てんりょう」で、なかでもわたしの村の塩は「たまり塩」という独特の製造法でしられ、その一帯でもおおいにはぶりがよろしゅうございました。父は片目でした。若いおんなにその穴を見せては、上にのしかかるような男

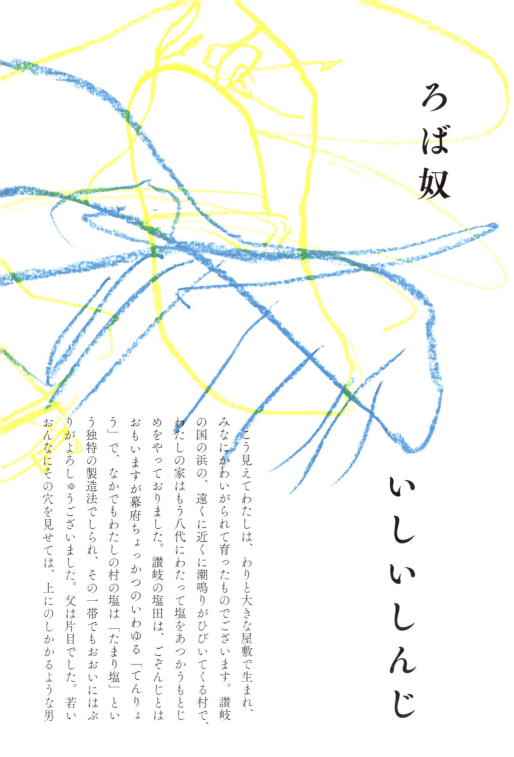

でした。「たまり塩」とは地面に穴をほり、塩をつめた俵をおろし、土をかけ、何年も何年もねかせ、そうすると独特の「おもみ」ともうしますか、舌に塩のつぶが「たまる」感じのあじわいがでるのでございます。わたしは、父が酔って申しましたことには、その屋敷で十二番目の子どもで、あたまのはったつがおそい上、からだにとくちょうがあったにもかかわらず、ゴーロウ、ゴロウ、と玉をころがすような声でみなによばれました。なかでもオンネエサマの声はこがねいろのチョウがとんでくるようでございました。

　わたしには、なまえがわかるだけで、きょうだいが二十五人ほどおりました。屋敷には十いくつハナレがあって、そこいらで子どもが釣り竿をかついだり、取っ組み合ったり、にぎりめしをほおばっていたりし、わたしたちは村のものたちから、「磯」と「五十」のかけことばで、「いそのきょうだい」などと呼ばれておりました。五十、というのは、讃岐は子だくさんの家が割合におおございますが、しょうしょうおおげさすぎるようにもおもいます。そうして、どうぶつのことがございました。讃岐のにんげんは、おだいしさまがいらっしゃって以来、どうぶつと深いかかわりをもってくらしております。かちくというよりもかぞく、いや、ごせんぞのこんじょうの姿として、犬や猫、豚まで、家でともにおきふしするにんげんがいるかと思えば、鳥、魚、虫と、見かけたらすべて、とにかくふみつぶす、ひねりころす、といったにんげんもおります。屋敷にも、たくさんのどうぶつがすんでおりました。ひろい敷地のなかを、ただ気ままに、ゆるゆる往来しているのでございます。犬はくるくると尾を追って駆け、牛はとろんとした目で砂地をふんでゆきます。姉のひとりは山から綿羊をつれてかえり、わたしに、外つ国風の長着をあんでくれました。屋敷のろうかにはひとでやざりがにが砂絵のようにちらばっていました。村のにんげんがヒシャクをふって働く塩田の浜で、きょうだいでにぎりめしをほおばってゾウのぎょうずいを眺めました。それぞれが、じぶんに似ているどうぶつがいると、おそらくかんじておりました。どうぶつも屋敷に五十しゅるいほどいたかもしれません。

わたしたち「いそのきょうだい」は、ぜんいん、オンネエサマの子でございます。父は、誰がどうだかもうこんぐらがっておりますが、母はオンネエサマ、ただひとりでございました。満月の夜、こだかいところにたつ、オンネエサマのハナレは、屋根から柱、庭まで、ぜんたいがかがやきます。ホワ、ホワ、ホワ、と、くらいあさせの夜光虫のように、みどりがかった光をはっし、月明かりのしたにうかびあがるのでございます。

ひとばんに何人かよっていたか、まだちいさかったわたしはぞんじませんし、ハナレをのぞいたこともございませんでしたが、なんとなく「いいこと」のように、おさなごころにおもっておりました。ホワ、ホワ、ホワ、ハナレがかがやきだすとどうぶつたちがさわぎます。ふだんにない声をあげ、おすがめすに、めすがおすに、月あかりの下しなだれかかるのでございます。

兄の話では、オンネエサマには、「おんなのふくろ」がいくつもあるというのです。また、ふくろにつうじる穴も、いくつもあいているというのです。明るいばしょでオンネエサマを見たものは、おとなでも一人もおりません。秋でも春でも、さえざえと晴れた早朝になど、ハナレの前を通りかかると、階段の上に、やわらかい布でくるまれたあかんぼうが載せられ、うにゃうにゃ動いている、ということがわりとよくございました。また牛や馬が、長い舌をのばし、あかんぼうのほほを、するり、するり、となめていたり。ゴロウ、ゴロウ、ハナレの暗がりからあの声がひびきます。ゴロウ、ゴロウ。こがねいろのチョウがとんでくる。わたしは息をのみ、牛のよこから布ごとあかんぼうをすくいとると、たかだかとさしあげ、大声をあげながら屋敷のほうへかけていくのでございます。

八代、というと二百年ほどにわたるでしょうか、もうずいぶんと長いあいだもとじめをやっておりましたので、いいこと、そしてわるいことも、わたしたちの家は、まわりの海、村、にんげんに、ふりまいてまいりました。いきなり踏みつけ、ひねり、ばらばらにする、ということさえ、あったかもわかりません。わたしは誰かが片目の父を「オニ」と呼ぶのをきいたおぼえがございます。わたしをだきあげた父の右肩では、色鮮やかな波がさかまき帆船がおどっておりました。左の肩だと、半笑いの鯨がくすぐったそうに潮をふき、鳴門の瀬の渦がいくつもまわっておりました。片目の父はせとうちの海をわがものにしているとわたしはしんじておりましたし、「いそのきょうだい」の父たちは、そういう感じの男ばかりでございました。父の肩に貼りついた海は、どれほど荒れくるっていようが、べつだんこわくもありませんでした。わたしはひとでをばらばらにしたり、やどかりの家をたたきわったことがございます。わたしはあらゆることは輪となってつながりかえってくると、どこかでかんじていたかもしれません。おへんろみちは、じゅんれいばかりでなく、ひとごろしやとうぞくの、身のかくしばしょでもあるのです。

ゴロウ！　ゴロウ！　呼ばわる兄の声で目がさめるより早く、からだが布団からすっとんでおりました。枕をけられたのか、それとも背中か、もうろうとしてはんだんがつきません。兄か姉かに手をひかれ草地をぬって高台へいそぎます。屋敷じゅうのにんげん、どうぶつが、つぎつぎと高台へのぼってきます。見わたすと、みかん畑の下の浜は、えんえん岬のほうまで、うちの塩田が延びています。わたしは変だなとおもいました。浜があるのに、海がありません。沖合のかしこ島のむこうまで潮が引き、あけがたの淡い光をうけて、広大な砂地が、チロチロ、チロチロ、ときらめいております。小魚や海老がその上でこまかに動いています。長くもとじめをやっている家の子でしたので、あたまのはったつが遅かったわたしも、津波のことはきいて知っておりました。屋敷のにんげんとどうぶつが高台につどい、何百の目でみつめ、もうじきにおしよせてくる潮を待ちうけました。波ははじめ音もなくやってまいりました。気がついたらかしこ島のやぐらがてっぺんまでもう海の下でございました。そのとき朝の太陽は右手から刀のように斜めに射しておりました。すべての光が金属めいてかがやき、波はまるで遠浅の砂地をすべりのぼってくる巨大なかなとこでございました。

おおぜいの父、「いそのきょうだい」はいっせいに足を前に出し目をみはりました。わたしの父は片目でした。遠く寄せてきた波が、村の浜の手前で、グイ、と踏みとどまり、湾のうちがわで上へ上へのぼってゆくではございませんか。黒い水のかたまりがはがねの壁のように砂地にそびえたちます。わたしはいまでもじぶんの目が見たふうけいはほんとうだったとどなたにでももうしあげます。波の壁は上のぶぶんがぬすっと返しのようにぎざぎざでした。壁はゆっくり、ゆっくりとこちらにたおれてまいりました。砂地にずうんと音がひびき、黒い水しぶきが火山弾のようにあがりました。逃げるようないきおいで潮が引いていったあと、浜はぎざぎざの波とうにえぐりとられ、あごをうしなったにんげんの顔面のようでございました。「壁波」という、讃岐ではごくたまにみられるげんしょうだそうでございます。海のめぐりはせんぞからの塩田をたたきこわし、この年の塩をだいなしにいたしました。

やくにんにあらぬことをつげたものがいるようです。

たとえば、地中の「たまり塩」を、わたしの父たちがこっそりほりかえし、備前の海賊をとおして、朝鮮や支那にうりさばいていたなどと。それで浜のじばんがゆるみ、ただのひと波で、塩田があらかただめになったと。父たちは奉行所によびだされました。わたしの父は召喚状をひきさき小便をかけました。屋敷のハナレから、つぎつぎと弓矢、さすまた、もり、数えきれない刀があらわれ、讃岐の青い空につきだされくるくるとおどりました。二百年も前だったなら、まだいくさらしくなったかもしれません。藩の水軍を父たちはえぐれた浜で待ち受けました。くるくると銀の槍が空でおどり、船が見えてくると、おおぜいの父や兄は弓をかまえ、しおさいのようなどや声でおどしつけました。

ドオンと船でけむりが上がり、次の瞬間、浜で砂といっしょに、何人かのからだが吹っ飛びました。ドン、ドオン、とけむりが上がるたびに、父や兄のからだは手足がばらばらになって、やどかりやひとでたちのねむる、真昼の砂浜にころがりました。いくら声をあげ、弓矢をいかけようが、ドオン、の一発でしずかになります。片目の父がいつどうなったかは、わたしはしるすべがございません。帆かけ船でたちむかったきょうだいたちもいたようですが、やはり、ドオン、とけむりが上がるごとに、波間をばらばらにながれ、かれいやきすたちのえさになりました。屋敷は村のにんげんのしゅうげきをうけました。八代、二百年のたががはずれると、にんげんはにんげんにたいし、どうぶつよりどうぶつらしくなるのでございましょうか。いろいろなことがすんだあと、姉たちのからだは、父や兄とともにえぐれた塩田あとに埋められました。屋敷のどうぶつに手を出すものはさいわいおらず、やはりそのあたりは讃岐の土地の血というものでございましょうか。牛も綿羊もふだん通りぼんやりとしたまなざしで塩味の草をはんでおりました。オンネエサマのハナレの戸もあけはなたれましたがそこにもう誰のすがたもございませんでした。

わたしは「たまり塩」の穴にかくれているところを引きずりだされました。いのちをとられなかったのは、ひょっとして、からだのとくちょうのせいだったかもしれません。かがり火の下、わたしはおおぜいの前で引きまわされ、ゲラゲラ指をさして笑われました。わたしはそのとき、なにがなんだかよくわからず、よろこんでもらっているとおもったものですから、ほほに手をやって笑みをつくりますと、うしろから尻の真ん中を蹴られ、かがり火の台に頭からつっこみました。首をつかまれ、ほうりこまれた穴蔵を見まわすと、兄がつくったたぬき用の土牢でございました。塩田でよく遊んでくれた指のない元漁師が牢の前で腕を組み、こちらを見おろし黒々と笑っています。わたしは五さいだったか、十さいにはなっていたかもしれません。役人が筆をとって、ゴーローウ、と記帳します。わたしは、アイ、とこたえます。おまえは、どうぶつをかっていたか。少し考え、アイ、とこたえます。うつむいて黙ったまままさらさらなにか記帳しています。

屋敷には隣村の庄屋とその一族がはいることになりました。庄屋と役人はうらで手をにぎりあっていたのだとわたしはいまならばよくわかります。屋敷の門にはまあたらしい幕がかかり、えびをかたどった庄屋の家紋がそめぬかれておりました。それはわたしの家の紋とほとんど同じでした。庄屋はしりっぱしょりにはちまきをして、急場でほしゅうした塩田のあぜにへっぴりごしで立ち、ヨ、トーゥ、ヨットーゥ、とヒシャクさばきのかけ声を発するようになりました。ハナレには自分のふたり娘、伊予や阿波からわざわざ呼び寄せた遠縁の子を住まわせ、こだかいところにあるオンネエサマのハナレには、こんぴらのあそびばでみつけた、頭のよわいゆうじょをかこいました。庄屋はながねん、おしころされるようなおもいで、日々をすごしてきた、ということでしょうか。何代も、何代も、そのおもいは、深いかめの底にたまっていったのでございましょうか。父たちはもちろん兄も姉も、庄屋の一族のことは、しょうじき、ばかにしておりました。みかんばたけの土地をまかされているだけで、塩のこと、海のことは、指いっぽんさわることができません。讃岐の浜の、遠く近く、潮鳴りがひびいてくる「てんりょう」に住んでいるのに。

庄屋は、「いいひと」で知られておりました。通りすがりの子どもにしゃがみこんでひとつずつみかんを手渡してやるようなにんげんでした。庄屋はたぶん、ずっと、わたしの一族のようになりたかったのでしょう。一族に、はいりたかったのかもしれません。屋敷をのっとってすぐ、幕にえびの家紋を染め抜き、塩田の縁に立って、敷地のハナレを女子どもでいっぱいにする。庄屋には、自分がいましていることがなんなのか、はっきりとはわかっていなかったかもしれません。かめにためこまれたおもいのとめどもない流れに、ただただはこばれていった、というだけのことで。庄屋はよごと、わたしの家に八代前からつたわるおだいしさまの石を、はだかの胸にだきしめて眠りにつくという話でした。わたしはまさかほんとうだとおもいはしませんでしたが。屋敷のどこでも、どうぶつをみればまませんでしたが。屋敷のどこでも、どうぶつをみれば庄屋は、ふところからみかんをだします。どうぶつたちがじぶんでつんだ枯れ枝や落ち葉の山を、てだいにいって捨てさせ、小屋や穴ぐらをつるつるにそうじさせます。こういうところが「いいひと」なのでございましょうか。

わたしは、このじぶんがまさか、ろば奴《やっこ》をつとめるはめになるとは、おもってみたこともございません。どうぶつのなかでわたしは、いっとうに馬が好きでした。そのころ讃岐の馬はまだにんげんをおそってたべることもございました。ぜんたいのかたち、浜をかけるようす、むきだしのきょうぼうさ、どれをとっても「エライ」というほかなく、馬はどうぶつたちの王としてくんりんして見えました。ろばはどこかしら、できそこないというかんじがいたします。馬の「マネ」をし、みごとにしっぱいしております。「ろば」の漢字には、わたしは書けませんが、馬の字がはいっているようですが、ろばが馬のなかまだとはとうてい信じる気がいたしません。屋敷内にろばがいることさえわたしは知らなかったのでございます。

しかも奴です。にんげんという気がいたしません。ろば奴は、奴なのですから、ろばよりも下、ろばよりもいやしい。大きな屋敷で生まれ、わたしは、みなにかわいがられて育ったのです。あたまのはったつはお

そくとも、玉を転がすように、「いそのきょうだい」のゴロウ、ゴロウ、と庭先で呼ばれたのです。外つ国風の長着などもっているにんげんは村に、わたしよりほかおりませんでした。それが、ろば奴とは。
　ろばは五頭おりました。わたしは毎晩、ろば小屋のつるつるの土間で、ろばに混じり、手足をおりたたんで寝ころびます。よやみに浮かぶろばのまなこは、どんよりとくもり、土にまみれたむしのせなかのようでございます。わたしはみているうち、まなこが宙をこちらへとんでくる気がし、あわてて目をつむりせなかをまるめました。じんじんと情けなく、しぜんとなみだがわいてまいります。
　砂袋を運んだり、砂浜で塩鋤を引いたりと、わたしたちはさまざまな使役にかりだされました。砂地で足もとがよろけ、袋からわずかでも塩がこぼれたりいたしますと、ろばはようしゃなくはなづらをぶたれました。おなじくわたしも平手でぶたれました。からだのとくちょうをつかまれ、砂地にひきたおされて、四方からでたらめにけられます。よろけて敷地をすすんで

いくと、道のむこうから庄屋がふところ手で近づいてまいりました。にこにこ笑いながらふところからみかんを取りだします。わたしは黙ってたちどまり、庄屋の顔をじっと見つめます。庄屋もじっとわたしを見、からだのとくちょうを見つめ、そして素の顔にもどると右腕を延ばし、わたしの頬にまん丸いみかんをおしつけました。ぐいぐい、ぐいぐい、とおしつけました。みかんの皮がやぶれ、果肉とかじゅうが、花火のようにしゅういの草にとびちりました。五頭のろばはフーフーいいながら頭をさげ、みかんの果肉と、汁まみれの草をむさぼっております。わたしにろば奴をめいじたのは庄屋にまちがいありません。

こんな庄屋の前に、きまぐれに呼びだされ、娘むすこの前で奴節をひろうしなければなりません。それも、ただの奴節でなく、ろば奴節でございます。わたしがひろうしているあいだ、五頭のろばは白砂の敷きつめられた前庭の端で身をよせあっています。「いそのきょうだい」のゴロウが、こともあろうに奴節です。わたしの奴節の、気に入らないところがあると、娘むすこ、親戚の子らは「アレ」と一頭のろばを指さし、すると控えている手代がさっと寄り、この世のどんなにんげんが吹くのかわからない巨大な尺八をふりあげ、ろばの腹を力任せに殴り、ろばはかなしげに、インヨーゥ、となきます。わたしの奴節などどうでもよく、ただろばをいじめたいだけなのなら、わたしはぬきで、ろばだけをよびつければいい、とわたしは奴節のさなかにおもいました。それはにんげんとしてゆるされることだろうか、ともおもいました。ろば奴節などおどっていては、もちろんにんげんという気はいっそういたしませんけれども、ただ、このしゅんかん、わたしのせいで五頭のろばは何発も何発も腹をうたれ、そのたびにやしきじゅうに、インヨーゥ、と声をひびかせております。わたしは、尺八でうたれることはございませんが、それと同じくらい太いくろぐろとしたもので、ぜんしんをぶんなぐられているおもいがいたしました。庄屋は子らのうしろで妻と塩田の男風にあぐらをかいてすわっておりました。わたしはからだを奴節で動かしながら、こんな様をもしオンネエサマに見られたら、とおもいました。インヨーゥ、ろばの声がひびいている。けれどもオンネエサマはどこからか、わたしやきょうだいたちのことをぜったいに見ていらっしゃるでしょうから、情けなく、情けなく、ぜんしんからなみだがふきこぼれ、わたしはいっそろばだったらよかったのに、と胸にねんじました。ろばだったらこんな奴節などひろうせず、ただ荷をはこびへまをしてなぐられるだけですんだのに。

薄笑いをうかべ、芝居がかったあしさばきで庄屋が前庭におりてまいります。わたしはがっくとひざをつき、もう指いっぽんうごかすことができません。みかんの色が目の前をぐらんぐらん揺れて白砂がなみうつ。きずだらけのろばの前で、庄屋は、フ、フーン、とあごに手をあて、しょうもないろば奴の、奴節のせいでのう、えろうかわいそうじゃのう、そういってふところからみかんを取りだします。そのとき、ふところのうちで見覚えのある石がてりつき、わたしはアア、と声をはっし、あたまではそうとおもわないまんま四つんばいではいすすみ、庄屋のむなぐらをつかんで手をさしいれようといたしました。庄屋はきゃっと高い声をあげ、てだいがわたしの頭をうしろから大尺八でなぐり、あとのことをわたしはよくおぼえてはおりませんが、足首につけた縄を五頭のろばに引きずられ、砂利道をろば小屋までかえったようでございます。

くやしさ、情けなさ、いたみにとりつかれ、起きることもままならずろばの間にたおれふしておりました。毛の生えた庄屋の薄っぺらな胸に、おだいしさまの石がほんとうにいだかれてあるとは。ぼやあと目の前がしろくなり、そういうことがわりとよくありますが、わたしはたったいま、ゆめをみているのだな、ときづきました。土間にたおれふしたからだをいしきしながらも、いまみているものがゆめだと、昼間に目をみひらいているときよりもくっきりとわかるのです。みえているものの輪郭もくっきり冴えわたり、まるで、よく研がれた刃物がそこいらじゅうでそよいでいるようです。よつゆをたたえた木々のこずえ、呼吸のように音をたてるすずむしの羽などがみえています。小高いところにたつ、オンネエサマのハナレです。白いとばりがふわり、ふうわりと風にそよぎ、玄関にかけられた紺の幕の、白海老の家紋をときおりのぞかせます。夢のなかの音を、わたしはいつもふうけいでなく、じぶんのからだのどこかで鳴っているように感じるのですが、この夢でもその音は、わたしのふとももから腹のあたりで、カップ、カップ、カップ、と鳴りひびきました。それは足音でした。馬の蹄のたてる音です。心地よいそのひびきのなかで、ほとんどめざめそうになって揺れていると、閾《しきみ》のうえこみを割って、手綱のついた馬があらわれました。鞍のうえに、ひかりかがやくごとく若くうつくしいどうぶつがまたがっておりました。どうぶつはハナレの正面に馬をとめ、あぶみをふんで砂地におりたちました。それは銀色の、最高の塩を全身にまぶしたような、一頭の若ろばでございました。かりぎぬをみにつけた若ろばは二本足で立ち、目の前でふわり、ふうわりとゆれるとばりをみつめております。一匹のチョウがとばりのむこうからこがねいろのはねをはばたかせてあらわれ、ろばのまえで、こだいの踊りを舞うように上下しました。ろばはうなずき、よいやみにきぬずれの音をひびかせて、チョウのあとからとばりをくぐり、そうして白海老の家紋の染め抜かれた幕をあげて、ハナレの奥へはいっていきました。

目をさまし、ゆっくりと起きあがると、小屋の薄暗がりに、黒々とした光が十個浮かびました。ろばたちはもぞもぞと身を動かしながらこちらに目をむけておりました。わたしが外に出、くんでおいた井戸水をかめにあけると、五頭はやってきて、しずしず首をのばして水をのみました。そのかなしげな目つきをながめながら、わたしたちはいま、同じ夢をみていたのかもしれないとおもいました。

その日からろばたちを訓練することにいたしました。なにをやってよいやらわかりませんが、ともかくどうぶつの訓練は「よいこと」にちがいありません。それはろばどももわかっている様子で、使役の合間に時間をみつけ、浜の端にゆうどうすると、みな素直に頭をさげてついてまいります。すばやく穴をほって頭をいれたり、低い枝にまえあしをかけて揺らせたり、よろよろとうしろあしだけで立とうとしてみたり。村のにんげんたちははじめはからかって石つぶてを投げてきましたが、れいせいにかえってみれば、ろばがなにかしているところなぞ別におもしろくもなんともありませんから、三日もたてば相手にしなくなりました。わたしはろばどもを駆けめぐらせ、汀で泳がせ、そうこうするうちろばどもも、だんだんと、うすらぼけた厚い皮の下から、ほんのかすかながら野性のきょうぼうさを、におわせはじめるようでもございました。何日かに一度、わたしのからだのとくちょうを使って行う訓練では、顔面へどにまみれながらも、弱音を吐いたり目をそむけたりということは一切しなくなりました。

秋風がふきだしたころ、庄屋の妻がわたしとろばどももを召しつけました。去年までは野良着姿で鼻をすすりあげていた女房が、いまやにしきに身をつつみ、四人のかつぐ舟形のこしに横座りして、にたにた妙な笑みを浮かべて浜まで運ばれてまいります。わたしところばどもは頭をさげてそのあとについていきます。屋敷をのっとってから、実際もっとも変容したのはこの女房かもわかりません。見ばえというだけでなく、声音や言葉づかい、身のこなしまですべて、みかん農婦のかげかたちもなく、どこからどうみても荒くれた海賊の女房です。それは「マネ」を越えておりました。この女はうまれつき実は海賊の女房で、みかん農家にじっと身をひそめていたにちがいない、そう思わせるほどでございました。わたしはうしろを歩きながらちらちら目をあげ、舟形のこしの上で、おもたげに波打つ女房の腰の線をぬすみみました。

一行は磯場の前でとまりました。漁師や子どもらが磯の下で人垣をつくり、いならぶ頭のむこうになにか大きな白いかたまりがのぞいております。海賊となった女房が、海老の紋の入ったおうぎをひらき一度だけさっと横に振ったとたん、糸をぬいたようにするすると人垣がほどけ、かたまりのぜんたいがわたしたちにも見えました。大きさはシャチくらい、ひれもなく、目鼻、口もみえません。白く半透明なかんてん状の「もの」が、磯の岩場にひっかかったまま、波におされるたびふゆふゆとふるえております。納屋の大きさのなまこ、みあげるたかさにそびえるさざえ、そういったものと同等か、あるいはそれ以上に、目の前の「もの」は異様でした。そして、こんなみたことのない形、姿なのに、それがまちがいなく「どうぶつ」であると、いやおうなしに伝わってくる感じがまた不気味でした。寄せ返すさざなみのなかで、ぜんたいがふゆふゆ、ふゆふゆ、とふるえております。

女房は海賊の女房、あるいは女海賊そのものといった口調で、「どうぶつ」に網をかけるよう漁師たちに命じました。刃物をつきつけられているような沈黙のなかで漁師たちは手を動かしました。「どうぶつ」の重みはものすごく、網をかけて丸太のいかだに載せるまで、おとなの漁師五人がかりで昼過ぎまでかかりました。いかだについた荒縄はわたしの足もとまで届いております。サア、ろば奴、と庄屋の女房は塩涸れした声で愉快そうに申しました、うちの「どうぶつ」、お屋敷まぁで、サ、はこんでつか。わたしは腰に荒縄を巻いてむんずとつかむと、砂を踏みしめ、ぐっと前のめりにたいじゅうをかけました。びくりともしませんでしたがそのうち、ず、ざ、ずず、ざざ、と砂が丸太にこすれる音がしだしました。かわりに腰がちぎれそうです。漁師たち、子ども、こしをかついだ手代らも、にやにやと笑って、奴節のモノマネをくりかえしています。ず、ざ、ずず、ざざ、わらじがちぎれました、やっと浜を途中までのぼった、ず、ざ、ずず、浜のけいしゃはいっそうきつくなります、ス、と縄が軽くなりました。ス、ス、ス、とまた縄が急に軽くなりました。ふりかえると五頭のろばどもが横からがっちり荒縄をくわえからだをななめにして全力でひっぱっております。ずずずずずず、ざざざざざ。浜のけいしゃをのぼります。うて、女房がおかしそうにいいました、うて、うて、うて。手代が三人めいめいに棍棒をにぎりうしろからろばどもに近づきます。ひとりが狙いをさだめ、一頭の腹に棒をふりおろすと、肉がちぎれるような音とともに、インウィーッ！　押し殺した声がひびきましたが、ろばは荒縄をはなそうとしませんでした。もうひとりが棒をふりおろす。つぎの一発、さらにつづけて二発。インウィッ！　イン、ウイーッツ！　ウイッ、ウイッツ！　インウィーッ！　ろばどもはどれだけめちゃくちゃに殴られても声を押し殺し、荒縄をいっしゅんもはなさず、より強く、歯ぎしりするようにくわえこんで、前へ前へ、屋敷のほうへ、一歩一歩すすんでいきました。女房は、うて、うて、と命じ、手代どもはひたすらうちました。わたしは、よくおぼえていませんが、荒縄をひきながらえんえん泣き叫んでいたような気がいたします。ろば奴のわたしに棍棒がふりおろされることはございませんでした。打たれるのはいつもこのろばどもなのでございました。

ひがしずみ、門前にかがり火がともされるころ、わたしとろばどもは「どうぶつ」を載せたいかだを屋敷の庭に引き入れました。女房はとうに帰って庄屋と娘むすこらとまつたけとかれいの膳を食べておりました。ろばの一頭はいきたえていました。のこった四頭もはんしはんしょうでした。半透明の海の「どうぶつ」はいかだごと前庭の白砂の上に運ばれました。息子むすめらは、あれ食べれるん、と指さして庄屋にたずね、庄屋は青い顔に笑みをつくって、ンー、とこたえました。ろば奴、ろばをしなせたね、女房は嬉しげにいいました。わたしはゴロウだったころ、この目の前で薄笑いする女房の身になにか、ひとでをちぎったり、なまこを日照りの岩になげつけたり、やどかりの家をたたきわったりというようなことを、いつかしただろうか、ともうろうとした頭でおもいました。

ろば小屋の前に穴がほられ、わたしはしんだろばと一緒にぐるぐる巻きにされて放りこまれました。三日後、掘りかえされ、黒土まみれの上から海水をあびせられました。足が立たず、四つんばいでろば小屋にころがりこみますと、四頭のろばどもがよろめきちかづいてきてわたしの頬や二の腕の海水をぺちゃぺちゃとなめました。わたしはろばの鼻面をひとつずつ見ました。ゆっくり、ゆっくりと眺めました。いままでみわけられなかったとくちょうが、一頭一頭の顔に浮かびあがり、じぶんがそれぞれのろばを見分けられるようになったのがわかりました。わたしは目や耳が地中にうめられた三日間でおかしくなったかもしれないとおもいました。

わたしは一頭をみつめ、イチロウ、といいました。インオーゥ、返事がかえります。ジロウ、サブロウ、インオーーゥ、イインオーウゥ。そして、シロウ、目をむけると、インオーーーーウィ、と甲高い声をあげました。そして五頭目、ゴロウは土のなかでしんだ。ろばのゴロウも、にんげんのゴロウもいっしょになってしんだのです。では、こうしておめおめといきているこのどうぶつは、わたしは、いったいなんなのか。ろば奴、わたしはつぶやきました。小屋の外に出ていくと、黒々と蠅がたかり、小鳥やこどもらがにげまどうのがみえました。どんなにおいがしみついていたのかわかりませんが、たぶんいまだにぬけてはいないでしょう。わたしは四頭といっしょに顔をあげ、ウンイーーーヒィ、とあおい空に吠えました。おてんとうさまの下でよくよくみると、てあしからはら、むねにいたるまで、全身のはだが墨でそめたようにマックロになっていました。ろば奴の色だとわたしはおもいました。

目や耳がおかしくなり、からだがマックロになったわたしですが、ふしぎといぜんよりもたいちょうはよく、わらやひえなどもよく食べ、たまに笑うようにさえなりました。イチロウやサブロウが、庄屋のかぞくをどくづくそのことばが、きこえてきたりするのでございます。わたしはあたまのはったつがおそかったことはもうしあげましたが、ひょっとして、やっとはったつしたのかもしれない、とさえ思いました。まあ、本当かどうかはわかりませんけれども。もっとも変化がきわだったのは、まちがいなく、奴節のことでございます。前庭にひきだされ、いつものように奴節のみぶりをするうち、わたしはじぶんの足がこれまでなく軽くうごき、声もどこまでもながく冴えわたるのに気づき、あっとおもいました。からだのうちがわが、なにか未知のくだもののようなかおりでみたされ、じょじょに、じょじょに、ふくらんでまいります。それまで誰もみたことのないきよらかな奴節が、じぶんのマックロいからだをつうじて、光みたいに前庭の白砂へこぼれおちていくのが見えます。庄屋夫婦には、あまりよくわからないようでしたが、娘むすこ、とくに年端のいかないあかんぼうらは、座敷から身をのりだし、奴節にみとれ、ききいり、だんだんとじぶんたちも奴節の一部のように身をうごかしはじめました。わたしのうしろではイチロウ、ジロウ、サブロウ、シロウのきょうだいたちが、およそ頭のたかさくらいまで、気がどうかなったかのようにとびはねておりました。女房はふんとあなどったように息をつき、ふすまをあけて奥へさがりました。庄屋はこしをうかせ、ふすまと前庭をきょときょとみくらべておりましたけれど、けっきょく、ふところに手を入れたまま女房のあとをおいました。

前庭のすみには、あのえたいのしれない「どうぶつ」が、いかだにのせられたまま、うずくまっております。むすこのひとりがいうには、朝夕、いちどずつ海水をかけるだけで、たえずこのようにつやつやしくかがやき、波にゆられるように、ふゆふゆとうごいているそうでございます。ゴロウを死にみちびいた半透明の巨大生物を、わたしはきょうだいたちと、とおまきにながめました。ふしぎなくらい気分はおちつき、異様さも不気味さも、そしていかりのかけらも、胸にわいてはまいりませんでした。「どうぶつ」のまわりは、ひとでやさんごの枝でかざられています。讃岐の海賊はウミガメやイルカを犬猫のようにかわいがりますが、庄屋の女房のなかにひそんでいた海の血は、この「どうぶつ」を、てなづけようとせずにはいられないのでしょうか。遠目に「どうぶつ」は、まるで塩のかたまりみたいに見えました。夢のかたまり、とも思いました。「どうぶつ」の世話だけは、女房は誰にまかせようともしないという話でした。

オンネエサマのハナレの夢は、その後もひんぱんに、使役でつかれきった夜などはとくに、ねむりのさなかにあらわれました。馬に乗ってうつくしい若ろばがあらわれるところもおなじでございます。ハナレの前に立つ若ろばの相貌が、ふりかえってみればたしかにゴロウのおもかげをほうふつとさせ、わたしは目がさめるとまぶたのまわりがぐっしょりぬれている、ということが何度もありました。やさしいたちのシロウはそんな朝はだいたいわたしの胸に軽くあごをのせてみまもっていました。イチロウはそんな色気づいた夢よりいくさやりゃくだつの夢がみてみたい、とうそぶいておりました。ろばがねむりのなかでじぶんから夢をみることはなく、ろば奴の夢がろばのねむりにうつりこむのでございます。にんげんとおなじで、ろばにもいろいろな性質がございます。ジロウはすばやくぜんたいをみ、むだぐちをきかずに率先してうごくといったところがあり、サブロウはイチロウにわをかけた、けれども仁義にはあつい、やんちゃぼうずでございます。みんなろばですから、ぜんたいてきにおだやかで、おっとりとはしておりました。

全身マックロになり、奴節にみがきがかかってから、わたしがひんぱんに見るようになった夢がひとつございます。申すまでもないかもしれませんが、それは、あの「どうぶつ」の夢でした。ねむりのさなか、しかい全体が白っぽくかがやき、光のつぶをこぼしながらふるえだすのがわかり、うっとり見とれているうちニュルンとうごめき、ア、「どうぶつ」、思った瞬間わたしは「どうぶつ」のなかにとりこまれております。そこは見たこともないものばかりでできているせかいでした。けれどもどこをみても、じぶんのふとん、枕のように、目がすっぽり自然とそこへおさまるのでございます。「いそのきょうだい」の兄や姉たちの、はだかの姿をわたしはそこでみました。イチロウやシロウがうまれたてでわらの上に立つ様子をまざまざとみました。おとこの子が、すずめばちの巣の前にたちはだかり、おんなの子をはちのむれから守るのをみました。おとこの子は目をさされ片目がつぶれました。わたしの父でした。わたしは「どうぶつ」のなかで、前からうしろから波に押され、ふゆふゆ、ふゆふゆ、と揺れつづけるのでございます。

かとおもうと、「どうぶつ」が夢のなかで、いかだ

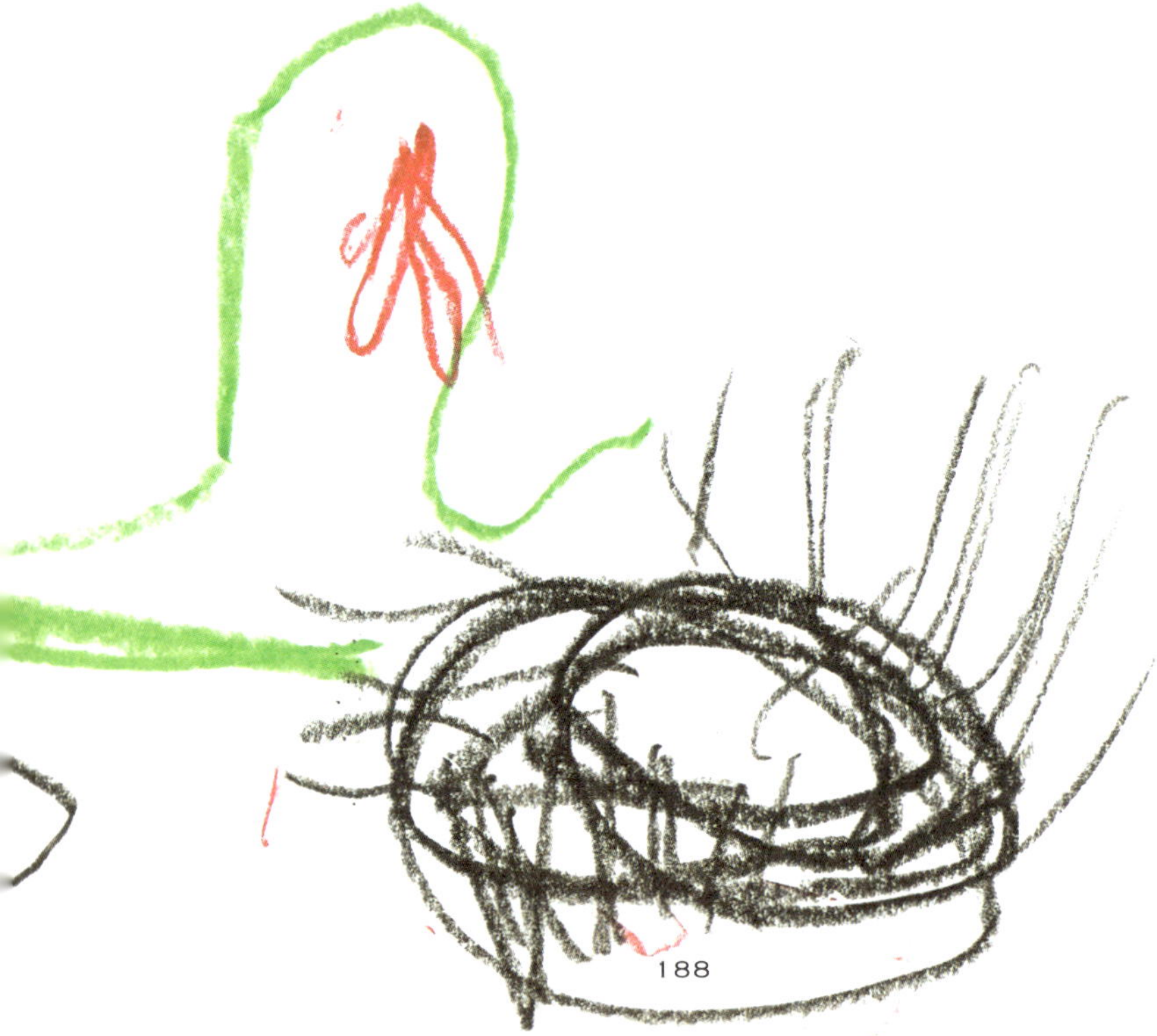

の上からずるずると動きだし、闇の白砂をはいすすんで、座敷にあがりこむ、という様もみました。ずるずる、ずるずる、「どうぶつ」は動き、やがて閉じられたふすまの前にたたずみます。わずかなすきまから、「どうぶつ」はふすまのむこうへはいりこみます。庄屋夫婦の寝所です。「どうぶつ」は、ずるずる、ずるずる、と枕元にまわりこみ、ほそながく先端をのばして女房の口をふさぎます。そうして、ずるり、全身をすべらせて、女房のからだにゆっくりとのしかかります。庄屋はいびきをかいていますが、わたしには、女房がはじめから起きていることがとうにわかっています。わたしは「どうぶつ」のなかに、あらかじめいるのですから。ふゆふゆ、ふゆふゆ、「どうぶつ」と女房、それにわたしは、重なりあって揺れます。磯の花のかおりが寝所にのうこうにたちこめます。

　きがつくと、わたしは鉈をにぎりしめ、庄屋のまくらもとに立っています。女房の寝間着はむなもとがはだけ、きょだいなほくろのような乳首がのぞいております。そんなことよりもわたしは、この半透明な夢の

なかで、まっさきに庄屋の首をはね、ふところにかきいだいたおだいしさまの石を、とりかえさなければなりません。白砂ではろばのきょうだいたちが待ちかまえています。まんまとおだいしさまの石さえとりもどせば、わたしはがんじょうなサブロウにまたがり、ジロウの案内で讃岐の国を出、みどりにつつまれた瀬戸内のごくらくの島へわたるのです。きょうだいのろばたちはみな泳ぎがとくいです。わたしが鉈をにぎりしめ、庄屋のふところをのぞきこみますと、そこにまた、大きなほくろがひとつみえました。オヤ、とおもって目を近づけると、それはほんものの乳首でした。さっき乳首とおもったほうが、ほくろだったのだ、とわたしは気づき、とっさにあとずさりしようとしました。らんらんと目をかがやかせた女房が、ガバリとおきあがり、わたしの腕をつかみました。はじめから起きとったんや、にたにた笑いながらいって、わたしの腕をぎゅうぎゅうねじります。いたみのなかで、わたしは身をよじり、「どうぶつ」の姿をさがしました。座敷には、目をかがやかせた海賊の女房、となりでねばけたきょだいなほくろの庄屋、わたし以外、だれのすがたもありませんでした。これは夢、わたしのつぶやきに、そうじゃな、夢じゃったらなあ、女房は愉快そうに返し、くちびるに左のひとさし指をはさんで甲高い指笛を鳴らしました。

わたしは夢だとおもいこんでいる夢からさめました。浅黒い肌の手代や漁師たちが、つぎつぎと座敷に飛びこんでまいります。わたしは奴節でごまかして逃げようかとおもいつきました。ぜったいに無理でした。そうかんがえる間にも、五人、十人、つぎつぎと上からのしかかってまいります。マックロい肌に縄がくいこみ、すりきれ、薄桃色の血がはらはらとつたいます。おだいしさまの石は床の間の袱紗《ふくさ》の上にかざられてあります。薄明るい空に、きょうだいたちの悲しげな吠え声がくりかえしひびいております。

きんぞくのようにはれわたる朝の光の下、わたしは前庭の白砂にあおむけに寝かされました。壁際を庄屋の親戚から手代らまでがぐるりととりまき、座敷では庄屋、女房、そして奴節好きの娘むすこたちが、やはり目をらんらんとかがやかせ、前のめりになって見おろしております。わたしの右手首に縄がまきつけられ、そののびていった先に、イチロウがいました。左手首の縄の先にはジロウ、左右の足首をしばっている縄の先にはサブロウとシロウ。庄屋の女房がなにをかんがえているかはだれの目にもあきらかでございました。もちろんろばにもわかり、サブロウは、ばかばかしい、といったふうに鼻をならし、白砂の小石を座敷のほうへけりあげました。シロウはうるんだひとみでわたしを見つめ、イチロウはおどしつけるようにまわりをみわたしております。ジロウだけは、じっと口をむすび、座敷に横座りした女房の顔をみつめております。

　わたしはろば奴ですが、庄屋の女房がそんなにろばにくわしいとはおもいもよらぬことでございました。女房がうなずくと、前庭の戸が開き、男が四人はいってまいりました。めいめいが手にしているのは先にぬのをまきつけた棒でございます。わたしはぷんと鼻をさすにおいにきづき、ろばたちもいちはやくきづいたようで、イチロウは大きく目をみひらき、ジロウはくやしげにくちびるをかみしめております。あまりしられていないことですが、じつは、ろばがこの世でもっともいみきらうものは火なのでございます。炭の熾火《おきび》がおしつけられたとたん、あぶらをふくんだたいまつの先から、前庭に張りだした松の枝をこがすいきおいで、ボウ、ボウ、と炎があがりました。シロウがかなしげな低い声をたて、庄屋の娘むすこたちは、ククク、と興奮のあまり笑いだしました。四人の男は、じゃり、じゃり、と白砂を踏んでろばの尻っぺたにまわりこむと、まったく表情を変えずに、燃えさかるたいまつを尾の付け根へ押しつけました。

　ぶすぶすとあがるけむりとともに、ろばの肉がやけこげるにおいが前庭にたちこめました。ろばたちはけんめいに声をのみこんでいましたが、ついにインヨーゥ、と悲鳴をあげ、サブロウが前脚を一歩ふみだし、わたしの右足はぐいと引っぱられました。イチロウは後ろ脚でけんめいにけりつけようとしますが、男は見たこともない身のこなしで、ひらりひらりとかわし、真っ赤に燃えるたいまつの先を尻の穴に差し入れましたので、さすがのイチロウも空を刺すような声をあげ、がくんと前に飛びでました。座敷で女房がじまんげに、ええ男たちじゃろ、といいました、うわじまの牛飼いじゃ。見物客どもはフーン、フーンとうなずいております。ジロウは頭を白砂にこすりつけ、ウォーウ、フー、ウォーウ、フー、と激しく息を荒らげながら我慢しておりましたが、たいまつに追いつめられるように、じわりじわりと前ににじっていきました。気がやさしくふだんおとなしいシロウだけが、まったく一歩も動こうとしないのでございます。尾は燃えあがり、尻の肉は黒々とけむりをあげているというのに、ぶるぶる後ろ脚をふるわせるだけで、はじめに立った位置からびどうだにいたしません。仰向けになったまま首をもたげても、シロウの姿は焼けこげる尻だけで顔はみえません。わたしはいったいこれまでシロウになにをしてやったでしょうか。

壁際、座敷から、罵声ともかんせいともつかないわめき声があがり、前庭にうずまきました。ろばたちは悲しみにくれた声をあげながら少しずつ少しずつ前へにじり、わたしの手足は舟のさし竿のようにぴんと張りつめ、骨はぎりぎりときしみました。とおくなるいしきのなかで前庭のすみをみやると、うずくまったままの「どうぶつ」が、あさひをうけながらしらじらとひかっておりました。かぜもなみもないのに、夢のなかでみたのとおなじように、ふゆふゆ、ふゆふゆ、とゆらいでおります。そのふるえをみているうち、わたしはごわごわした芯がすとんと抜けたように、きぶんがきゅうに、楽になりました。わたしが「どうぶつ」の夢から、庄屋夫婦の寝所へとほうりだされたのは、わたしのなかで、「どうぶつ」がめざめたためだ、とわかったのでございます。わたしの夢と「どうぶつ」の夢がかさなり、わたしがめざめるとどうじに、「どうぶつ」もめざめ、わたしは夢の外にころころ転がり出、こうしてにんげんではないものとして、ひとでややどかりとおなじように、手足をばらばらにされる羽目になった。「どうぶつ」のことなのだから、しようがない、わたしは深いところであきらめがつきました。にんげんではないどころか、わたしは、ろば奴なのだ

から、ろば以下、どうぶつ以下だ、このマックロい肌、それに、ほかのだれにもないこのとくちょうを見てみればいい。

きょうだいたち、きょうだいたち、ぎりぎりときしむ骨のおとと、火が移ったようにもえる肉のあつさのなかで、わたしはたった四人だけのこったきょうだいに胸のうちで呼びかけました。はしれ！　ほんとうのいさましいろばの力で地面をけれ！　四つにちぎれたおれをひきずって、ごくらくの島までぜんそくりょくで逃げていけ！　ろばよ！　この世でいちばんかなしく、うつくしいどうぶつよ！　呼びかけがきこえたのでしょうか、ろばたちはいっせいにわたしをふりむき、おどろくほどすんだひとみをむけると、サッ、サッ、とくびをふりました。そうして意をけっした表情で、イチロウ、ジロウ、サブロウは、ぴんと背中を反らしてそろりそろりと後ずさりをはじめ、むごんで、みずからのからだを燃えさかるたいまつにおしつけました。牛飼いどもは腕をのばしろばのはらをあぶりました。うしろをむいたシロウのこしに火がつきめらめらと炎がたちのぼりました。わたしはこえをかぎりにさけびました。もはやどうぶつとか、にんげんとか、そういったくべつはとけあい、きえうせてしまって、さけびごえそのものになったわたしは、ばらばらのからだのすきまから、この世にむけてとうめいなこえをはなちました。みみの底で、半透明のあの「どうぶつ」も、にんげんや、ふつうのどうぶつにはきこえない吠え声をあげているのをかんじました。ろばたちはたいまつをしゅんじにかわし、わたしのそばへ駆けよると身をまるくかためました。

前庭の白壁にひびが走り、かとおもうといっせいに土壁がくだけました。火がついた岩のようにその場にとびこんできたのは、あらいたてがみをふりみだした、巨大な馬でした。全身しゃくどう色にかがやき、あたまままでの高さはかるく座敷のてんじょうほどはありましたでしょうか、ご神木のようにうねる両の前脚をたかだかとふりあげ、いかずちのようにいななくと、あぜんと見あげる見物人のなかで、いちばんちかくにいた漁師の頭をくわえ、屋敷のやねのむこうへかるがる放りなげました。一頭、また一頭と、あたらしい馬がつぎつぎと土壁を割ってとびこんできました。ひとびとは門やざしきに殺到しましたが、ひづめの軽いひとけりで首がもげました。野生の馬たちはいったい何頭いるのかわからないほど前庭に詰めかけ、けれども秩序だったうごきで、逃げまどうにんげんどもを踏み、噛みころしていきました。どの馬も肌がぐっしょりと濡れそぼり、海藻やひとでがたてがみに引っかかっていました。前庭のすみでは「どうぶつ」が青々とひかり、こきゅうするふくろのように、激しくふくらんだりちぢんだりしております。「どうぶつ」が、馬が、わたしは、うまれてはじめて「おそろしい」と感じました。わたしとろばたちは前庭のまんなかでまるく集まってちぢこまっておりましたが、ろばやろば奴などははじめから眼中にはないといったように、どの馬もわたしたちにはかまうそぶりをみせませんでした。いえ、いちどだけ、急に陽がかげり見あげると、樫の大木のような黒馬の首が真上にのびていて、わたしはヒヤと首をすくめたのですが、黒馬はぶるりと身をふるわせ、わたしたちのまんなかに、くわえていたものをどさりと落としました。腰からうしろがまるこげになったシロウのからだでございました。シロウ、シロウ、よびかけるとシロウはまぶたをひらき、おだやかなひょうじょうでうなずくと、イオーーゥ、のびやかに喉を鳴らしました。みあげるともう黒馬の姿はそこになく、火薬で雲をすべてふきとばしたようなあおいろの空が広がっているばかりでした。

前庭にうごくにんげんがいなくなると、野生の馬たちはたいれつを組んで砂地をふみしめ浜のほうへあゆみだしました。あんな馬たちが瀬戸内の海をこえてどこからやってきたのか、むろんわたしにははんだんなどつきません。半透明の「どうぶつ」の姿は馬たちとともに消え失せておりました。「どうぶつ」が馬を呼んだのか、「どうぶつ」が吠え声をあげるまで馬たちは近くの磯でひかえていたのでしょうか。「どうぶつ」と馬は、海の底からやってきたかもしれない。馬にみえて馬でない、じつは「どうぶつ」でさえない、別のものだったのかもしれません。

わたしは立ち上がり、木の階段をふんで、おさないころ玉をころがすような声で名を呼ばれた座敷にあがってみました。庄屋と庄屋の女房が、頭がないすがたでおりかさなっていました。庄屋のあたまは縁側の隅でみかんにまじっておどろいたような表情で転がっていました。女房のあたまは、庭に置かれたちょうず鉢の水面にぷかぷか上をむいてういておりました。どろりとした灰色のものをしゅういにたなびかせ、あたらしい海のいきもののようでございます。わたしはふたりの頭をどうたいにもどしました。じょちゅうやてだい、娘むすこたちのからだも、奥座敷や廊下でさまざまなかたちをとってころがっておりました。わたしはすべてのからだを仰向きにねかせ、腕がもげていなければ、むねのまえでてのひらをあわさせ、きょうだいならばあたまをおなじ北向きにして、血にそまっていない畳の上にならべました。

廊下の床板も天井も、馬のひづめでけやぶられ、座敷には秋の風が吹き渡っていきます。外壁にあいた穴から、蜂やとんぼ、かなぶんなどが、羽音をたてては いってきました。畳では秋の虫たちがひょんひょんと跳ねておりました。虫たちは横たわるにんげんのからだにつぎつぎととまり、羽をゆっくりとうごかし、鈴の音を響かせはじめました。こうして空気をきれいにはらってから、虫たちは、にんげんのからだをゆっくりと、ゆっくりとこの世からみえなくさせる。わたしはうらのやまでにんげんのかたちにぎっしりとまったとんぼのむれをみたことがあります。ひと月後に通るとその場所には骨のかけらさえのこっていませんでした。わたしは虫たちの調子に合わせ、庄屋の娘むすこらのまくらもとで、少しだけ奴節をひろうしました。しょうがい最高の奴節だったと、じぶんではおもっています。

前庭にもどると、イチロウ、ジロウ、サブロウが、シロウのからだを「どうぶつ」が乗せられていたいかだに移し、めいめい荒縄をくわえ、待ちかまえていた、という目つきでわたしを見つめました。わたしも荒縄に手をかけ、きょうだいたちといかだをひきはじめました。ざり、ざり、白砂でこすれ、門をこえて、丸木のいかだは敷地の木立をすすんでいきます。枝葉のむこうに、ゆっくりと歩く牛、ふつうの馬や、草をはむ綿羊、はなをたかだかとさしあげていちじくをもぐゾウの姿がみえかくれしています。わたしたちが使役にくるしみ、奴節のくるしさにたえていたあいだにも、どうぶつたちはこうして平常のまま、やしきないでときをすごしていたのでございましょう。馬たちのひづめのあとか、じめんのきれつからのぞいた「たまり塩」のふくろに、子山羊が三頭顔をよせあい、舌をぺちゃぺちゃならしております。ゾウがなにかいいものをみつけたのか嬉しげに吠えました。やしきの木立は、このまま讃岐の土地で、どうぶつたちのごくらくの森になっていくのかもしれません。

わたしたちは脚に力を入れ、草に覆われた斜面をいかだを引いてのぼりました。茂みをぬけるまえから、けはいはたちこめてまいりました。わたしたちはしきちのこだかいところへでました。オンネエサマのハナレが目の前に立っておりました。

イチロウ、ジロウ、サブロウが、若ろばのすんだめで見つめております。わたしはシロウのくびを、よく見えるようにうしろから抱きかかえました。ハナレのたてものぜんたいが、あの「どうぶつ」か、あれよりもさらに深い海でいきるいきもののように、ホワ、ホワ、ホワ、ホワ、たえまなくかがやいておりました。それは塩の光でした。八代つづいてきた塩田の、さらに百年、二百年、千年も前からこの土地にしみこんだ、生きる鉱物のきらめきでした。ホワ、ホワ、ホワ、わたしの前できらめきは、なつかしい声にかわりました。なんといっているか、にんげんのことばとしてはききとれませんけれども、どうぶつの身にめざめた、マックロいろば奴のわたしにはわかりました。ろばのきょうだいたちは目をふせて、ぜんしんを熱っぽくふるわせております。わたしのからだのとくちょうが、ハナレのかがやきとときをあわせ、ホワリ、ホワリとひかっています。ホワ、ホワ、ホワ、ホワ、こがねいろのチョウがなんとうもとんでくる。

わたしは「おそろしい」とはおもいませんでした。もはやにんげんでないわたしは、あの揺れるとばりをくぐったら、どうぶつ以下のろば奴より、さらにどうしようもないものに、なりさがるかもしれない。こがねいろのチョウが次から次へととんでくる。ふわり、ふうわりと、こだいの踊りを舞うように上下します。わたしはハナレにむかってうなずき、足を前にふみだしました。からだのとくちょうがかいだんにあたって鼓のような音をたてました。まいつづけるチョウをみつめ、とばりにちかづいていくと、イチロウ、ジロウ、サブロウのきょうだいたちがうしろからついてくるのがわかりました。シロウを抱きかかえ、いっしょにのぼってくるのは、かりぎぬしょうぞくの、若くうつくしいゴロウのようでした。オンネエサマのこがねいろの声がわたしをつつむ。わたしはとばりをくぐりました。わたしたちきょうだいは、白海老の家紋の染め抜かれた幕をあげて、いいにおいのたちこめる、オンネエサマのハナレのおくへはいっていきました。

図説東方恐怖譚

古川日出男

死ぬ草。

いかなる地面から生え出す草も人のための食料ではあるが、これを食料と見做す人は東方の地上からは絶えた。花たちは咲いているが、その六十億分の一も観察されることがない。一匹の猫が空き地を通り、草たちを踏む。わずかに翳る。じきに興味すら失う。

画題は『死ぬ草』だった。そのフレーズには予言性が孕まれている。しかしながら描かれている草はすでに死んでいるのではなかろうか。作品を数秒間ばかり凝視すればわかるのだが、草とは大地の毛である。ならば大地とは何者かの皮膚に相当している。われわれは内臓に毛が生えるという事例を知らない。すなわち内側に隠匿されるものは発毛せず、外側にさらされる部位のみが毛によって防御を行なうのだ。その防御のシステムのための毛に相当するところの草が、作品内ですでに死んでいるように感じられるとしたら。東方には大いなる予言者が『死ぬ草』一点で降臨したのだとも言える、推断でき　る。　いずれにしても脊椎動物の姿はここには　な　い。

最初にこれらのことを断言しなければならない。「絵は、観られなければ絵にならないし、文は、読まれなければ文にならない」と。私は何を言わんとしているのか？　すなわち鑑賞者でもいいし読者でもいいのだが、そうした受け手が存在しないところには、結局は絵画も文章も存在し得ないだろう、との厳然たる事実だ。おまけに描かれる絵画、あるいは書かれる文字は、できるかぎり多数の受け手を求めようとする。一人よりは三人、三人よりは三十人、わずか一点の絵画であっても三百人から三千人、三万人の目を求めるだろう。受け手たち。だが問題は「かつては観られたが、いまは観られない絵は、いったんは絵であることを停止していたと解釈するのが妥当である」のか否かだ。こんな問いを突きつけられるとは思わなかった。私はまるっきり予期していなかったし、私以外の調査隊のメンバーも同様だろう。私たちはこんなものを発掘してよいのか？　もちろん、よいのだ。私たちは砂中より現われた美術館に『ブッダの頭蓋骨』との名を与えた。この命名に反対したメンバーはいない。しかし不思議なことなのだが、いったい誰が最初にこの名を候補として挙げたのか、それが記憶にないのだ。当然だが記録にも残っていない。ある晩、私は不安に駆られた。もしかしたら『ブッダの頭蓋骨』を口にした一人めとは、私ではないのか？　あまりに滑らかに口をついたので、私自身が言ったとは認識し得なかったのではないか？　また、それほど滑らかで適切な名称であるならば、実際にこの美術館は『ブッダの頭蓋骨』だったのではないか？　もちろん私たちは遺跡の内部に泊まっていた。すなわち掘り出された美術館のフロアそのものにビバーク（一種の概念としてのビバーク）をしていたということだ。この不安の夜、私はまさに当の不安に駆動されて館内を彷徨った。廊下から廊下へ、展示室から展示室へ。いかなる空間の壁にも床にも、あるいは天井にも、生命の痕跡がまるでない。草一本も生えていなかった。死ぬ草。

殲滅に足る鳥。
それらは食料になるものではないのだし、と知事は言う。それらは醜いのだし、と知事は言う。それらは双翼すら具えていて、それらは嘴すら持っていて、それらは中空で鳴きもするのだから皆殺しに相応しい、と知事は言う。わが頭上を侵すものに災いあれ。

いよいよ脊椎動物が登場するのが『殲滅に足る鳥』である。この標題は何らかの戦慄をわれわれに喚び起こす。鳥の凶悪なる性を暗示しているのみならず、鳥を殲滅する主体の存在をも仄めかしているからである。だが、まずは画家の描き出したところを観察しよう。風景の問題があり色彩の問題がある。数種類の彩りが山岳部の雲を表わしているのだとすれば、気流には一つひとつ宿る感情があるのだと説くこともできる。

それらの感情を殺すものが凶悪な鳥の色彩、すなわち黒であるのだと解釈することもできる。むしろ作品内では黒以外の色彩こそが黒の餌となり得るとも理解可能だ。

さらにその果てには、この鳥をこそ食料とする脊椎動物の実在が見通せるだろう。

二番めに政治権力について言及しなければならない。私たちは「派遣された調査隊であり、その『派遣』の背後には、豊潤な資金力を有した政治的意思が明らかに在る」のだ。そうでなければ、こうして砂に埋もれた地域に私たちが立ち入るはずもない。ここで言う私たちとは、単に私が属している調査隊に限られない。そもそも私の属している調査隊、ここでは便宜的に『ブッダの頭蓋骨』調査団と命名するが、この『ブッダの頭蓋骨』調査団は後発のチームである。二桁に達する先発の集団がここを掘ったのだ。すでに掘っていた。各県の各知事がそれを命じた。ある者たちはこれを「召集」と名付けた。私は薄々勘づいている。私は、いずれ東方入植計画が実行されるのだと嗅ぎつけている。そもそも私の暮らしている西方の世界は、一年に一億人のペースで殖えつづける人口を抱えきれない。もしかしたら一年に三億人に達しているのかもしれないし、三年に三億人のペースなのだが、初めの一年めは二億人、次の一年が七千万人、お終いの一年が三千万人なのかもしれない。三千万人？　それは三千人と三万人に連なる数字ではないだろうか。そして、三千万人の目を求めるのは何であったか？　それは絵なのかもしれない、と私は気づいた。それは、ここ、『ブッダの頭蓋骨』の内部で眠っていた（換言すれば死蔵されていた）美術作品たちなのかもしれない、とも。いま、私は死蔵と注釈をつけ、以前、私は「かつては観られたが、いまは観られない絵は、いったんは絵であることを停止していたと解釈するのが妥当である」のか否かとも問題提起した。では死蔵とは、絵が絵であることを止めることか？　私は回答を出す前に一つの義務に駆られた。私こそが「真っ先の鑑賞者」たらねば。私が観なければならないのだし、絵は、私に観られなければ。ある廊下で私は固まった。そこに掛けられる絵画には鳥がいた。描かれた鳥は明らかに「埋もれた世界の鳥」のはずだが西方の鴉に似ていた。こんなものは、と私は思った。あれだ、殲滅に足る鳥。

羨望するテレヴィ。
ある日、ここはリビングだとテレヴィは認識した。私はリビングに鎮座させられている機械であって、ゆえに見られているのだとテレヴィは知った。リビングの外《ソト》には廊下が続いていることをテレヴィから這い出した テレヴィは知り、ついに戸外《ガイ》に出る。

驚くべきことに東方には機械が滲透していた。われわれの認識ではブッダの支配下に置かれて「蓮の花」文明を展開させていたのが東方の諸国であったはずだが、過去三百年のあらゆる学説はこの一点の絵画を前に崩れ落ちる。しかも画題は『羨望するテレヴィ』だった。仮に感情を持った機械の出現がまさにここでの主題となっているのだと見做すならば、われわれの文化の程度もそこまでは及んでいない。テレヴィとして描かれた機械の背後から棚引いているものを眺めつづけるに、テクノロジーを活用するためには霊感も要るのだとの真理があきらかになろう。じきにテレヴィたちの環状列石も遺物として見出されることは間違いない。だが視聴していたのは誰なのか。

三番めに解説しなければならない事柄は、私とあの娘の遭遇だ。が、誤解しないでもらいたい。私が生き別れの実の娘に再会したとか、その手の挿話ではない。なにしろ私には実子がない。私はまだ子供を産んでいないのだ。あるいは私が男性ならば、まだ子供を産ませていないのだ。血縁関係にはない娘と私はそこで遭ったのだが、女、と呼ぶには相手は少々幼かった。だから、あの娘、と形容した。理解してもらえただろうか。これは地上での出来事だった。周囲には砂漠があったし、砂漠しかなかった。それどころか、出会いのその場所もまた砂漠のただなかだった。そこに私がいて、私たち『ブッダの頭蓋骨』調査団がいたのだし、美術館のあの丸屋根もまた覗いていたのだ。地表に。その他には何があったのか。オレンジに似通った果物が実る樹木があった。おおよそ七本の樹木が茂るところに、平均して一つ、泉があった。湧き水だ。どの泉にも棲息する魚類は観察されなかった。そして、とある泉のかたわらに羊の脂肪を燃やしている娘がいたのだ。ただし羊はいなかった、一頭も。遊牧民の娘であることはわざわざ問わずとも了察された。その代わりと言ってよいのかはわからないが、私が娘から問われた。「あのね、あたしたち」との切り出しがあり、それから。「部族と部族が交わるためには互いの恐怖を差しだし合わなければならない、そう習慣づけているの。真っ当でしょう？　ようするに弱みを交換するのよ。どう？　あなたは『怖い』ことをあたしに、あたしたちに明かせる？」と厳しい口調でなかば問い詰められた。私は言った、交流は必要だったし支援と同義語でもあったから、回答した。「そうだな、私の、というか私たちの『怖い』ことは全部ここにあるな。いいや、そっちじゃない、こっちだ。それも地中に……。いいかい？　暴露されてはならないことが掘り当てられた。テレヴィが出たんだよ。問題は、そこに何が映るかで……怖い。地上を乞うかもしれないテレヴィの感情も。つまりだ、羨望するテレヴィ」

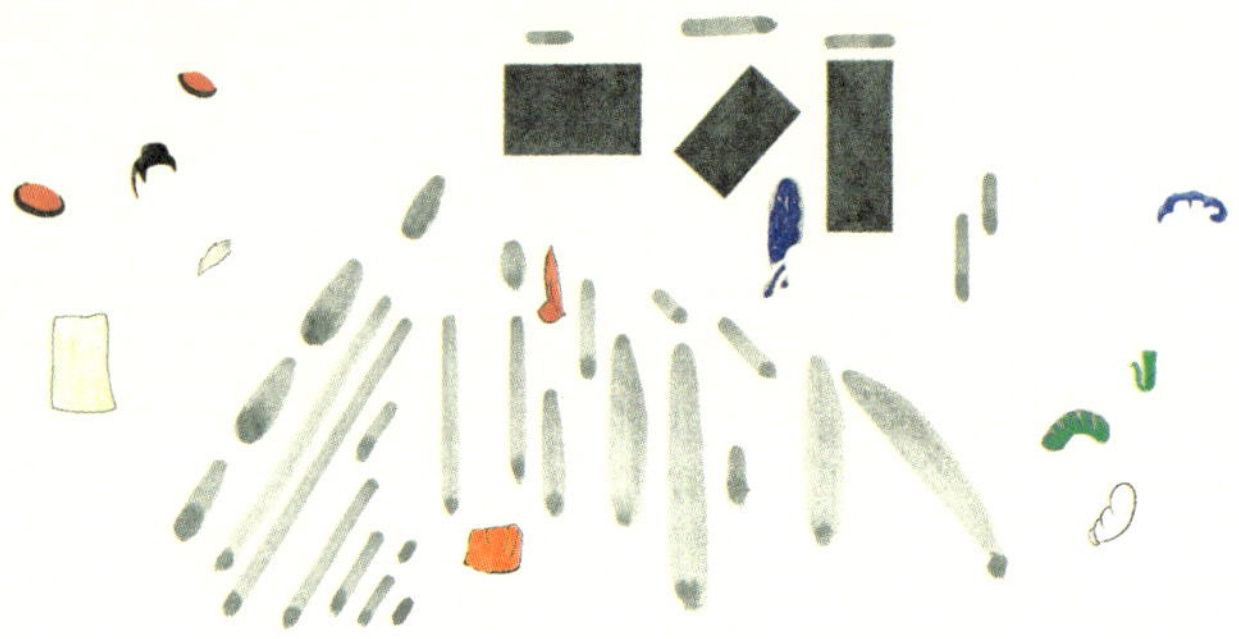

犬の形をした街。
きわめて遺憾なことではあるのだが、その街をさまよっている犬たちには街が犬の形をしていることは理解されない。ついに犬たちの王が出現して、街のあらゆる道、あらゆる角、あらゆる柱をわがものとしたのだが、それでも街の形は夢見られない。

われわれの待望するところの脊椎動物が再び画家のオブセッションとなった。この作品は『犬の形をした街』なる画題を持つ。構図は火の粉である。あるいは構図は雨である。ゆえに作品は極めて好戦的である。これが街そのものを主題としているのならば、そこには五感の四則演算が見事な支援態勢をとって機能したに違いない。われわれは犬の形をここに視認することが可能で、不可能だ。その犬はわれわれが考えるところの哺乳類の犬だろうか。その犬はわれわれが考えるところの飼われた犬だろうか。仮説としてだが、ここで採りあげられた犬を家畜とすれば、それを飼養する人類がいる。ついに結論は出た。東方に人類はいたのだ。しかし寸法はわからない。

しかし、あの娘のことは措いておこうか。当面は。すると四番めだ。たまに地上に這い出ることはあっても（私にはこれはあの娘とのランデブーを意味した）、一日の、あるいは一週間の大半は『ブッダの頭蓋骨』調査団のメンバーは地下にいた。もう容易に想像し得ると思うが、地下とはすなわち『ブッダの頭蓋骨』の館内を指す。私は懇意にしているメンバーとは仮説の検討をしばしば行なった。ある者は言った、この画家は盲目だったのではないか？　これは驚くべき想定だった。仮にその画家が視覚に頼らない、または視覚に根ざさない表現を試みていたのだとしたら、「描かれている対象が、過去、ここに実在した」と推測する根拠が失われる。リアリズム絵画だとの前提が脆くも崩れるのだ。そして、仮定された文明も崩れる。実際のところ、その文明は崩れたからこそ調査されているのだが。掘り返されているのだが。あるメンバーは美術評論に憑かれた、すなわち個々の作品の解説者と化した。一つひとつの絵に、シーケンシャルな流れを持った文章を付与しはじめたのだ。だが、これは本当に付与だろうか？　そんな恣意的な行為なのだろうか？　もしかしたら私が（あるいは私ではない人物が）『ブッダの頭蓋骨』という美術館名を掘り当てたように、現実に「そうであった」文章ではないのか？　この可能性は私を戦慄させた。それから私は、冒頭の命題に戻った。思い出してもらいたい。あの命題の後半にはこうあった、「文は、読まれなければ文にならない」と。だから私は読んだ。私は率先して読者の務めを果たしはじめた。すると、ある絵の、ある解説には犬がいた。その美術評論もどきには犬についての考察があって、そこから人類についての妄想に入り込んでいる。憑かれた評論家の憑かれたイメージ。しかも憑かれているのは私の同僚だ。犬？　私は地下をまたも彷徨いながら、この『ブッダの頭蓋骨』の全容をつかもうとする。その形を把握しようとする。だが迷宮感がある。もしかしたらここは、犬の形をした街。

豚の背脂でできた
携帯電話。
そこからは神の声が
聞こえるのだと言わ
れるが、充電するや
否や、熱はその機械
を融かしてしまう。
それどころか、たいへん
に美味しそうな
芳香が発せられて、
千匹の野良犬たちが
集いはじめる。犬たち
はグルメなのだ。
お前は喰らわれる。

寸法のわからない人類が犬を飼う。寸法のわからない人類はコミュニケーションの機械として携帯電話を用いる。寸法のわからない人類に豚もまた家畜として飼養されている。この三つを事実として証明するのが作品の画題『豚の背脂でできた携帯電話』に他ならない。燃えているものはむろん炎であって背脂の潜在はそこに示されている。だが携帯電話は見当たらない。カンヴァスは木材を使用していることが確認されていて、その木材は大いに顕在する。さて白黒の犬はその木材を咬んでいるのだがこれは誘惑を象徴しているのだと解釈できる。犬は咬まずにはいられない。秘められた機械は炎を発せずにはいられない。すなわち創られた文明は滅びの運命をまぬかれない。

犬よ、犬よ、犬。なんだか怖ろしいものじゃないか。この響きの反復。この犬の登場と再登場と無限増殖。そうなのだ、これこそが「怖い」事柄に当て嵌まっているじゃないか。犬が……私の、あるいは私たち『ブッダの頭蓋骨』調査団の、弱点？　しかし問題の吟味はここでは為されない。五番めだ。私は五番めに、とうとう現われた局面について語ろう。とある県でとある知事が殺されたという情報が広まった。その流布は地下にいる私たちの間での現象だし、このように「地中滞在者」の身でありつづける私たちのもとには当然、情報は無線網で届けられた。具体的に描写すれば、ある時、誰かの携帯電話が鳴ったということだ。私たち『ブッダの頭蓋骨』調査団のメンバーの誰かの携帯電話がジリジリだかビリビリだか旋律を奏でるだかをして、そこから情報の周知がはじまったということだ。もちろんその誰かは、その、とある県の出身者だったのだろう。ただし実を言えば私もその県の出身者だ。では、最初の誰かとは私なのか、またもや？　記憶に対する懸念がよぎる。私はただちに確認した。その知事は暗号で「豚」と呼ばれた。このような異称（にして暗号）を与えられる人物だから、暴虐さで知られていた。あるいは大衆迎合性で、と言い換えてもよい。そこからの必然の流れとして今回、暗殺されたのだ。さらに経緯を詳細に調べると、なにしろ「召集」反対運動が起きたのだという。この運動は弾圧されて地下に潜り、テロの温床となったのだという。地下に……地下？　私は携帯電話をじっと見た。溶けてしまいそうな気がした、掌中で。それから私は、ただ「豚」のことだけを思った。因果応報、とブッダの「蓮の花」文明にあったと記憶している用語で思った。そうか、西方には知事殺しの血の雨が降ったのか、とイメージして、そんな雨は絵具にもなりはしないなと私は冷静に結論を出した。ましてや岩絵具にはならないし、いかなる芸術も産み落とせない。ふいに不快な感触が高まった。……豚の背脂でできた携帯電話？

電気的な菜食ディナー。いかなる肉もこの食卓に載せられることはない。ゆえに肉こそが食料だと見做している人はここに飢えて滅ぶであろう。このような二句がその卓上には刻まれているのだと噂されるが、しかし二句を示す機構は電気力を要する。停電が噂を反故にする。

画題は『電気的な菜食ディナー』だった。われわれは想像力をその食卓に載せることが許されている。われわれは死の観念をここに見ることも可能だ。それらの観念は時に擬人化されて「死神」となるのだが、われわれとは異なる学習プログラムを修めて画業をものにした東方の画家ならば、それらの観念を擬食化もするだろうとイメージし得る。「死神」ならぬ「晩餐」である。

肉はそこから排されるだろう。魚肉と獣肉、果肉のいずれもが排除されるだろう。ここでの菜食はその範疇に果肉を孕まないだろう。しかし竹木のように柱は立つ。想像される食卓はこの柱の上部に在るはずだが、至高のものは描かれない。あるいは未解読の文字たちがこれを説明するのか。

六番めに絵巻の予兆について説かねばならない。私は『ブッダの頭蓋骨』調査団のメンバーが記した（または記している、ひたすら記しつづけている）はずの絵の解説を読みながら、こうして文章と共存する絵画は、単なる絵画の範疇にはないのではないかと考察した。文との関係を持った絵なのだから、いわば「絵巻」の範疇に入れて妥当ではないのかと考えはじめた。むしろ検討し出したと言おうか。この仮説に憑かれた瞬間から、文章の解読がそのまま絵の解読の次元に直結して、あるいはスライドしていって、なにか得体の知れない感情に私はこの身を覆われることになった。想像してほしい。私は砂中に埋もれた遺物としての美術館、この『ブッダの頭蓋骨』の館内にいて、しばしば廊下から廊下へ、展示室から展示室へと彷徨して、掛けられている絵画たちの「未解読」の部分を解こうと挑んでいる。かつ『ブッダの頭蓋骨』そのものに迷宮の感覚があふれていて、すると私は「自分が、いま、発掘された高次スケールの『巻物』の内側にいるのだ」と感じる。それこそ不可避に感じてしまう。この錯覚は危険だった。この予兆はあまりに致命的だった。いまや地下はある種の冥界である。死の実感にあふれているし、テロの情報にも充ち満ち、死神もこの目に見えた。一日のうちの三分だか三十分だか、三時間だかは私もまた死神なのではないかと錯誤をした。死神の一員、あるいは……私こそが死神？　私はたしかに知事たちの抹殺の情報を聞いたのだが、たとえば「命じたことはない」と断じ得るか？　たとえば「死は、地下から与えられる」と高らかに断言しないでいられることが可能か？　西方の世界に浄土（これもまた「蓮の花」文明の用語だ）をもたらすための、東方への、しかも東方の地中への潜伏……。私は頭を横に振った。疲弊が私を冒しているのだと思った。陰鬱に冒している。私は食べなければならない。気分を変えるために晩餐を。しかし肉は駄目だ。生々しさも。すると考えられるのは、電気的な菜食ディナー。

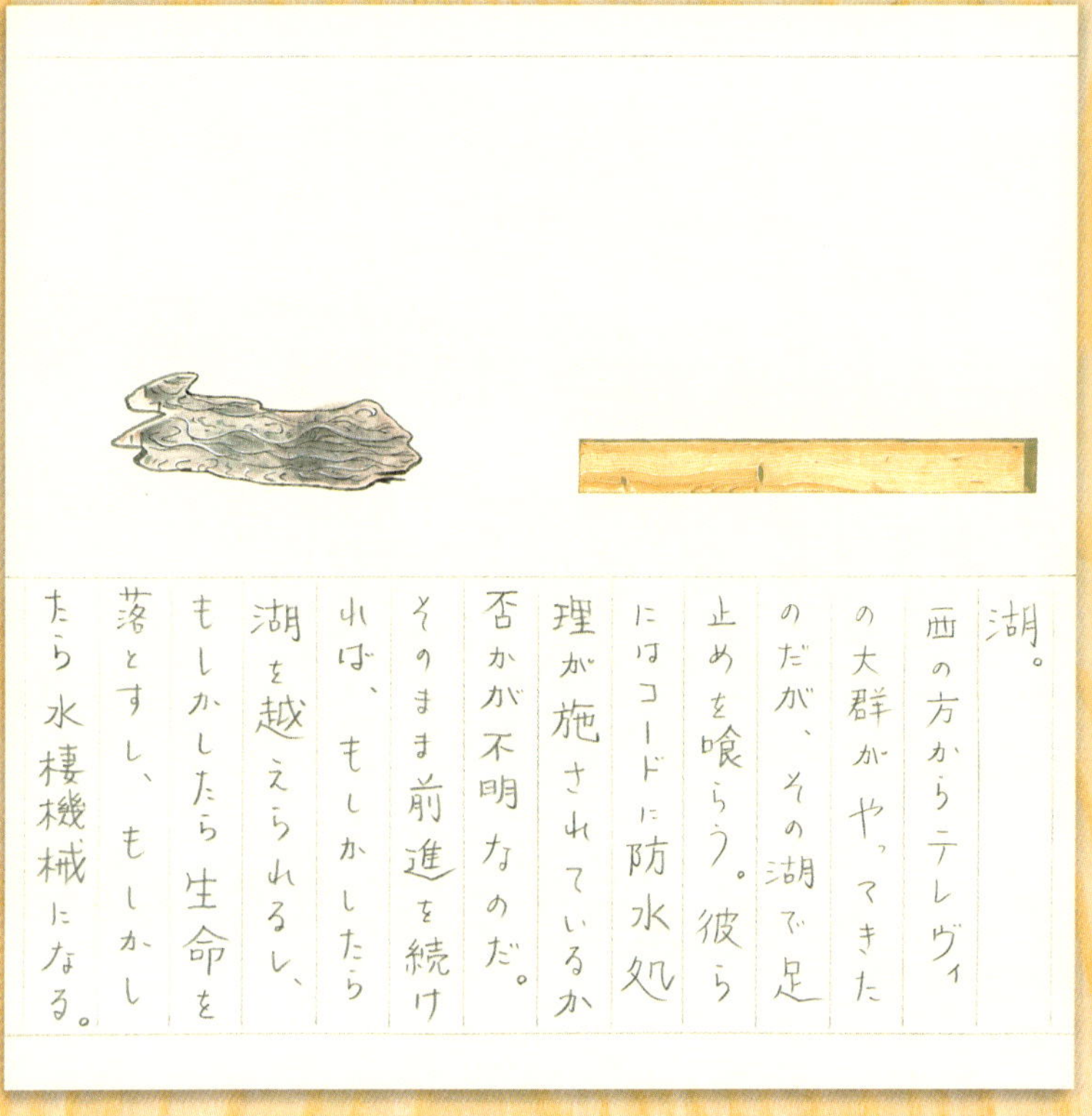
湖。
西の方からテレヴィの大群がやってきたのだが、その湖で足止めを喰らう。彼らにはコードに防水処理が施されているか否かが不明なのだ。そのまま前進を続ければ、もしかしたら湖を越えられるし、もしかしたら生命を落とすし、もしかしたら水棲機械になる。

まずはこの作品の画題を伏せよう。そして東方のその不詳の人類のあらゆる生活様式を空想しよう。すでに機械の滲透、飼養される犬と豚、普及している携帯型のコミュニケーション機材はあきらかになった。しかしながら機械も哺乳類もコミュニケーションの主体も描き出されない作品に、われわれは何を見るのか。再び木材に目を凝らさなければならない。木目とは時間そのものであり、木目をつまびらかにする画家には時間の蓄積なるものをカンヴァスに封印しようとする意図があったことを認めなければならない。すると木材に封置されるものの意味するところも仄めかされる。破滅の到来の時がここには予言されているのだ。　そして画題は『湖』なのだ、った。

七番めだ、いよいよ。こうして書きつけるとカウントダウンの印象がある。まるで八番めにはゼロが来るみたいじゃないか。世界をリセットする現象は「蓮の花」文明に対比される神話においては常に大洪水だった。神（または神に類する存在）がリセットのボタンを押して、大洪水。あらゆる事象は、そこでゼロ化。これが一つのパターンだった。だとしたら地中にも神話的な洪水は到来可能だろうか？　しかし私は比較の前提を誤っている。ブッダは神ではない。私の乏しい「蓮の花」文明の理解においては、そうだ。だとしたら『ブッダの頭蓋骨』内にそうした現象が起こり得るはずがない……。ところで館内は、いまや冥界としての実態を具えた。私を筆頭とする『ブッダの頭蓋骨』調査団は、連日、互いに奇妙なレポートを交わし合っていた。曰く、冥界には遊戯がある。驚くべき数え歌があちらこちらの展示室に響いている。曰く、冥界には砂の壁を通過して出現する鳥類がいる。それは孔雀である。密やかなる孔雀たちの侵攻があちらこちらの廊下ではじまっている。曰く、もしかしたら冥界には馬がいるのかもしれない。なにしろ鞍の発見報告があり、また、手綱も展示室（報告によれば「展示室Q」）内に忽然と現われたという。馬具だ。そんなふうに馬具があるのに、馬がいないということが考えられるか？　私はいよいよだと思った。そうなのだ、言及に足るこの局面、いっさいは冥界として自立し出すということで、私はカウントダウンの体感を得たのだ。言うなれば。まるで次にはゼロが来るみたいじゃないか。次？　私は乗馬から旅を連想した。一種の遠征だ。私はまた、あの娘のことを恋しいとも思った。地上にいる娘だ。この『ブッダの頭蓋骨』を地表側に這い出たところに。私には「あの娘とともに遥か西域、または西方に遠征に出る」ことは望み得るだろうか？　こればかりはわからない。あるいは私は、再びリセット現象から大洪水を夢想したほうが相応なのか。すると地中にもあれが誕生するだろう。あれだ。湖。

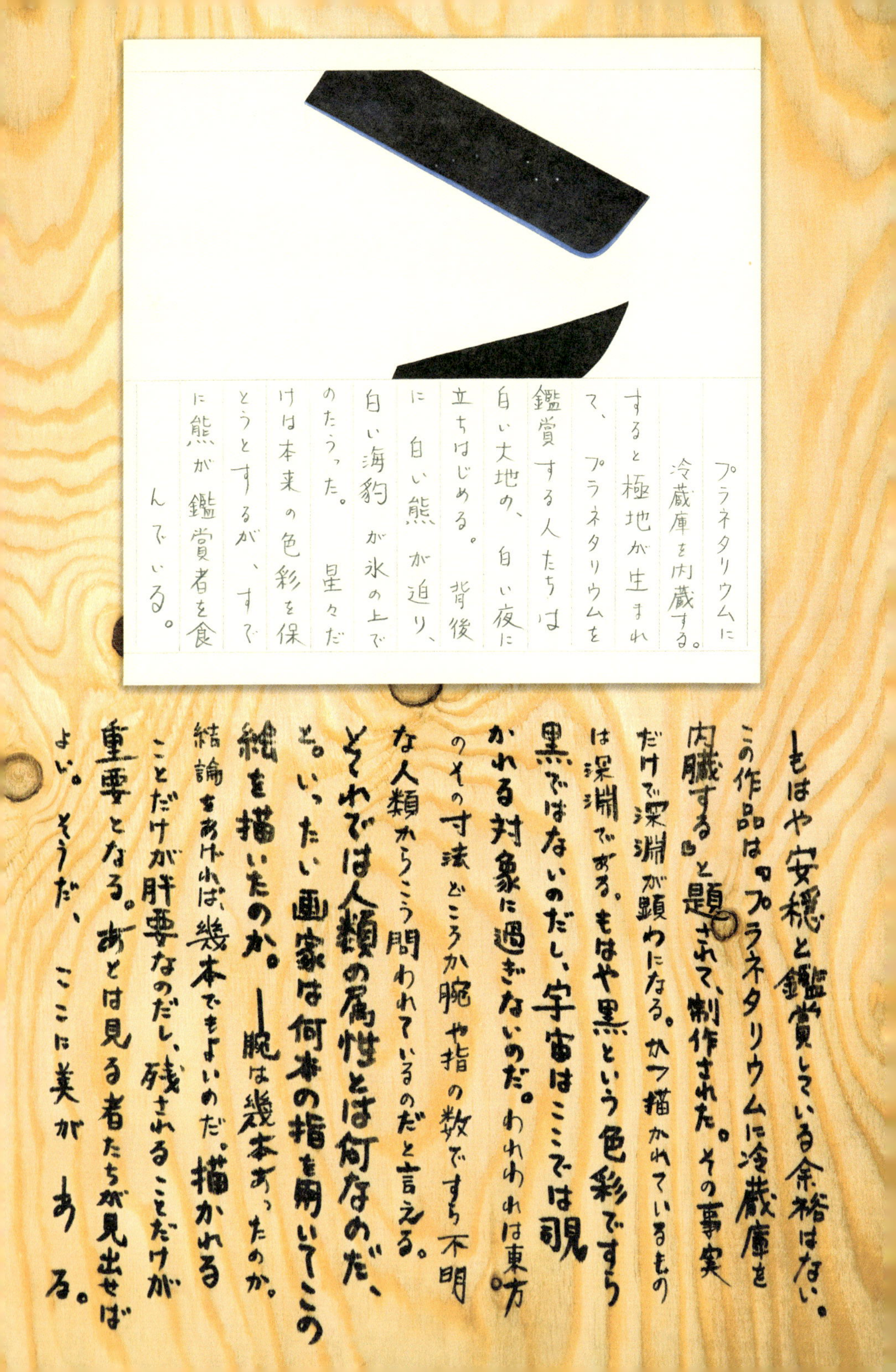

プラネタリウムに
冷蔵庫を内蔵する。
すると極地が生まれ
て、プラネタリウムを
鑑賞する人たちは
白い大地の、白い夜に
立ちはじめる。背後
に白い熊が迫り、
白い海豹が氷の上で
のたうった。星々だ
けは本来の色彩を保
とうとするが、すで
に熊が鑑賞者を食
んでいる。
もはや安穏と鑑賞している余裕はない。
この作品は「プラネタリウムに冷蔵庫を
内臓する」と題されて、制作された。その事実
だけで深淵が顕わになる。かつ描かれているもの
は深淵である。もはや黒という色彩ですら
黒ではないのだし、宇宙はここでは覗
かれる対象に過ぎないのだ。われわれは東方
のその寸法どころか腕や指の数ですら不明
な人類からこう問われているのだと言える。
それでは人類の属性とは何なのだ、
と。いったい画家は何本の指を用いてこの
絵を描いたのか。―腕は幾本あったのか。
結論をあげれば、幾本でもよいのだ。描かれる
ことだけが肝要なのだし、残されることだけが
重要となる。あとは見る者たちが見出せば
よい。そうだ、ここに美がある。

さあ、お終いに八番めの文章におつきあい願いたい。私の八番めだ。そうなのだ、「文は、読まれなければ文にならないし、絵は、観られなければ絵にならない」のだ。そうして私は地上に脱けた。冥界から、久々に脱出したのだ。正確には一週間ぶりだろうか。それとも、三？　三週間？　あの娘は相変わらず泉のそばで羊の脂肪を燃やしていて、その泉は決して湖ではなかった。そして地上は夜だった。私は地中から這い出て、当然、満天の星空に息を呑んだ。そうなのだ、これほどの綺羅星は砂漠でしか目撃されない。しかも砂漠の「地下」には、ない。あり得るものか。私は懐かしい西方の世界のあのプラネタリウムを想起した。我らが文明の、誇るべき幻灯器械を。が、いまや誇れない。そんな装置は冷蔵庫に抛り込むしかないのだし、いいや、冷蔵庫をプラネタリウムに入れるのはどうか？　この発想は極めて適切では？　私は思わずニヤリと笑った。すると娘は戦慄したようだ。あまりに人間離れした、または人類離れした表情だったのだろう。私はそれを反省したし、即座に言った。「誤解しないでほしい、君を怖がらせようなんて思っていない、それに私の『怖い』ことは全部、下に置いてきた」と。だが私の弁解もすぐには機能しなかった。私は娘から問われた、「あなたは死神？」と。そんな暴言を閉ざすために私は接吻した。それからオレンジに似た果実を与えて、すると娘は三分だか、三十分後にはトランス状態に陥った（と思う）。この時、私は言ったのだ。「ほら、無政府状態の西方が、――これから生まれるよ」と。それからこうも言ったのだ。「ほら、私たちが冥界から、――合図したんだよ」と。私は歌を口ずさみはじめた。トランス状態の娘をゆするように、あやすように。……ぷらねたりうむニ冷蔵庫ヲ、ぷらねたりうむニ冷蔵庫ヲ、内蔵スル……と私は歌った。頭上の群星を仰ぎながら声で旋律を奏でた。次いで私は娘に訊いた。そぉっと、「それで君の『怖い』ことは何？」と。蒼ざめている娘の顔は美しかった。

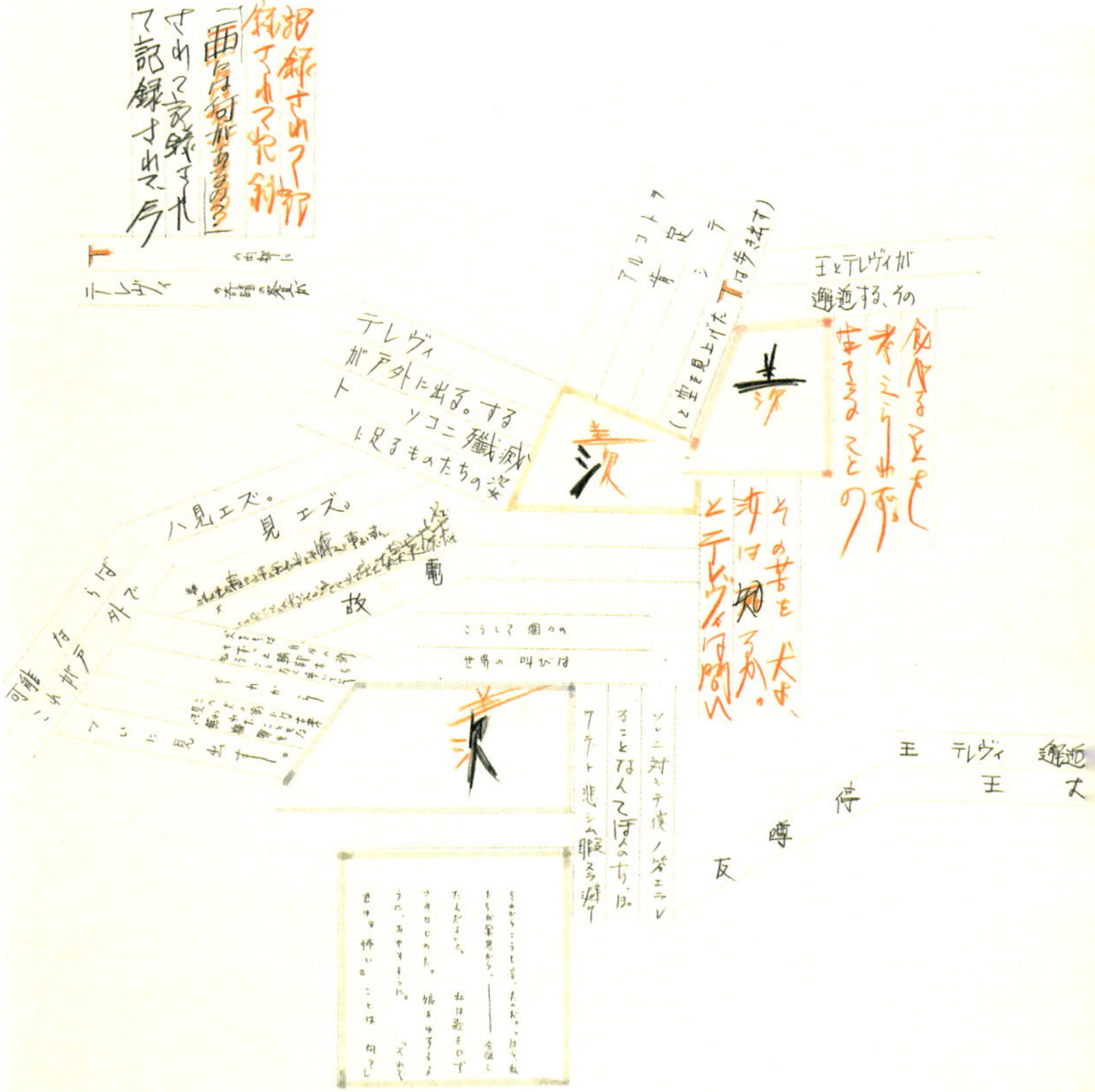
テレヴィ
ガ戸外に出る。する
ソコニ
見るものたちの
ハ見エズ。
見エズ。
こうして個々の
世界の叫びは
王とテレヴィが
遭遇する、その
その声を犬は、
王
テレヴィ
遭遇
王
友
噂
停
(と空を見上げた
アルコトヲ
ことなんてぼくのち、は

その屋敷を覆う、覆す、覆う

まだ屋敷はない。あなたは建てていないのだ。建造用の図面も引いていない。しかし土地は用意されている。その場所にあなたは赴き、地面の感触をたしかめる。砂だ、たっぷりの。「だが、地中はどうなっているのだろうか?」あなたは掘り出す。ずっと掘り続けるのだが現われるものは一つもない。それから、かたわらに築かれた砂の山が、ザアッと崩れる。

古川日出男

あたしは建つ予感を感じる。ここに「あたしの言葉が建つ」ように、屋敷は建つだろうと直感する。かつて誰かがこの地面を掘ったのだけれども、愚かにも死の穴に落ちたという。あたしはそんなヘマはしない。まずは薄い板を建てた。これが塀だ。あたしはメッセージをここに書きつけて、塀に「あたしの言葉が建つ」ようにして、ほら、屋敷を待ってる。

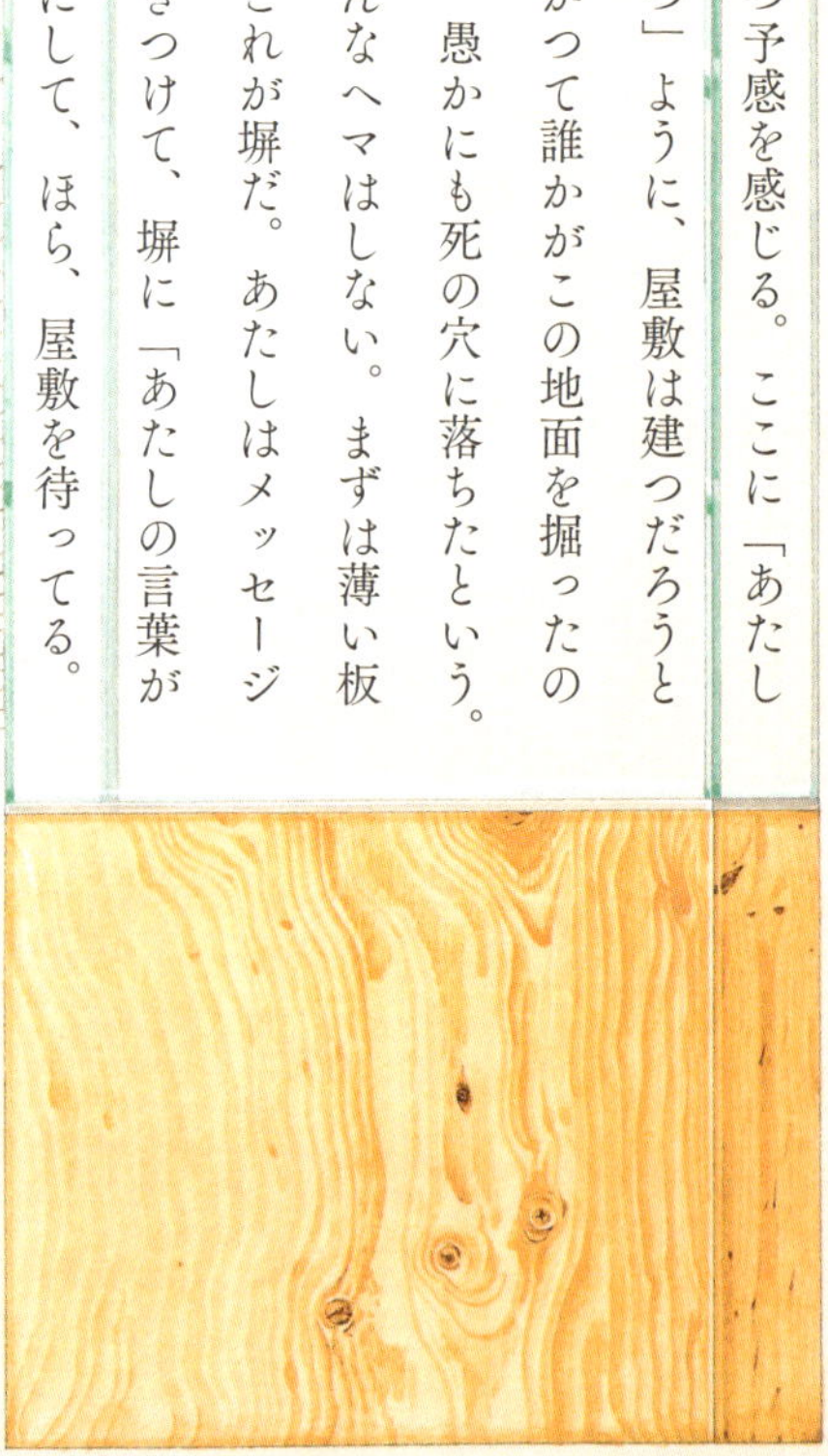

地面に黒い穴があいていて、這いあがる指
がある。確かに地底は暗かったのだが、這いあ
がれば色という色、色面という色面がある
のだからと信じて。指は、じきに自らが輝き
に照らされていることを知った。「太陽だ」と
その指は言った。しかし見誤ったのかもしれ
ない。そもそも指に声を発する口があって、
物を見る目があることが道理に外れるのか。

理想の屋敷。それはすでに建てられていた。建造の年は定かではなかった。かつ、あらゆる入口が閉ざされていた。すなわち窓も扉も、当然ながら天井も。そこに屋敷はあるのだが、「住む」ために機能してはいなかった。覆われていた。それは要するに「住む」空間との概念が覆されていたということ。しかしね、考えてごらん。そこに潜むことはできるだろう。

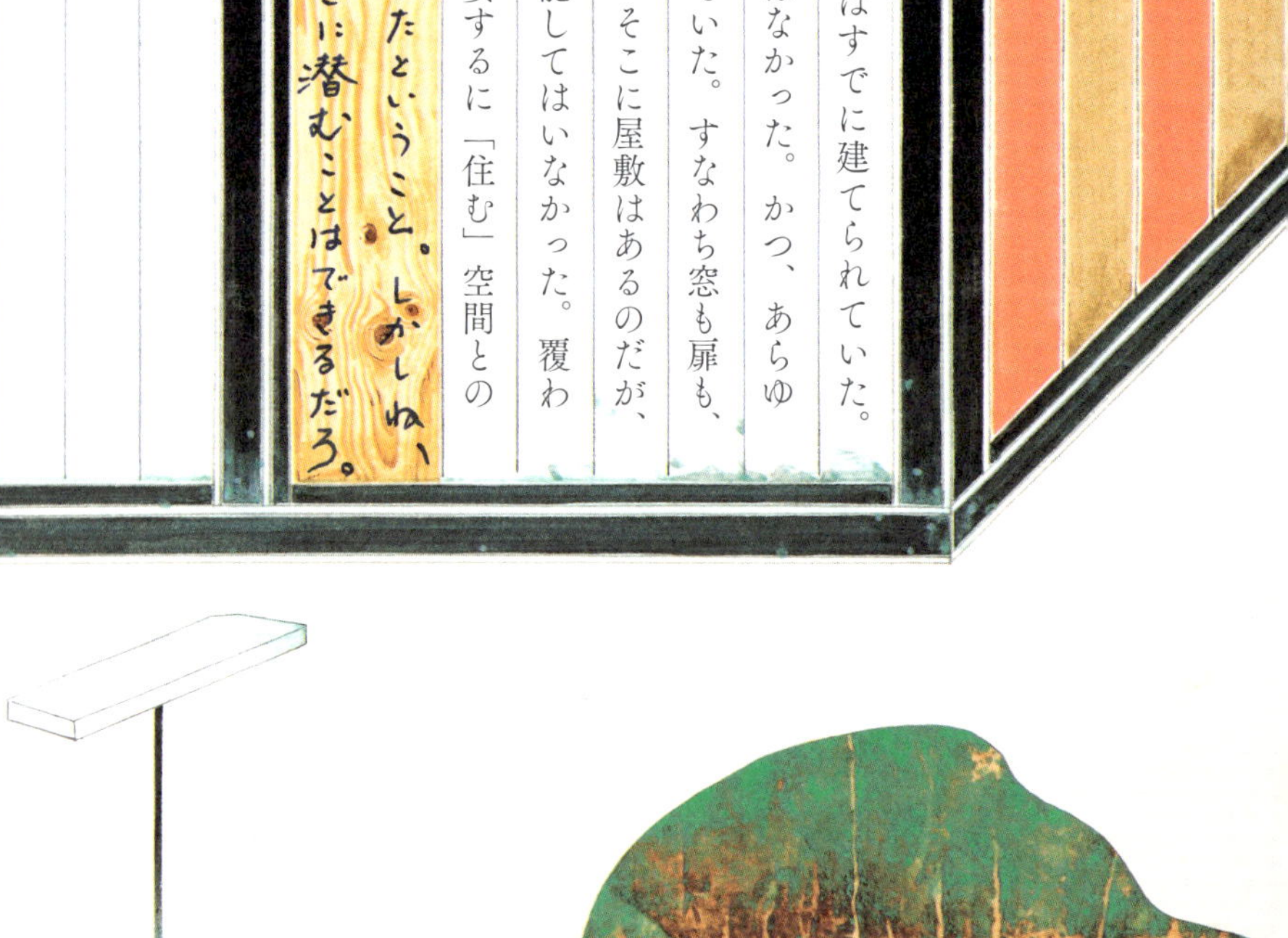

手帖から発見された手記

円城塔

どうやら手帖であるらしいということになった。

その後の展開を考えるなら、先見の明となるのであろう。なにしろ手帖という代物がこの世に存在する以前において、正体を当ててみせたのだから。ことのすべてが終わってしまえば、確かにそう見えるのだった。手帖と映り、そうしか見えない。

宇宙ではないか、という説が多数を占めたりしたのである。

道端に落ちているものなどは、みな宇宙ではないかということだ。一理あると言えなくもない。

かなり隅っこの方に、ひっそり落ちていたのである。半分だけ。焼け残った風を装うだか纏《まと》うだかして。残りの半分はどこへいったか、誰も知らない。最初から半分しかなかったのだと言う者もある。騙りであるとの意見も根強い。部分だけの手帖を道端に落としておくということ自体が、思わせぶりなやり方なのだ。

半円がそこに転がるのなら、それだけである。半円の直線部分が壁に接しているならば、円が埋まっているのだと思えてしまう。それが性《さが》というものである。

はじめから全体で落ちていたなら、ああ、また宇宙が落ちているなで済んでいたかもわからない。欠けているのがみそである。別段、興味のなかった相手でも、一部分だけ披露されると全体までが不思議と気になるものである。

はじめて発見された何かのものが、半分なのだとわかる理由。

目撃をした全員が、これは半分なのだと直観したので仕方がないのだ。あるいは、もう半分がどこかにあるに違いないと確信したということになる。球を見るとき、見えない側の半球もきっとあるには違いないと何故だか思う。

一体それは何であるのか、議論は大変長期に及んだのだが、この世にいまだ手帖などはなかった頃の出来事である。そもそも、頃、とかいうのがあるのかどうかも怪しいのである。扱い方がまずわからない。得体の知れない何かを前に、あれである、それに違いない、と互いに勝手なことを喚き続けて論拠を示せと相手に迫るが、自分の側にも強い証拠があるではない。自然と声は大きくなって、これはもう、声のでかさ勝負の態を示した。あんな形の宇宙であるとか、そんな形の宇宙であるとか、形などない宇宙であるとか、好き放題な喚き合いへと発展した。

「手帖ではないでしょうか」

と、呟きが一つ、あったのである。

あまりに意外な呟きのため全員がその単語の意味へと想いを巡らし、一帯は不意に静まりかえった。

「ああ、手帖」

「そう、手帖」

「手帖。手帖な、しかし、まさか手帖ということはないであろう」

「左様、手帖ということは御座らぬ」

「流石は誰ともわからぬ声の言うこと、面白くはあるが、それだけですな」

「ただの思いつきではないか」

そうして堰は再び切られたのだが、不安に駆られ安定しない声音からして、誰も手帖とは何であるかを知らないのはもう、明らかだった。もっともそれは発言者にしても同じだったようであり、その声はこう続けてみせた。

「それが手帖であるかどうかを判定する者をまずつくるのです。判定者を正しくつくることができたなら、正体が宇宙なのだか手帖なのだか、こんな議論を続けなくとも、すぐにはっきりするではないですか」

あとはそいつに任せてしまえばよいではないか、馬鹿馬鹿しい、とまでは続けなかった。下請けに丸投げしてしまえということだ。

「そんな基準は、ただの議論の繰り延べにすぎぬ。次は何に判定を行わせるかを揉め出す羽目になるに決まっておる。だいたい、正しいとか正しくないとか誰がどのように決めるつもりか」

長老格は即座に真っ当な指摘を行ったのだが、各員の頭にすでに浮上を終えていた、それもよいかも、という感想は意外なことに長保ちした。正直、どこまでも終わりの見えない水の掛けあいに飽きがきていたせいだろう。体質として、丸投げに慣れていたということもある。別段、参集者にしてみたところで、暇なわけでもないのである。得体の知れない落とし物は確かに気持ちが悪いのだが、気分と言ってしまえばそれまでである。仕事は常に存在し、放っておけば増大する。作業をしても追いつかないが、すべてが仕事に覆われたとき、この世は終わりへ到るのである。終わりを少しでも先へ繰り延べるのが万物の務めであるのは言うまでもない。

「ならば手帖だと言い出した者に任せてみよう」

そういうことになったのである。


手帖は、ノヴァヤゼムリャの地下深くで発見されることになっている。

いるというのは、まだ見つかっていないという事実を示す。確実にあると知れており、見つかっていないだけである。

何かが手帖であると信じるためには、まず実見が必要となる。そのため仲間とわたしはつくられたのだが、ままそこへ到るまでには、大層多くの前段階があったのである。

「手帖というのは人間の用いるものであるだろう」

この結論は早期に得られた。

ならば、人間なるものを設計し、判定へ向かわせるのが道理である。

そこまではよい。

あまりよくない気もするが、まあよしとする。

話が多少面倒なのだが、この時点ではまだ、手帖はそう呼ばれる何かにすぎず、人間という代物自体、いまだ地上にないのである。地上というのも精密な意味は不明のままだ。「手帖」と「人間」が「地上」にある、という文章と、「椅子」を判定する「机」が「部屋」に置いてある、という一文との区別がほとんどつかないような状態である。

人間とかいう代物を、どう浮かべるかという問題もある。

宇宙に一つ、何かを浮かべてみるとする。椅子としてみる。

その椅子は一体どこからやってきたのか、当然来歴が必要である。材料はまず、要るだろう。おそらくは木でできているとする。釘や鋲の類いも不可欠である。工具というのも要り用だろう。

木とはどこに生えるものなのか。

多分、土に根を張りひょろひょろとして枝分かれをする、なにやら木のような物なのだろうと予想はされる。

されば土あれ、と一言あって、土が生まれる。生まれてみてから、どんな形に積まれた土か、土とは何でできているのか、そういう細部が気になりはじめる。

あらゆるものには多少の手抜きが許されるから、土にはいろんなものが埋まるのである。木の根が埋まる。鉄が眠って、火が籠る。水が内部を通うであろう。面倒なので、すべてのものは一緒になって土に埋まっているのであると、そうした仕儀へ到るのである。

なにとなく、団子につくるということになる。平らに土を盛るのなら、どこまで広げて仕舞いとするのか決断に困る。どこまでも積み続けるのは疲れるものだし、終局のない労働は各種の病へ繋がりやすい。

健康第一。

絶対不可侵、宇宙の第零法則とされる。

とにもかくにも試験体第一号は、ごったな土の塊として形成された。

　宇宙に椅子を浮かべる試験のために。

　旧ソ連邦の片田舎、小麦畑の真ん中へその赤子は生まれて落ちた。ころころと丸い土の塊が小麦畑をどんぶら進み、こっこと鳴いて転がったということだから、気の小さな者なら叫んで逃げるところである。この奇態な一塊を人の子であると喝破してみせた老夫婦は、よほど気丈にできていた。

「これはおそらく人の子だろう」

　土の塊へ向けるには、なかなか大胆な見解である。

「とりあえずのところ、育ててみよう」

　何かそうした成り行きとなる。

　発見された塊は、こうしたお話の常に従い、長じて大層美しい若者へと育つわけだが、異類の新たな誕生は悲劇的な幕切れを迎えるものと、古来相場が決まっている。

　にょき。と音を立てて、若者の体からは木が生えて、口をあけると釘がばらばら零《こぼ》れるのである。レントゲンなど撮影すると、臓器は工具でできている。心臓の位置に火が燃えて、脈には水が流れるのである。

　確かに一つの宇宙である、かも知れない。

　これは、宇宙にただ一つ、椅子を浮かべようとする試験段階のお話であり、この人物は椅子を産む土としてつくられたから、そうしたことが起こるのである。

　若者は痛みに涙を流し、体から零れ散らばる部品を集め、犬歯を用いて肩から生えた木の枝を挽き、椅子の制作をはじめるのである。

　あとには一つ椅子が残され、育ての親の老婆が一人、そこへ座って外を眺める風景が残る。肘かけには若者の手が、後ろの脚には手だったものが、背凭《せもた》れの天辺には真っ白い歯がきらきらと並ぶ。

　失敗宇宙、と呼ばれるのである。

　まあ、見るからに失敗している。

　おかしいのではないか、という意見が湧きだすことは避けられない。

「宇宙に一つ、椅子を浮かべるはずだったのに、いろいろ余分なものが登場したまま残されてしまっているではないか」

極めて妥当な批判である。

「待ちたまえ」

という声もかかるのである。

「宇宙を一つつくったはずなのに、それが別の宇宙の中に産まれ落ちるなどというのはおかしいではないか」

もっともである。

「老夫婦や小麦畑、旧ソ連邦などというものを持ち出せるなら、椅子の一つや二つ、その宇宙にはすでに存在しているだろう。失敗である」

そうであろう。

極めて難儀な事態といえる。

椅子を一つ、浮かべてみたかっただけなのだと責任者が項垂《うなだ》れても、すでにできてしまった以上、取り返しはつきようがない。

「だいたい、土の塊をつくろうとして、何故人間ができてしまうのか」

その詰問もやむを得ない。

土の塊を宇宙ではなく、人間とみなして扱ったのは、自分ではなく老夫婦の方である。言ってみても駄目なのであり、すでに遅い。

何かを孤立してつくり出すのは、それだけでもう大変困難な事業であるのだ。すべてをつくるよりも困難であり面倒くさい。この世のすべてと呼ばれるものには、監視の目が行き届かない。多少の不具合があったとしても、素知らぬ顔をしておけば、当座のところ保つのである。問題点を人目につかない隅に放置しておき、やかましやの近所の住人が騒ぎ出すまで、時間の余裕が多くある。ばれたらばれたで、何を根拠の因縁かと、逆に尋ねることさえできる。苦情に対していま直していますと返答してしまうのでもよい。

来歴を持たぬ何かをぽつりと一つ生み出す場合、そうはいかない。

こうして一つ宇宙が捨てられ、路傍で雨ざらしに遭うことになる。

手馴れるまでには、長い長い時間がかかった。

さすがにこのあたりになると、時間程度は流れた方が便利と合意が得られている。

時間の上から眺めてみれば、順序がはなから逆なのである。

綺麗な衣類が落ちていたので、ぴたりと嵌《は》まる子どもをつくろうと思う。そんな話だ。サイズに合わない子どもの方ではたまったものではないのである。

何度か、成功間近と思われることも一応あった。

ある人物が目覚めると、机の上に手帖が一つ載っている。はて、そんなところに何の手帖を置いただろうか、不審に思い手に取ってみる。開いてみても文字はない。何か赤黒い染みに覆われていると、その人物の目には映る。ついでに半分焼けている。表面から裏へと向けて、どちらが表か知れたものではないのだが、焼け焦げはどんどんひどくなる。いずれ家人のいたずらか、まじないごとの類いだろうと手帖は捨てられ、それきりとなる。

手帖と判定が下りたのだから、この試みは成功に分類してもよいかも知れない。

でもまあ、何かが足りないだろう。そこへ続けて、清掃夫が手帖を拾い、解読を試みたとしてもいま一つだ。あるいはさらに大事へ繋げて、言語学者を巻き込んだ大論争へ発展するとしてみても。結果、過去に滅んだ文明が新たに発見されたとしても。

大変よくある出来事であり、いまどきちっとも珍しくない。

そんな手帖は、宇宙に

劣る。やり直し。

随分な数の宇宙がつくられ捨てられ、試行を重ねてわかってきたのは、成功と

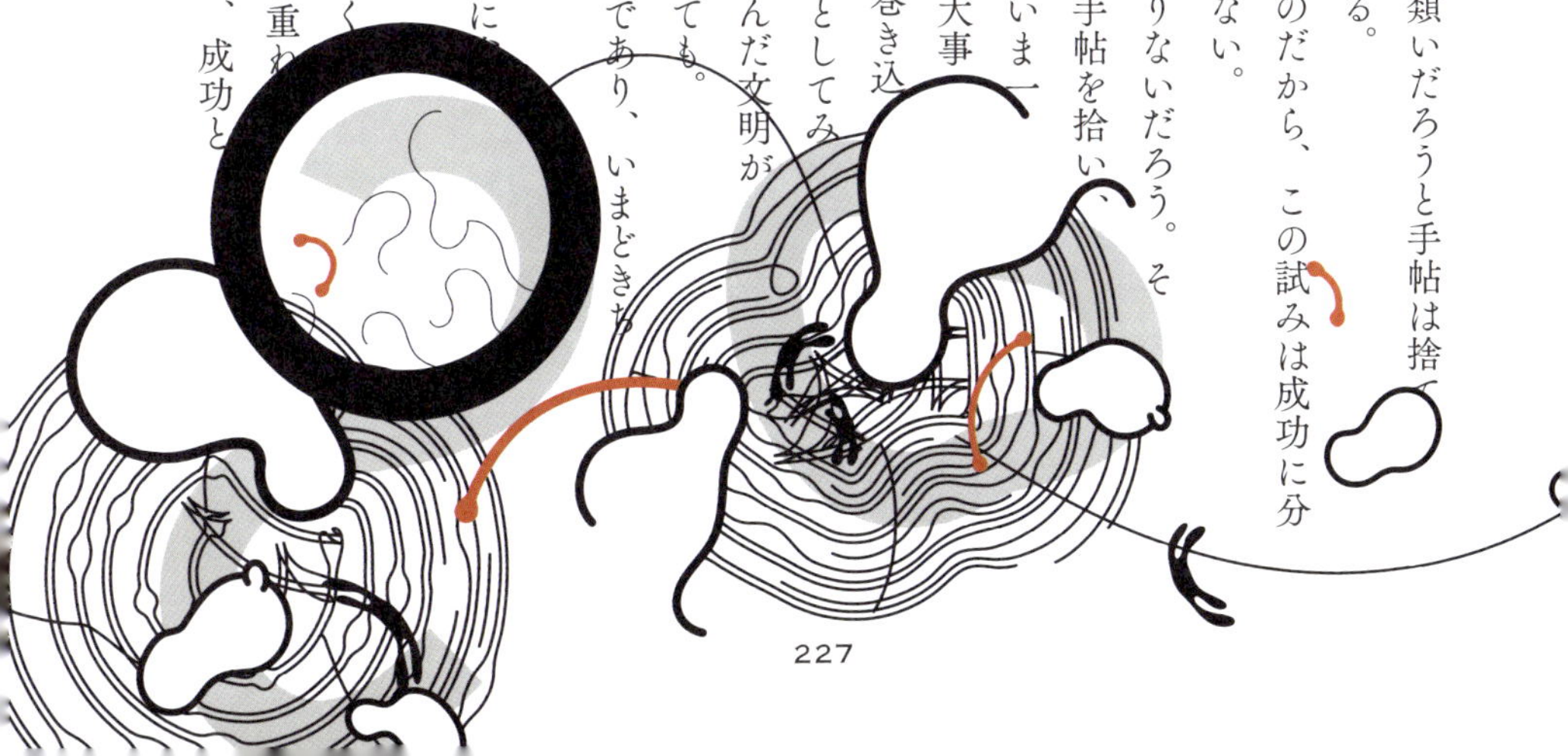

失敗は隣り合わせにみっしりと、だんだら模様に並んでいるという事実である。相互の距離は零と言ってしまってよいほど近い。ほんの針先ほどを動かすだけで、成功しかけは完全な失敗に変わってしまう。机に置かれた血まみれの手帖が、細部をかえてやり直し、太った黒猫になったりする。

手帖を置いて、人間を置き、人間をつくる要素を決めて、その要素ができあがるのに必要な日常雑貨を整えてやる。日常雑貨を生産するにも人間が要り、すべてが上手く回るように塩梅してやる必要がある。

気の遠くなるような作業である。

作業があまりに面倒なので、魔法の杖の導入が検討された一時期もある。呪文を唱えて一振りすると、忽ち一人が虚空に浮かぶ。その人物は手を伸ばし、触れた何かを手繰り寄せ、臭いを嗅いだり、味をみたりと騒ぎはじめる。

「手帖である」

とここで呟いてくれれば楽なのだが、問屋はなかなか渋いのである。

いきなり虚空に浮かんだ人間などは、次に何をしだすかわからない。まあ、おおよそが錯乱した。少なくとも錯乱したたように見えたわけだし、手帖を手にして叫ぶ言葉が、果たして手帖を意味するのかも不明ときては、手の施しようがないのである。

ならばと地上の人物に魔法の杖を与えてみても、これは弊害が大きすぎて話にならない。

杖を手にした人物は、手帖などには見向きもせず、に世界征服やらに乗り出して、将来的に手帖を読むかも知れない者たちの首を野晒しにして悦に入ったりするからである。

つくってしまえば繁茂していく。

手帖とは、そんな性質を要求する何かであって、厄介の種はそこいらにか

ある。
あれがあるには、それが要り、それにはさらにあれも要り、連鎖がどこまでも広がり続けて、収拾がつかなくなることも珍しくない。
庭に苗を植えるとする。穴を掘るのにパワーショベルを入れてみる。パワーショベルを廃棄するのに、ダイナマイトが要るとしてみる。ダイナマイトは、苗を一緒に吹き飛ばしたりするわけである。魔法の杖など、厄介事を増やす道具であるにすぎない。魔法というのはそうしたものだ。
ただの手帖へ判定を下そうとするにすぎないのに。
そんな種類の失敗宇宙は、それはもう、もの凄い数つくりだされた。
失敗宇宙のインフレーションと呼ばれるほどに。
結局のところ、計画自体は失敗した。
半分のところ成功した。
宇宙の設計計画は、ひたすらに失敗宇宙を生み出し続けていったわけだが、それらの宇宙が一度つくられてしまった以上、無下に焼却もできない事情は単純である。失敗宇宙と一言で言い、結構な数の生き物ががそこには住んでいたりす
る。ひと思いに廃棄するには寝
覚めが悪い、ということに
なる。
捨てられた宇宙が要
要素となって、肩寄
せあって構成されたた
一つの宇宙。
それが、仲間とわた
たしがこうして頭を悩
悩ませている、この宇
宙の正体である。
手帖は、ノヴァヤゼ
ゼムリャの地下深く
くに埋まっている。
その場所が、手帖と人間が一緒に安定して存在できる、一つの配置なのである。多くの宇宙の廃棄へ

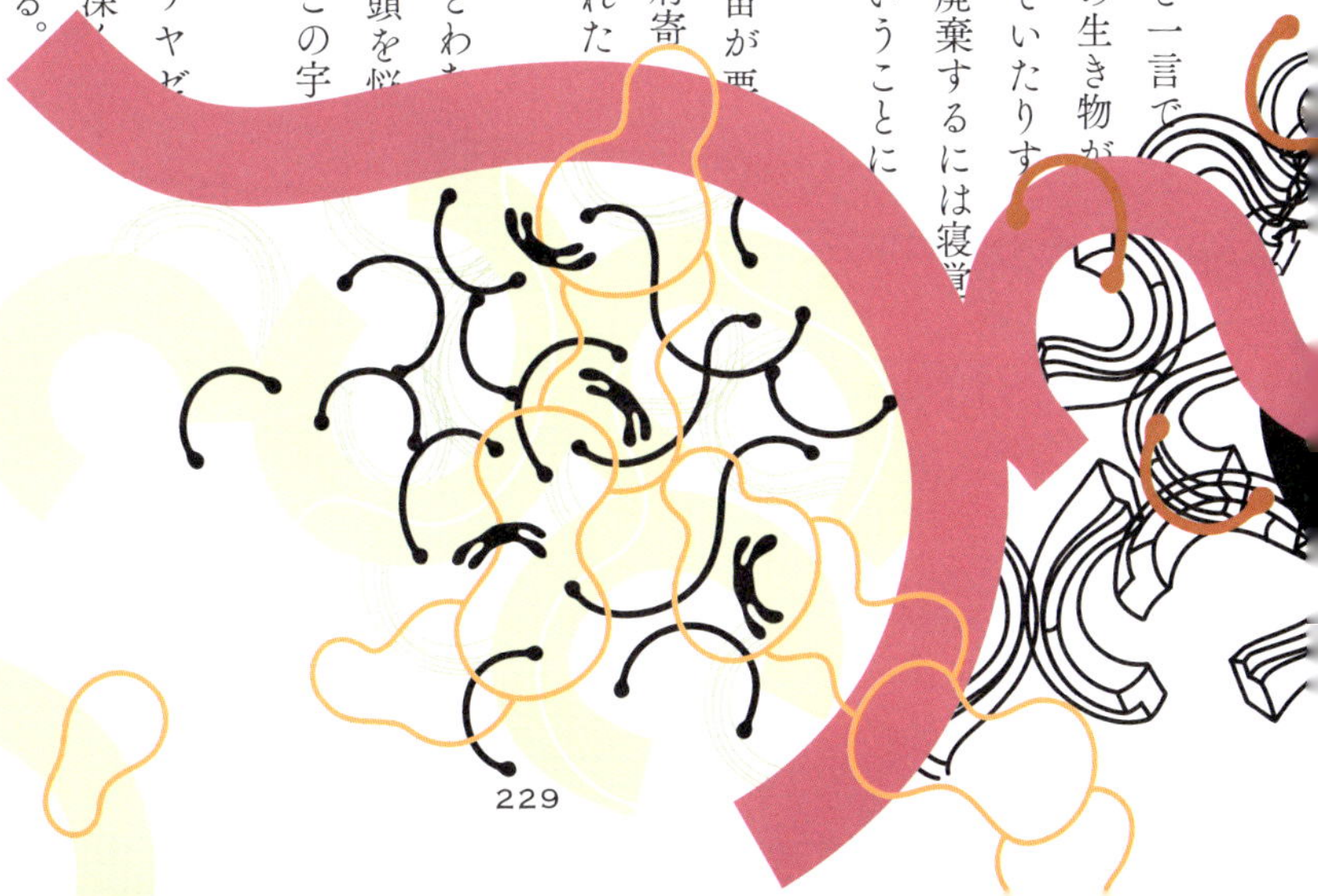

の末に、偶然そんな配置が達成された。
人の手で掘り起こせる深度にはない。
計画とは、案外そんなものなのだろう。手帖手帖と鳴き続ける鸚鵡《おうむ》をつくって、何かの前に据えたところで、何かを手帖と証すではない。失敗としか見えない梯子が休耕田に積み上げられて天へ聳《そび》える山となり、かろうじての命脈を繋ぐ。

わたしと仲間たちがどうやって手帖を掘り起こしたか、その手段は目的を悟られぬままに、歴史に名を残す出来事となった。

一九六一年、ノヴァヤゼムリャで行われた百メガトンの水爆実験。地殻に巨大な穴を穿《うが》ち、ユーラシア大陸の三分の一を溶岩と放射性物質の降灰で埋めることになるこの爆発の衝撃波は、地球を二十周半することになる。

わたしたちは、原子核を操る小さな理屈を失敗宇宙の山から拾い出し、綺麗に磨いた。なんとか動くものにまで仕立てるまでにとりあえず半生を費やしてみた。勿論その以……前……には、この……宇宙とは何から……できていているのか……という哲学的な……問題か……からなる森を、ばっさばっさと……と伐……り倒す必要だってあったわけだ……が。

動かしやすい部……部分と動かしにくい部分とが、互いに……絡んで層をなし、捏ねまわした飴のよ……うな様相を呈す。それがわたした……ちの立つこの宇宙の姿……である。手帖がノヴァヤ……ゼムリャの地下深くに埋まっていること、これは始原……の問題な……なので……動かし……し難い……い。そ……

れを人間が観察しなければならないこと、これは使命というものなので、動かすことは難しい。人間は何でできているのか、そんな程度の問題ならば、適当に言い繕ってすり替えることも可能となる。無理が出ればこじつければよい。

爆発によりその姿を現した一冊の手帖。

日本やら英国とかいう島国とほぼ同じ大きさを持つ、硬く黒く、巨大な手帖。

ノヴァヤゼムリャにあいた擂鉢《すりばち》状の大穴の底、それは半分、姿を見せているのである。表紙を上に斜めに埋まって、袈裟がけるように対角線から上の姿を見せている。まるでもう半分が地中に埋まっているかのようにみせかけて。

「まるで手帖のような構造物が、ソ連の無謀な核実験によって地中から発見されました」

被害規模を告げるニュースの奔流に呑みこまれ、この手帖の存在は暫くの間無視された。それどころではない、というのが地殻を踏み抜いてしまった人類の素朴な感想だったし、そんな悠長なことを思い浮かべる暇もなく、地上からぷいと吹き去ら

れてしまった者も数々

多い。

それでも次の世紀

を迎える頃には、

手帖の存在は、誰もが認める事実

となった。

すなわち、それは手帖

である。

人の

目

で見て、それ

は確かに、手帖のように映

映るのだった。

軌道作品展に関する、妻とわた

しの見解は異なっている。

「大味すぎて頂けない」

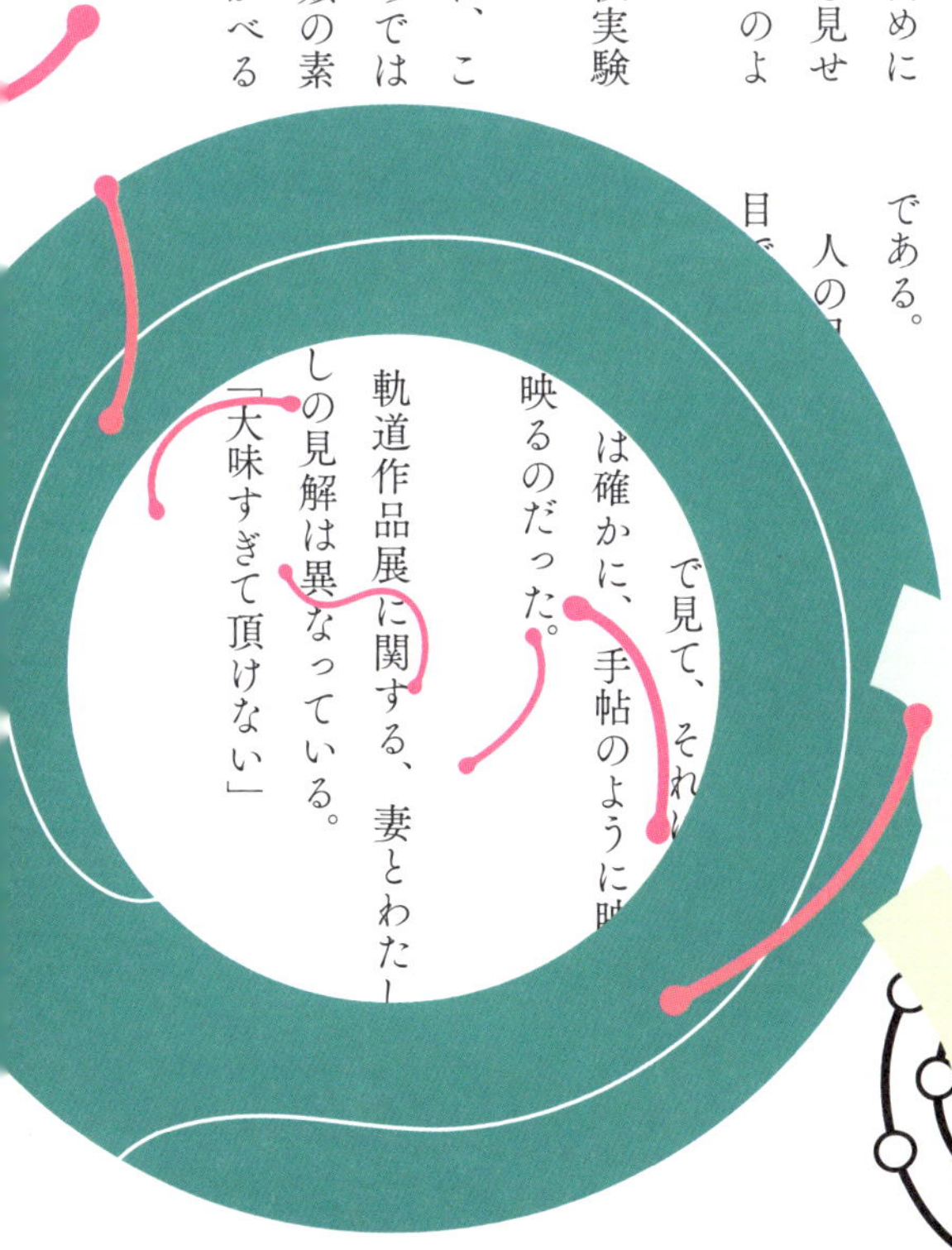

というのが妻の意見だ。指編みを趣味としている妻からすると、作成手順がひどく大雑把なくせに、無駄に入り組み過ぎたものに思えるらしい。

それはまあ、月面に枯山水を描いてみたり、木星にアステロイドをばんばん打ち込むことで、愛のメッセージを刻んでみたり、冥王星と海王星をワイヤーで繋いでみせたりする軌道作品は、ちょっと芸術とは呼びにくいとわたしも思う。

最近は、地球自体に加工をするのも流行だ。海底に戦艦を配置してから、海を干上がらせてみたりする。地球の周りに環をあしらって、気取ってみせる。太平洋にナイフを突き立て、大西洋にフォークを刺してみたりする。静止軌道に届くくらいの。

そんな作品を支える技術は、物質の底で涅槃の夢を見続けている失敗宇宙の性質を利用してみたものである。

巨大な爆発の形をとった手帖の発掘作業により甚大な被害を蒙《こうむ》った人類だったが、まあどんな事件

何割かは生還したりする

からでも、

ものだ。

極微から極大までを順に繋いだ、膨大な工作機械の群。地殻の破れた地球を再建するには、そんな道具の集積が要った。小さなハンマーが中くらいのハンマーを、中くらいのハンマーが大きなハンマーを順に鍛えた。一番大きなハンマーは、いま太陽をハート型に鍛えている。そんな無体な作品の制作許可を誰が出したか、小さなお役人が中くらいのお役人にうかがいを立て、中くらいのお役人は大きなお役人におうかがいを立て、そんな過程がどこまで続いて許可されたのか、現場監督は誇らしげに許可証を見せるわけである。それを偽物と断定するには、まず小さなお巡りさんに通報をして、という過程が必要となる。

「ただ巨大なだけではないか」

そんな非難の声は、日々大きなもの
のになってきている。
芸術と呼ぶには稚拙にすぎるというこ
ことだが、制作側からの反論というのは
は特にない。
軌道作品に関わる者たちは、地球の再建
作業が終わり、もて余した工具群で暇を潰し
しているだけなのだから、それが芸術なのかど
うとか、知ったことではないの
である。
少なくとも表向きだけ。
「どうなのかしら」
妻は、建設のはじまったアルファ・ケンタウリ
向け人間大砲のニュースに眉をひそめて
て、指編みを止める。
褒められた趣味ではないねと返
返答しながら、わたしは軌道作品
品の背後に蠢き続ける、膨大な機
機械の群を、機巧の集まりを想像

している。軌道作品を芸
芸術と呼ぶ気はあまり起こ
らない。しかしそれを可
能と
ている
る、大

大小様々な蟹の群のような工具の山のこと
ならば、芸術と呼んでみてもよいかな
と、たまには思う。青空の広がる休日
日の朝などには特に。
　それを言うなら、指だけを用
いて模様を紡ぐ、妻の十本の手
手の指もまた、芸術品と呼ば
れるべきだと思い返す。そ
の考えを否定するべき理
由は思いつかない。この
宇宙の構成要素を巧みに
利用してみせた、膨大な
な因果と脈絡の連鎖。
　わたし自身は、手帖を
を判定するために構成さ
された人間だ。その点、

妻とは生まれが違う。人間
ではない何者かによってつ
くられた人間のうちの一
体である。
　わたしたちが存在で
できるように、出た
とこ勝負で辻褄を
を合わせながら
事後的に組み
上げられた
自然の原理
理がこの
宇宙で、
その原
原理
から
生ま
まれ
れ

出た膨大な人間のうちの一人がわたしの妻だ。

　どんな検査も、妻とわたしに、人間としての性質の違いを発見できない。

　それは当然そうではないか。結果が原因をつくりだし、原因がまた、結果をつくりだしたのだ。違う結果が生じるならば、その原因は間違っている。

　手帖を手帖と認めたことで、わたしの使命は終わりを迎えた。

　わたし自身は、そこで仕事は終わったのだと考えている。あの爆発でもう充分だ。仲間のうちには、そう考えない者もあるのだけれど。彼らは、さらに先を続けようと考えている。

　その一つの表れが、軌道作品と呼ばれるあの馬鹿でかい作品群だ。

　地殻に埋もれていた巨大な手帖。その威容が、この軌道作品ブームの火付け役だという説明が、それなりの説得力を持つことはわたしも認める。そこから続いた人類再興計画成功の後のお祭り騒ぎ。納得しやすい筋書きだと思う。

　しかしわたしはその背後で、かつての仲間が働き続けているのを知っている。

　わたしたちは、確かに手帖を発見した。無理矢理な手段で発掘をして。任務はそれで達成された。

で、あるならば、と彼らは言う。

　報告を持ち帰るべきではないか、ということだ。

　どこに、と問うたわたしを何故か、彼らは一笑に付したのである。ただ、空を指さす動作をもって。

　以来、会合には出ていないし、彼らの側からの接触もない。わたしたちはその種のこだわりを持つ、集団ではない。めいめい好きにするのがよいのである。

　わたしたちはかつて、手帖の判定器だった。その点はまったく疑っていない。

　しかしこうして仕事を終えて、妻を娶《めと》ってささやかながら小さな家庭を築いたわたしに、そうした過去は最早どうでもよいことに思える。妻とわたしと、どちらも何の変哲もない人間である。一方が、自分は判定器であったという記憶を勝手に持っているだけの。

　妻の方から、軌道作品が常軌を逸した騒ぎに見えるとするなら、わたしの方でもそう感じていけない理由は存在しないし、実際、そう感じている。

別の宇宙は、宇宙の果てに存在している。彼らはそう主張している。宇宙の果ての向こうからでも観測可能な構造物を築くこと、できれば梯子を積み上げ続けて、宇宙の向こう側へ突出すること、それが使命だと疑っていない様子である。

報告を持ち帰るために。

医者のところへ持ち込めば、それだけで入院の事由として充当する種類の妄想とされて不思議はない。別の宇宙は、遥かな果てだけに存在すると決めつけたものでもなかろうに。失敗宇宙が寄り集まって形成された一つの宇宙が、いまここにあり、道端にだって落ちている。

宇宙の向こうへ、宇宙の中から出掛けることなどできないのでは。わたし自身はそう感じるが、地球再建百年祭の一環である軌道作品展のプログラムを眺めていると、そう決めつけたものでもないと思えてくる。ブラックホール・ピンボールなる作品の正体についてはまだ知らない。

手帖に発し、生まれ流れる一つの姿。

それでもう充分ではないかとわたしは思う。思ったところで、流れが止まるわけではないのだが。

そもそも、わたしたちがこの報告を持ち帰るべき先は、手帖を拾った何者かたちのところなどではない気がする。手帖が存在したせいで闇雲につくりだされたままに放置された失敗宇宙の方にこそ、ここまでの成り行きを伝えておくべきだと思う。

たとえば水爆の威力が足りず、地殻を食い破るには到らなかった、ここよりは多少正気な宇宙へ向けて。多少とも正気を持ち合わせたせいで、使命を達することはできなかった一つの宇宙。君たちは手帖を発見するための道具だったわけなのだが、いまや使命は達成されたと、きちんと伝えてあげるのがよい。

だからもうよいのだと知らせてあげたい。

妻のあけたカーテンの向こう、真っ白い環が空を斜めに横切っている。巨大企業の広告が地球を巡る環を流れる。技術的な限界はまだまだ先で尻尾も見えない。

なんといってもこの宇宙の底の底には、果たされなかった思いつきが山と積まれているのだから。あらゆる種類の馬鹿げた夢が。本当のところ、底なしに。

手帖について。

結局そこには、何が書かれていたものなのか。わたしがいまこの手記を記すこの手帖を半分破り、路上に放置したりするのかどうか。それらのすべては書かれない。当然のことではなかろうか。

急いで付言を置くとするなら、わたしは本を破った経験がないし、この後もそうすることはないと思う。

せいぜいが、机の上に一見手帖の半分としか見えない文鎮を置くに留まる。土産物として売るほどある。地殻にあいた穴の端に危なっかしくへばりついた土産物屋の一亭主。それがいまのわたしであるから。それはまるで、手帖に見える。見れば見るほど、手帖に見えてしかたがない。机に半分埋まると映る。実は机に接着済みだ。一冊の手帖が埋まるのではなく、その手帖の半分が、机の内部へ根を伸ばすのを、いまのわたしは想像している。

わたしはいま、あの手帖から自由である。

あの真っ黒な手帖が存在できるようにつくられているこの宇宙。結果からを遡り、原因を巡り、結果へとUターンしてきたこの宇宙。「最初の結果」などというものが原因の前には無効なのは明らかだ。いまのわたしにはそう思える。あの手帖がこの宇宙に実際存在する以上、手帖は、原因からつくられたのだ。そう考えることが可能となった、ここは宇宙だ。

この手記の裡《うち》の内容が、虚しい妄想であると言われることを、わたしは喜んで受け入れたい。

妻がこの文面を肩越しに覗きこむのを、わたしは体で隠すだろう。

宇宙がどこへ向かって育っていこうと、いまのわたしには関心がない。妻とわたしはどちらも二人、同じ程度に人間だ。その事実だけで充分である。ここへ辿りつくまでの経緯を思えば、それはほとんど奇蹟を告げる鐘の音のようにわたしに響く。

彼女の体温を背中に感じ、そのことがいま、無性に嬉しい。

だから手帖のここから先は、多分おそらく書かれない。

これから先の半生は、彼女とわたしのお話となる。それはもう、こんな奇妙な来歴とはまったく無関係のお話だ。

一つの宇宙が、わたしの背中で呼吸をしながら、この手記を奪い取ろうと笑ってじゃれる。

初出と紹介

柴崎友香「鳥と進化／声を聞く」美術手帖２０１１年9月号
上條淳士（かみじょう・あつし）１９６3年生まれ。漫画家。
主な著作に『To-y 30th Anniversary Edition』（小学館クリエイティブ）など。

岡田利規「女優の魂」美術手帖２０１２年2月号
佐々木幸子（ささき・ゆきこ）１９７9年生まれ。俳優。野鳩、チェルフィッチュ、東葛スポーツなどに出演。
高橋宗正（たかはし・むねまさ）１９８０年生まれ。写真家。『津波、写真、それから』（赤々舎）など。

山崎ナオコーラ「あたしはヤクザになりたい」美術手帖２０１０年8月号

最果タヒ「きみはＰＯＰ」美術手帖２０１４年4月号
森山智彦（もりやま・ともひこ）写真家。
佐山太一（さやま・たいち）アートディレクター。
Three & Co.（スリー・アンド・コー）デザイン会社。

長嶋有「フキンシンちゃん」美術手帖２０１４年8月号
ダイナマイトプロ　１９７9年生まれ。デザイナー。

青木淳悟「言葉がチャーチル」美術手帖２０１３年11月号

師岡とおる（もろおか・とおる）１９７２年生まれ。イラストレーター。

耕治人「案内状」美術手帖１９５８年７月号

福満しげゆき（ふくみつ・しげゆき）１９７６年生まれ。漫画家。『中２の男子と第６感』（講談社）など。

阿部和重「THIEVES IN THE TEMPLE」美術手帖２０１２年８月号

いしいしんじ「ろば奴」美術手帖２０１０年12月号

いしいひとひ　２０１０年生まれ。

古川日出男「図説東方恐怖譚」美術手帖２０１１年４月号

「その屋敷を覆う、覆す、覆う」美術手帖２０１２年４月号

近藤恵介（こんどう・けいすけ）１９８１年生まれ。画家。『12ヶ月のための絵画』（HeHe）など。

なお、２１６ページは、近藤恵介、古川日出男「絵東方恐怖譚」展で公開制作（２０１１年３月26日）された一点「犬の王、テレヴィと遇う」です。

円城塔「手帖から発見された手記」美術手帖２０１０年４月号

倉田タカシ（くらた・たかし）作家、漫画家、デザイナー。『母になる、石の礫で』（早川書房）など。

栗原裕一郎「〈小説〉企画とはなんだったのか？」美術手帖２０１２年12月号

〈小説〉企画とは何だったのか

栗原裕一郎

以下に再掲する「〈小説〉企画とはなんだったのか?」という原稿は、役割としては本書の解説に相当するわけだが、成り立ちが普通と少し異なっており、本書に掲載されている〈小説〉たち自体を解説する機能をほとんど持っていない。通常の解説に近づけるような改稿も考えたのだが、すると大幅な書き直しが必要になり、連載時の原型や雰囲気がだいぶ失われそうで、あまり得策とも思えない。

そこで、すでにある原稿については、情報の見直しや補足、誤字脱字言い回しなどの修正に留め基本的にはそのままにしておき、本書の説明に足りないところを別立て(つまりいま書いているこの部分)で補うことにしたい。

まず、企画自体の説明からいこう。

本アンソロジーは、『美術手帖』誌上で連載された小説とアートワークのコラボレーションをまとめたものだ。連載は、2010年4月号から2014年8月号までおおむね4ヶ月おきに（後半間が飛ぶが）、毎回違う作者の組み合わせによるコラボ作品が掲載されるというかたちで行われた。連載当時このコラボ企画には名称がなく、表紙や目次には単に「〈小説〉」と書かれているだけだった。それで解説本文では便宜的に「〈小説〉企画」と呼んでいる。

発案・企画したのは福永信なのだが、連載時にはその事実は公表されていなかった。あくまで伏せるつもりなのか、いつか発表する予定があるのかも定かでなかったので、本文中ではとりあえず「企画者」と呼んでおいた。

企画自体についても事前に予告や説明があったわけではなかった。つまり、ある号から突然『美術手帖』に〈小説〉が載り始めたわけだ。説明抜きに唐突に始めるというのも、後述するネタ元を踏まえた福永の狙いだったのだろう。

本文と一部重複してしまうが、掲載された〈小説〉をリストアップしておこう。次の10作品＋1である。

円城塔―倉田タカシ（挿画）
「手帖から発見された手記」2010年4月号
山崎ナオコーラ―山崎ナオコーラ（絵）
「あたしはヤクザになりたい」2010年8月号
いしいしんじ―小山泰介（写真）

「ろば奴」　２０１０年12月号
古川日出男―近藤恵介（絵画）
「図説東方恐怖譚」　２０１１年４月号
「その屋敷を覆う、覆す、覆う」　２０１２年４月号
柴崎友香―田中和人（写真）
「鳥と進化／声を聞く」　２０１１年９月号
岡田利規―ＤＪぷりぷり（絵）
「女優の魂」　２０１２年２月号
阿部和重―？（エディトリアル・デザイン、記載なし）
「THIEVES IN THE TEMPLE」　２０１２年８月号
栗原裕一郎
「〈小説〉企画とはなんだったのか？」　２０１２年12月号
青木淳悟―師岡とおる（絵）
「言葉がチャーチル」　２０１３年11月号
最果タヒ―森山智彦（撮影）・佐山太一＋Three & Co.（デザイン）
「きみはＰＯＰ」　２０１４年４月号
長嶋有とダイナマイトプロ
「フキンシンちゃん」　２０１４年８月号

8作目が以下に再掲する拙稿である。詳しいことは本文に譲るが、この文章の目的は、50数年前に『美術手帖』誌上で展開された〈小説〉企画の謎を究明することにあった。福永はこの50年前の企画に触発されて、本書の元となったコラボ連載を発案したのである。だが、この元祖〈小説〉企画、背景がさっぱりわからない、調べてほしいというのが依頼だった。そういう事と次第だったため、進行中だった福永版〈小説〉企画には最低限しか触れていない。

拙稿後、ちょっと時間が空いたものの、青木、最果、長嶋の作品が掲載され、全10作の予定だった福永版〈小説〉企画は無事、というにはやや遅れがあったものの完結した。この10作品という数も元祖にあわせたものだ。

最後の長嶋作が発表されたのと前後して、美術出版社で単行本化の話が進んでいたのだが、ご存知のように2015年3月に同社が倒産して出版企画も宙に浮いてしまった。新潮社が新たな引き受け手となってくれて、こうしてようやく刊行の運びとなった次第である。

単行本化に際して福永から、元祖〈小説〉企画の作品も一つ載せたいという提案があり、耕治人の「案内状」が採録されることになった。耕の研究者も見落としていたと思われる幻の作品である。収録にともない、本文の耕に関する解説を少し詳しく加筆してある。

・企画者からの依頼

ここ数年、本誌『美術手帖』に時折、現代小説家による〈小説〉が掲載されている。直近では2012年8月号に阿部和重の「THIEVES IN THE TEMPLE」という短篇が載った。極度に薄いインクで白地に印字された、光にかざして角度を調整するとやっと判読できるかというエディトリアル処理に対して「読めない」「印刷事故か」といった問い合わせ（苦情？）が編集部にけっこう寄せられたそうだ。

果たして気づいている読者がいるかさだかでないけれど、これらの〈小説〉、気まぐれに散発的に載せられているわけではない。多少ズレたり飛んだりしていることもあるものの、基本的には4ヶ月ごとに定期的に掲載されてきており、全10作で完結する予定の連続企画なのである。小説と、挿画や写真などのアートワークによるコラボレーション企画なのだが、ひとまず、これまでに発表された作品を書き出してみよう。作者名は便宜的に「小説家―アートワーク」というふうに連名で表記しておく。

円城塔―倉田タカシ（挿画）
「手帖から発見された手記」2010年4月号
山崎ナオコーラ―山崎ナオコーラ（絵）
「あたしはヤクザになりたい」2010年8月号
いしいしんじ―小山泰介（写真）
「ろば奴」2010年12月号
古川日出男―近藤恵介（絵画）
「図説東方恐怖譚」2011年4月号
柴崎友香―田中和人（写真）
「鳥と進化／声を聞く」2011年9月号
岡田利規―DJぷりぷり（絵）
「女優の魂」2012年2月号
阿部和重―？（エディトリアル・デザイン、記載なし）
「THIEVES IN THE TEMPLE」2012年8月号

以上7作。あと3作、今後本誌に掲載されていくはずであり、順調に行くと完結は2013年の後半だろうか。足掛け4年。気の長い企画である。

「〈小説〉特別篇」と題された本稿は、ここまででわかるとおり〈小説〉ではない。この企画の背景について解説をするのが目的の文章であり、依頼者は**企画者**である。

企画者とは誰か?——注意深く調べるとすでに情報が少し漏れているようで、当人も取り立てて秘匿し続けるつもりはないようだが、いずれ正式に公表されるのをお楽しみに、ということでここでは明かさずにおく(ただし、その日が来るかどうか筆者は関知していない)。

企画者の依頼は次のようなものだった。

この〈小説〉企画は、実は過去に『美術手帖』誌上で展開された企画の再現・反復である。50年ちょっと昔のこと、ある号から突然〈小説〉が掲載され始めた。〈小説〉はそれから毎号載り続け、10人目の作家の作品が出たところでいきなり終了した。前後の号を確かめても、この連続企画に関する説明のようなものは一切見当たらない。不意に始まり不意に終わってそれきりの謎の企画なのである。ついては、50数年前のこの〈小説〉企画が一体なんだったのか調査考察せよ——。

雲をつかむような話だ。編集部にももはや当時を知る者は残っておらず、資料もないようだという。

〈小説〉企画を再現することの意図について**企画者**は、「ひとつ、思い描いているのは、たとえば若い学生などが、アートを志すつもりで『美術手帖』を手にとったものの、この企画のせいで文学に目覚め、小説家になってしまうということがあるかもしれぬ。逆に、この企画の小説家の小説だけが目当てだったのに、なぜか美術の世界に踏み込んでしまった、なんていう読者が100人出てきたら、いいね!」と語った。

・50年前の〈小説〉企画とは?

さて、元祖〈小説〉企画とはどのようなものだったのか。『美術手帖』1958年1月号から同年10月号まで10ヶ月連続で、当時は比較的新人だった作家たちの短篇小説が掲載されたというものである。表面から手に入る情報はほぼこれだけだ。先程と同様に「作家—装画家」の組み合わせでリストアップすると次のようになる(「挿画」ではなく「装画」となっている)。

澤野久雄—岡鹿之助

「奇妙な繪」1958年1月号

邱永漢《きゅうえいかん》—高橋忠弥

「蓮《はちす》の道　人生に道多しというけれど」１９５８年２月号
安岡章太郎―鶴岡政男
「茶色の馬」１９５８年３月号
吉行淳之介―藤松博
「人形を焼く」１９５８年４月号
三浦朱門―福沢一郎
「鏃とブローチ」１９５８年５月号
結城信一―脇田和
「千鳥」１９５８年６月号
耕治人《こうはると》―山口薫
「案内状」１９５８年７月号
遠藤周作―麻生三郎
「秋のカテドラル」１９５８年８月号
小島信夫―永田力
「城壁」１９５８年９月号
中村真一郎―加藤正
「城への道」１９５８年10月号

今も読み継がれている作家、名前だけ残っている作家、忘れ去られつつある作家、様々である。挿画家には、さすが『美術手帖』といった大御所が並んでいる。各作品８ページから12ページ、４００字詰めで20枚ないし30枚くらいの短篇で、最初や途中のページに挿画があしらわれるレイアウトはこの頃の中間小説誌などと違いはなく、美術雑誌ならではの配慮は感じられない。強いてあげれば、挿画が総じて抽象的であることに特徴があるといえるか。

　この〈小説〉企画が中盤を迎えたあたりの１９５８年５月号には、「詩画集」と題した、現代詩と絵画のコラボ企画も掲載されている。〈小説〉企画との関連は不明。詩と画が対等の関係にあって、現在進行中の〈小説〉企画は、コンセプト的にはこちらのほうにむしろ近いかもしれない。「詩人―画家」の組み合わせで作家を書き出しておくと、谷川俊太郎―赤穴桂子、大岡信―加山又造、山本太郎―藤松博、鮎川信夫―加藤正、飯島耕一―森田正治、という面々である。

〈小説〉企画に戻って見渡すと、文学史でいう「第三の新人」が多いものの、そうではない作家も混じっていて、全体として選択にこれといった意図や人脈的な傾向は見出しにくい。安岡章太郎、吉行淳之介、三浦朱門、結城信一、遠藤周作、留保付きで澤野久雄が第三の新人にあたるが、中村真一郎は「第一次戦後派」と呼ばれた世代だし、耕治人は中村よりさらに上の世代の私小説作家である。邱永漢は1955年に直木賞を受賞した大衆文学に分類される作家だから、このなかでは一番異質であるともいえる。

　必要な分、少し解説を添えておこう。「戦後派」は第一次、第二次に分けられるが、終戦後まず頭角を現してきた、左翼思想、マルクス主義イデオロギーに基づいて戦後日本の理想を追求した世代である。「第三の新人」は「第三次戦後派」の意味で、50年代前半から登場してきた世代を指す。極めて政治的だった戦後派から一転、極私的な小さな世界に留まっている点に共通性があり、文芸評論家の服部達は彼等を「劣等生・小不具者・そして市民」と整理した。

　一通り読むと、美術をモチーフあるいは小道具にしたものが多く、そのような注文がなされていたのだろうと推測されるが、小島信夫「城壁」や中村真一郎「城への道」はその例から外れる。

　少し起伏の乏しい記述になるけれど、それぞれの作家と作品の説明をしておこう。

澤野久雄―岡鹿之助「奇妙な繪」

澤野久雄は一時、第三の新人に数えられたこともあったが、現在では含められることはまずない。朝日新聞社に勤めるかたわら小説を書き始め、川端康成に褒められて弟子となった。文芸部員として川端『舞姫』の連載担当などもしたのち、1959年に退社して専業作家となる。代表作には、山本富士子主演で映画化もされた「夜の河」（1952年）があげられることが多く、この作品とその前後で四度芥川賞候補になったが受賞はしなかった。小説はもはや読まれることはまれで、川端に可愛がられたこと、川端の代作をしていたとされることでむしろ名前を留めている。『美術手帖』とは繋がりがあったのか、画家のアトリエ訪問記事を何度か書いている。

森田元子（1955年5月号）、

脇田和（1956年3月号）、

岡鹿之助（1957年3月号）。

　岡鹿之助は、スーラと比較される点描画法に独自に辿り着き完成したことで知られる洋画家。東京美術学校卒業後27歳で渡仏し、藤田嗣治やス

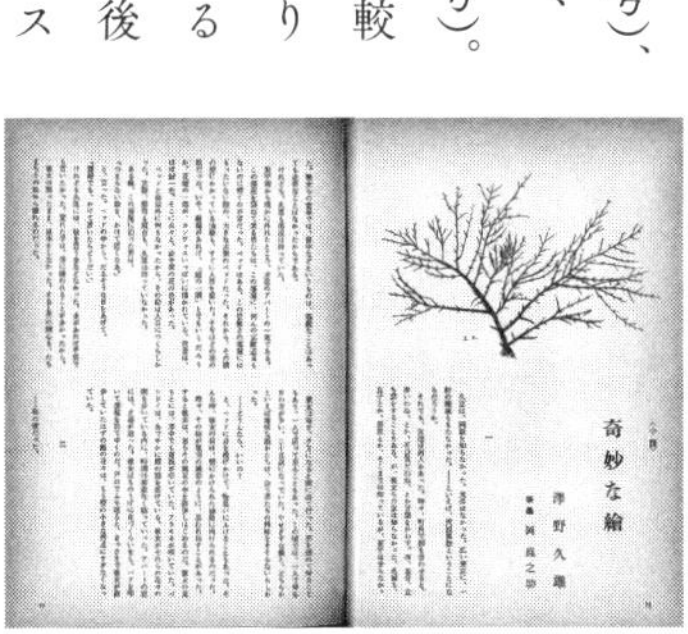
奇妙な繪
澤野久雄

『美術手帖』1958年1月号より

ーラ、ボナール、ザッキンらと交流しながら展覧会へ出品を続けていたが、第二次大戦勃発を受けて帰国した。帰国後すぐに春陽会に所属、以後、数々の賞を受賞し画壇の重要人物となった。「奇妙な繪」には枯木、百合の花と2点の挿画を提供しており、百合のほうは点描を含むタッチで描かれている。前出のアトリエ訪問を読むとこの取材が澤野との初対面だったようだ。澤野の『招かれた人』（角川書店、1958年6月）の装丁は岡が手掛けている。岡はこの当時、美術出版社の社外役員を務めていた。

「奇妙な繪」は、街で男に声を掛けアパートに誘ってはわずかな金を得て暮らしている25歳の寂しい女・久恵の物語。久恵の部屋には由来のわからない花の絵が飾られており、彼女はその中で遊ぶ空想をして辛い現実をやりすごしていたが、この絵がいわばシンデレラの靴の役割を果たし運命の一転が予感されるという、都会のささやかなお伽話である。

邱永漢―高橋忠弥「蓮《はちす》の道」

邱永漢は作家としてより「金儲けの神様」として知られているが、作家になる以前にすでに成功した実業家だった。日本統治下の台湾に生まれた邱は、台北高校を卒業後、東大経済学部に入学した。同大学院へ進むが中退して帰国、台湾独立運動に関わったため中国国民党政府に追われ香港に亡命した。亡命したとき24歳、言葉もままならない異国に意気阻喪した邱だったが、ここで商才を発揮、貿易商を始めて莫大な富を築く。30歳になろうかという頃に小説を書き始め、2度目に候補になった『香港』で1955年度下半期直木賞を受賞した。外国人初の直木賞作家でもある。『美術手帖』には他に57年4月号に「私の審美眼」というエッセイを寄せている。邱は69年に『求美』という美術雑誌を創刊した。美術ブームが来ることを予見した、コレクターのための美術誌である。

高橋忠弥は装丁家として名を残している。岩手県の師範学校卒業後、同県の小学校で教員をしていたが、日中戦争が始まる直前に軍人を揶揄する短篇小説を書き馘首《かくしゅ》された。その後、画家を目指し上京して、挿画や装丁の仕事をするようになった。文芸書をよく手掛け、深沢七郎『楢山節考』（中央公論社、1957

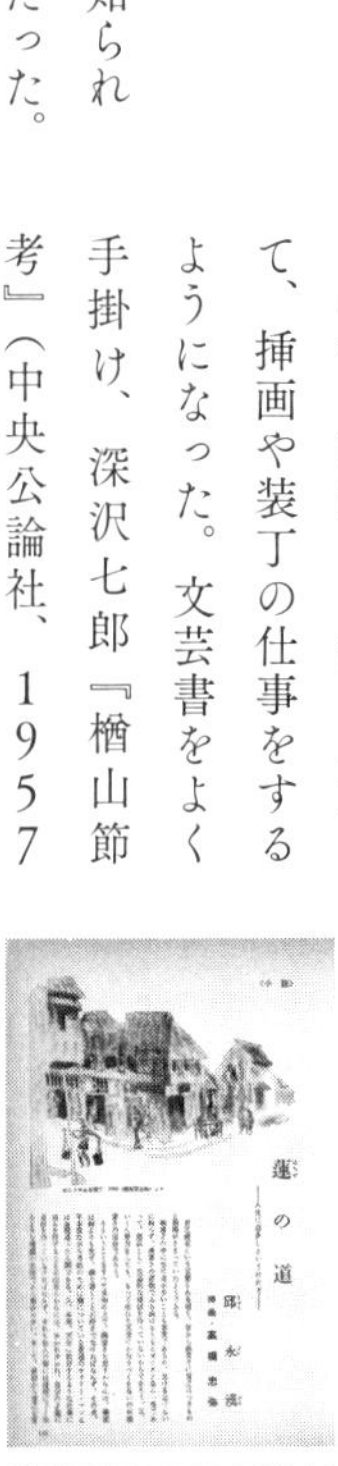

『美術手帖』1958年2月号より

年）が代表作とされる。邱永漢との関係はわからなかったが、邱の著作『日本天国論』（中央公論社、1957年）、『オトナの憂鬱』（光風社、1959年）の装丁をしている。高橋忠弥の収集研究をしている装丁家・大貫伸樹氏のブログ（http://d.hatena.ne.jp/shinju-oonuki/）で『楢山節考』『オトナの憂鬱』の書影を見ることができる。「蓮の道」の挿画はこの小説用に書かれたものではないらしく「1943〈蘇州写生帖〉より」とクレジットが添えられている。画集と思われるが、国会図書館にも蔵書がなく不明。

「蓮の道」は、元朝時代の中国を舞台としたこぢんまりとキレのよい短篇。牛飼いをしていた王晩という少年がある日、湖に浮かぶ蓮の花の美しさに打たれる。王晩はその美しさを写し取りたいと絵に取り組み、やがて売れっ子の画家となる。評判を聞きつけた政治家や武将が王晩を権勢に取り込もうと次々に接触をはかってくるが、「権力と関係があればすべて危うい」と考える王晩はそのたびにのらりくらりとかわしていた。

だが、乱世を過ぎ太平が訪れると、科挙制度が導入され、文人、芸術家が重用されるようになり、王晩を召そうとする朝廷の圧力も強くなっていった。王晩は「文運が盛んになる時は、文の滅びる時なんですよ」という台詞を残し、ついには人間《じんかん》から姿を消してしまう。

安岡章太郎─鶴岡政男「茶色の馬」

第三の新人で最初に芥川賞を受賞したのは安岡章太郎だった。安岡の個性は最初、外界に対して受け身にしかなれない弱者性にあった。処女作「ガラスの靴」（1951年）から芥川賞受賞作「悪い仲間」「陰気な愉しみ」（1953年）あたりまでの短篇にそうした弱者性がよく出ており、服部達が定義した第三の新人の性格「劣等生・小不具者・そして市民」がもっともよく当てはまるのも安岡だった。

慶応大学卒という経歴だけ見るとエリートのようだが、中学卒業後、入試に失敗し続けて三浪したり、やっと入学しても留年したり、兵役に取られて満州に送られたと思ったら肺結核で強制送還になったり、恋愛もうまくいったためしがなかったりで、およそ成

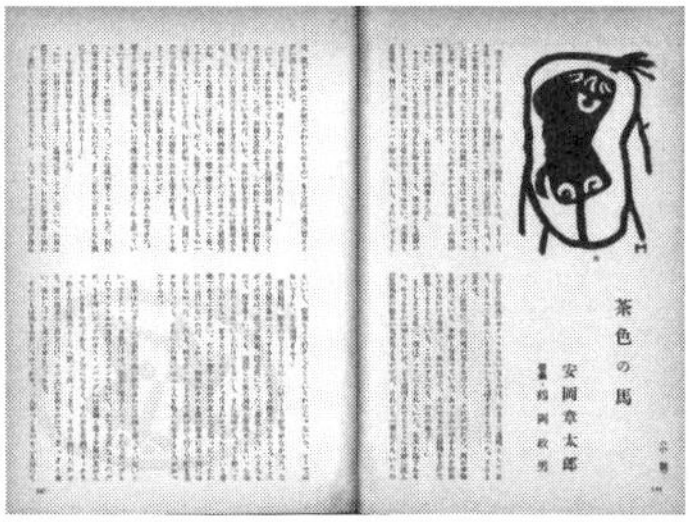

『美術手帖』1958年3月号より

功というものとは無縁だったと自ら語っていた。

鶴岡政男は、教科書にも載っている「重い手」（1949年）が代表作とされるヒューマニズムの画家。大政翼賛戦争画がはびこる状況に抵抗するべく戦時下に松本竣介らと新人画会を結成、戦後はヒューマニズムを掲げる自由美術家協会に所属した。『美術批評』1954年2月号の座談会での発言「『事』ではなく『物』を描く」は戦後美術界に大きな影響を与えたが、著しく抽象的なこの言葉は様々な解釈を呼んだ。社会派リアリズムから抽象画、パステル画と作風の変化が目まぐるしい。「茶色の馬」の挿画は、60年代以降のパステル画を予告するようなプリミティブで可愛らしくユーモラスな抽象画である。安岡との関係はわからなかった。

「茶色の馬」は、「悪い仲間」の系列に連なる独特の、ユーモアをたたえながらも身も蓋もない読後感のコメディ。「僕」のところに、いつからか知り合いになった坂本数馬という男が、下手糞な茶色い馬の絵を10万円で買えと持ってくる。その絵は坂本の自画像なのだという。「僕」が渋っていると、カネがないのは知っているがお前を見込んでこの絵を預ける、その代わりにこの部屋に住まわせろという、居着いてしまう。居候のくせに坂本は主人のように振る舞い始め「僕」のことを「家来」とまで呼ぶのだが、「僕」は下手糞な絵を見ることに復讐的な快感を覚え坂本を追い出さない。そのうち坂本はパリ帰りの医者と偽りインチキな痩身術の診療所を開き、「僕」に助手役を務めるよう命じた。診療所はあろうことか大繁盛、肥満女の腹を見るのに辟易した「僕」は、逆に徹底的に観察してやろうとヘソのスケッチやらメモやらを念入りに取り始めるのだが、次第にその作業に張り合いを覚えだし、従者の立場に馴れ切ってしまう。ニセ医者も板に付いてきた頃、坂本は姿を消した。懇ろになった婦人客と駆け落ちしたらしい。やがて刑事が二人連れで訪ねてきた。「僕」は自分にやましいところはないと落ち着き払って受け答えをするが、ヘソのノートが見つかってしまい、ワイセツ文書だといって引っ張られる。

吉行淳之介―藤松博「人形を焼く」

吉行淳之介は第三の新人を代表する一人。東大を学費未納で除籍後、編集者をしながら小説を書いていたが肺結核で退社、療養中の1954年に「驟雨」で芥川賞を受賞した。入院中の病室に深夜、看護婦が受賞を知らせに来たという、現在の芥川賞直木賞を巡る騒動からは想像できないのどかなエピソードを残している。ともかくモテたことで知られる。

藤松博は洋画家。終戦の年に東京高等師範学校を卒業し活動を開始、瀧口修造などに高く評価され、読売アンデパンダン展やタケミヤ画廊に出品していた。作風はシュルレアリスムの抽象画ということになろうが、59年からの2年間の渡米後、「人形（ひとがた）」をモチーフとする独特の連作を発表し始めた。吉行との関係は不明だが、「人形」繋がりで起用されたのだろうか。

「人形を焼く」は、マネキンをモチーフとした心理小説で、吉行らしい小品といったところか。三田は、彫刻家だが副業でマネキンを作っている井村から、マネキンの供養をするから見物に来いと誘われた。古くなったマネキンを海岸に並べて焼くのだという。井村

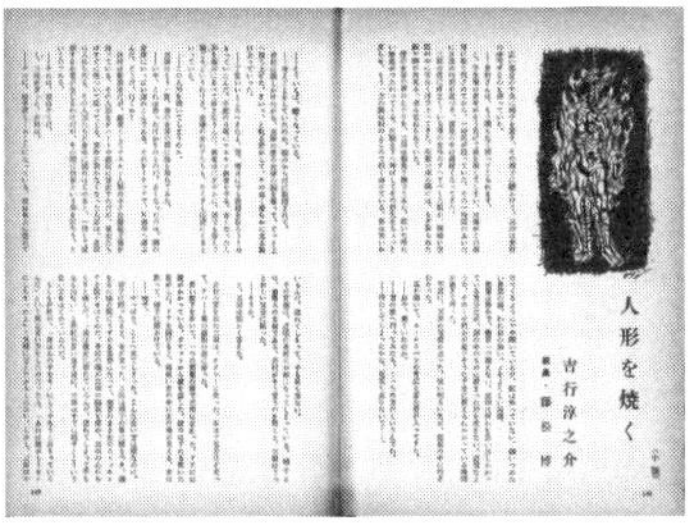

『美術手帖』1958年4月号より

は朝子に惚れており、彼女も呼んだと三田に告げる。三田は朝子と関係していた。人形のように扱われるのはもう嫌といいつつ、朝子は三田と切れないでいた。供養当日、マネキンが燃えるのを見るうち朝子は井村に取り縋って泣き崩れてしまう。三田は、井村と朝子が通じているのではと疑うが、井村は何のことかわからないという顔だ。次の逢瀬のとき朝子にも問うが彼女も否定する。そして今度こそ本当にこれきりにすると宣言し朝子は姿を消した。朝子を虚しく待っていたある日、三田のところへマネキン人形が届けられる。宛先間違いだったのだが、三田には井村の指し金のように思えた。井村の何食わぬ顔を見るにつけ、三田は疑念を新たにするのだが「確実なことは何も分らなかった」。

三浦朱門―福沢一郎「鏃とブローチ」

三浦朱門も第三の新人の一人。文化庁長官を経て、日本芸術院院長を務めていたが、2014年に辞任した（後任は黒井千次）。妻の曽野綾子ともどもカトリック信者で、同時に天皇崇拝者でもある。ある時期以降、権威主義的、エリート主義的、差別主義的な発言や態度が目立つように

なったが、作家デビュー当時は繊細な作風を個性としていた。処女作の「冥府山水図」(1951年)は、中世中国を舞台に、自然と芸術の拮抗、時間と人間といった主題を扱った、芥川や中島敦を彷彿させる短篇である。

福沢一郎は、日本にシュルレアリスムを導入したことで知られる洋画家。1931年の第1回独立美術協会展に出展した「溺死」が画壇に衝撃を与えた。以降、指導者的な役割を担うようになり、36年、自宅に画塾「福沢一郎絵画研究所」を開設、39年には美術文化協会を結成して後進を育てた。研究所生だった高山良策が、福沢の「牛」をモチーフにウルトラマンの怪獣シーボーズを造形したことも有名。三浦との関係はわからない。

「鏃とブローチ」も繊細な佳作である。社会学を勉強しようと思っている夢想がちな大学2年生の「僕」が、同級生だが浪人休学を重ねたせいでずっと年長の吉岡と、その仲間・青地から、現代文明を捨てニューギニアへ移住し、「新人類」として文明を築き直す計画を聞かされる。その新人類「ジャパントロープス・ムサシエンシス」は「戦後の新しい文化の母胎」となるべく石器時代からやり直すのだという。夢見がちな「僕」はその話にすっかり魅せられ仲間になる。「僕」らは鏃をはじめとする石器づくりや原始的生活に夢中になるが、実験のための一晩の野宿で現実に負けて挫折し、仲間は散り散りになる。そうこうするうちに「僕」にはガールフレンドが出来て、新人類計画は放棄された。「僕」は彼女の壊れた傘の柄の赤いプラスチックを材料に、鏃型のブローチを作って彼女にプレゼントする。それが「僕」の最後の「石器」となった。

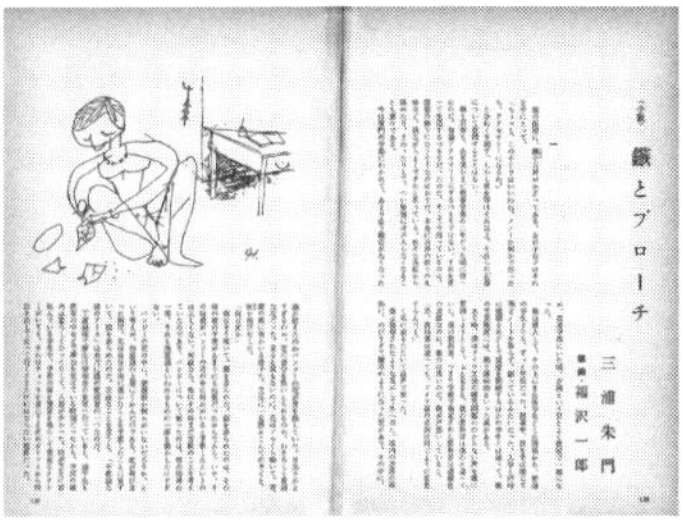

『美術手帖』1958年5月号より

結城信一—脇田和「千鳥」

結城信一は、戦後に本格的に書き始め、1951年に続けて二度、53年にも一度芥川賞候補になった。寡作なマイナー・ポエットで、当時から知る人ぞ知る的な存在だったから、今では読む人も少ないだろう。第三の新人にあげられはするものの、そうした文脈で振り返られることもあまりない。岡鹿之助に親炙するなど美術に詳しかったようで、

「セザンヌの山」というセザンヌの絵画「サント・ヴィクトワール山」をモチーフにした短篇がある。社外役員だった岡との関係からか『美術手帖』とは縁が深かったらしく、この企画以外にも、56年4月号に南大路一《みなみおおじはじめ》のアトリエ訪問記事が、58年5月号に親交のあった版画家・駒井哲郎との往復書簡（「知友交歓」というコーナー）が、63年9月号には掌篇「ハンカチーフ」が載っている。
　脇田和は戦前から戦後にかけて活躍した洋画家。1936年に、猪熊弦一郎、小磯良平、中西利雄、内田巌らと結成した新制作派協会は、現在も「新制作協会」と名称を変え継続している。抽象画を主に描いたが、パステル調のメルヘンチックな画風である。結城との関係はわからない。
「千鳥」は、挿絵やカットで生計を立てている画家・文吾が主人公。文吾は見初めた少女・真弓をモデルに「亜麻色の髪の少女」という絵を描きある団体展で金賞を獲ったが、文吾の父は二人の間を割き、

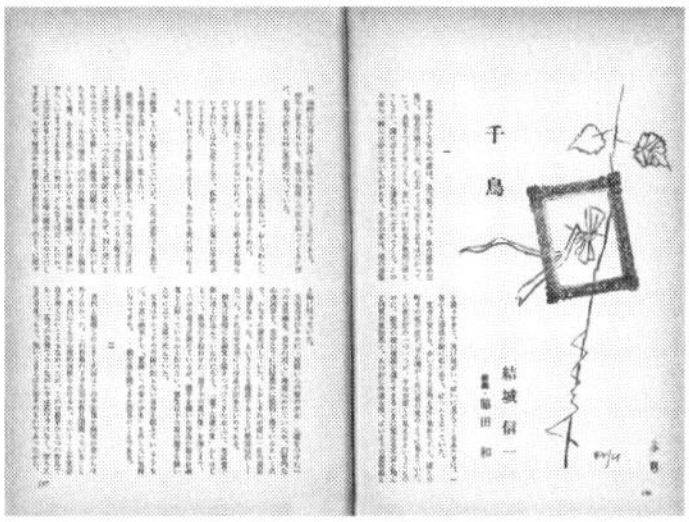

『美術手帖』1958年6月号より

真弓は北海道へ嫁いでしまっていた。絵を介した真弓への思いを断ち難い文吾は、結婚したもののすぐに妻を追い出してしまう。「亜麻色の髪の少女」より満足のいく絵が描けず、このまま挿画やカットの仕事に身をやつしていてはダメになってしまうと文吾は焦り酒に逃げるが、焦りに反して挿絵やカットの仕事は増え、金が入るのでさらに酒と焦りが増えるという悪循環にはまっていく。タイトルに採られている千鳥は、作中で真弓を象徴する「ピョイピョイピピ」と鳴く鳥のこと。いかにもナイーブな純文学だが（悪くはない）、織り込まれている当時の美術状況への批評がむしろ興味深い。

耕治人—山口薫「案内状」

　耕治人は主に私小説を書いた作家。最初は詩を書いていたが小説に転じた。1938年に自費出版した2冊目の詩集『水中の桑』に序文をもらったことに感激し、川端康成を慕い崇拝するようになる。川端の援助を受けながら広く読まれることなく書き続けていたが、1958年頃から、川端の親族に貸した土地をめぐって問題が生じてノイローゼになり、次第に狂気じみた精神状態に陥っていった。こ

の土地問題について耕は執拗なほど何度も小説に書いており、川端が裏で糸を引いているという被害妄想を拗らせた挙げ句、川端を実名で糾弾して週刊誌ネタにもなった。本書に再録した「案内状」は、土地問題が発生する直前くらいに書かれた作になるようだ。

　土地問題が落ち着き、60歳を超えてから出版した短篇集『一条の光』（1969年）が高く評価され、読売文学賞も受賞して、耕はようやく知名度を得た。晩年、呆けて夫を認識できない妻と「私」を描いた「天井から降る哀しい音」（1986年）が絶賛され、「どんなご縁で」（1987年）「そうかもしれない」（1988年）と連作を成したが後者が絶筆となった。この3作は文芸評論家・本多秋五の命名により「命終3部作」と呼ばれる。『美術手帖』には、この「案内状」以外に、1956年4月号に「作家とその時代・八大山人」というエッセイを寄稿している。

　山口薫は戦前から活躍した洋画家。東京美術学校卒業後の1931年から3年間渡仏。37年に、長谷川三郎、瑛九らと自由美術家協会を結成したが、戦後、同志たちと同協会から脱退しモダンアート協会を結成した。作風は具象から次第に抽象へ向かった。詩情と暖かみのある色彩感覚で人気が高い。耕との関係は不明。

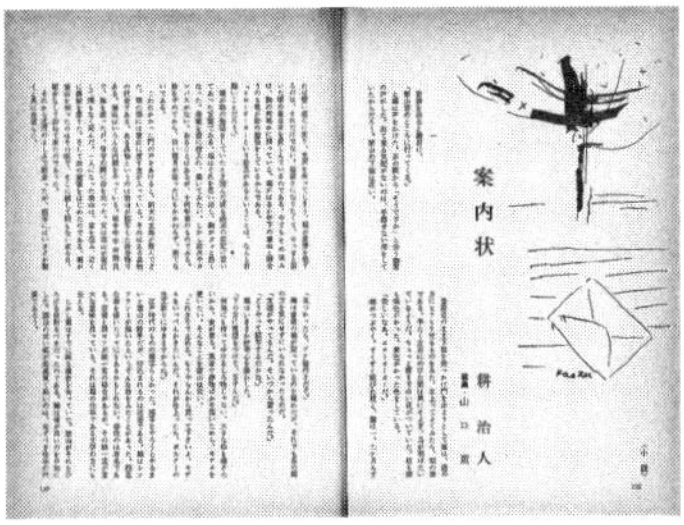
案内状

耕 治人

画 山口 薫

『美術手帖』1958年7月号より

　「案内状」は、耕の分身と思しき「堀」という男が、彼が関わった葉山という若い絵描きについて語った物語である。やはり私小説なのだろう、春陽会、国画会、小杉放庵、石井鶴三といった実在の団体や人物が実名で登場する。葉山は絵の勉強をしており、雲母会（これは架空）という国画会や春陽会と肩を並べる美術展に入選したことがあるが、金のために模写をしている。堀も昔絵を描いていたことがあり、売り付けられた模写を断り損ねて買ってしまう。葉山は鈴子という女と同棲していて、分割にした代金を彼女がもらいにきた。鈴子はいい女で、葉山のモデルもしていた。堀は、鈴子のおかげで葉山は生活を立て直すだろうと思うのだが、鈴子はキャバレーで働き始め、葉山は身を持ち崩してしまう。

　この「案内状」は『美術手帖』に発表されたきりまった

く顧みられたことのない作で、唯一、死後編まれた『そうかもしれない　耕治人命終三部作』（武蔵野書房、2006年）の福田信夫による著作年譜にタイトルだけ拾われている。むろん自選集にも全集にも未収録の幻の作品である。

　2015年になって耕の埋もれていた作がもう一つ発掘された。「軍事法廷」というのがその短篇で、発見したのは戦後日本文化を研究するマイク・モラスキーである。氏の編纂したアンソロジー『闇市』（皓星社）に収録されている。こちらも福田による著作年譜にタイトルだけは載っている。

遠藤周作─麻生三郎「秋のカテドラル」

　遠藤周作は、ご存知、狐狸庵先生。といっても、もう知らない若い人も多いかもしれない。第三の新人として出たものの、遠藤の主題は一貫してキリスト教に由来しており、その点で異色だった。最初は文芸評論を書いていたが、1950年にフランスへ留学、帰国後、小説を書き始め、55年に「白い人」で芥川賞を受賞した。本作は留学時代の体験をもとにしたものだろう。

　麻生三郎は、戦前から活躍していた洋画家。戦時下、時局に抵抗するべく鶴岡政男、松本竣介らが結成した新人画会（前出）のメンバーである。戦後47年に自由美術家協会に参加したが、64年に退会、以後無所属で活動した。重く問いかけてくるような画風の特徴は、この作への挿画からもうかがえる。ヨーロッパ留学という共通点はあるものの、遠藤との交流の形跡は見当たらなかった。

「秋のカテドラル」は、日本からの留学生「私」が中仏のル・ブルジェにある中世の大教会を訪ねたときの思索が書かれた掌篇。目的もなくブルジェに立ち寄った「私」は、その気はなかったが街の人たちがしきりに勧めるのに負けて大教会へ足を運んだ。大教会は聖書の様々な場面を描いた色硝子で彩られていた。

「私」は各時代の色硝子を見比べていくが、ルオーの筆致を思わせる中世のものに足が戻ってしまう。作者は誰かと名前を探しても、奉献した組合《ギルド》の名があるだけだ。これだけの美術品を作った男が無名であるはずがない。不審に思い

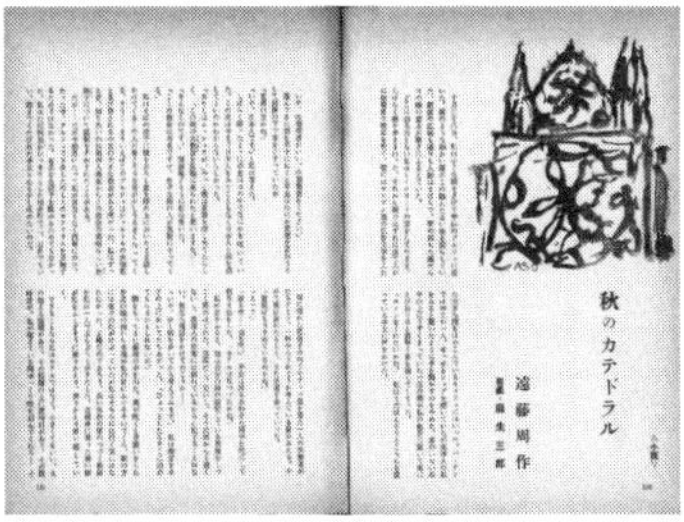

『美術手帖』1958年8月号より

神父に尋ねると、わざと書かなかったのだという答えが返ってきた。「俺だけがこれを創ったのではない」と作者はいったのだと。「なぜ、俺の名を知る必要があるのだ。俺は一人ではない。皆と同じだったのだ。皆と同じ人生と道徳と信仰に生きていたのだ。俺はただそれらを最も美しく描けばよかったのだ……」。

　それが現在では「すべてが見失われ、新しい人生と道徳とをいち早く見つけた芸術家たちは自分の名を作品にかきつけるのだ、まさに土地の発見者がそこに己が占有権を誇示するように……」と「私」は思いを沈める。いいたいことはわかるのだが、思弁が一気に飛ぶのでちょっと面食らう。

小島信夫―永田力「城壁」

　小島信夫は第三の新人のなかでは年嵩で、世代的には第一次戦後派に近い。1955年に芥川賞を受賞した「アメリカン・スクール」とその後の『抱擁家族』（1965年）は、文芸評論家・江藤淳の論の影響で、戦後日本における「アメリカの影」といった文脈で扱われることが多く、一方で後年の『別れる理由』などはぶっとんだ前衛小説として語られるため、全体像の見えにくい作家である。初期は寓話的な短篇を書いており、この「城壁」にはその特徴がよく出ていると自評している（後述）。

　永田力は、戦後に画家として活動を始め、自由美術協会に所属した。並行して装丁や挿画、雑誌の表紙絵など出版関係の仕事も数多く手掛けており、知名度としては後者のほうが高い。赤川次郎『三毛猫ホームズ』シリーズの装丁などが有名である。小島との関係は不明。

　「城壁」は一種の不条理小説である。日本の軍隊が北部中国の奥地にある城壁の内側に陣取っていた。ある日、影山という兵隊が迷いようもないはずの城内で迷子になり子供のように泣き喚いているのを発見された。影山は、城壁がなくなって砂漠に放り出されたように思ったと述べた。次の外出日、別の兵隊に同様の症状が現れた。「迷子病」は城内の他の部隊にも蔓延している様子である。隊長が本部に問い合わせると、その件への応答はなく、討伐を命じられる。隊長は病人が出ても部

城壁
小島信夫
挿画・永田力

『美術手帖』1958年9月号より

隊を背負う覚悟で討伐に出たものの、自身が迷子病に罹り、大声で喚き散らしたため敵の恰好の標的となり戦死してしまう。隊長を失った部隊が城に戻ると、城壁がなくなっていた。守るべき城壁を失った兵隊たちの間に帰国できるという噂が広まり規律が乱れていく。軍規を取り戻すには城壁の行方を突き止めて守るしかない。守るべき城壁を探すという倒錯した状況にうろたえる分隊長のもとに、本部から、城壁がこちらへ勝手に移動してきて治安が乱れている、一刻も早く受領し今後は厳に守備せよとの電信が届く。

中村真一郎—加藤正「城への道」

中村真一郎は第一次戦後派を代表する一人。戦中に、加藤周一、福永武彦らと文学運動グループ「マチネ・ポエティク」を結成、終戦を迎えるとすぐに表立った活動を始め、共著『1946・文學的考察』を発表した。前後して中村は、プルーストの影響の強い処女長篇『死の影の下に』（1947年）を上梓し新世代の登場を印象づけた。『文學的考察』は、若さに似合わぬ西洋文学の教養をバックボーンに、日本文学の前近代性を批判し、西洋文学のあるべき受容を説いた時評集である。彼らはこの本で、自分らよりやや上の世代を、戦中に教養を形成しながらそれがファッションに過ぎず思想とも行動とも結び付いていない、詩と哲学を使って「星の運命と菫の愛」を歌うがごとき「新しき星菫派」だと糾弾した。

第一次戦後派は、文芸評論家の佐々木基一らが創刊した同人誌『近代文学』を拠点としており、マチネ・ポエティクもこの人脈に連なるが、同人の文芸評論家・荒正人が彼らの星菫派批判を批判したことに現れているように、マルクス主義の影響を主な特徴とする第一次戦後派の中では文学性や思想性の点でやや異質だった。

「城への道」は中村自身により戯曲化されている。

加藤正は宮崎県出身の画家・詩人。前衛美術家の瑛九が1951年に立ち上げたデモクラート美術家協会に、瑛九に請われて参加した。既存の美術団体のあり方を批判し、自由と独立を標榜するこの協会は、会員の無審査、無階級、公募展一切の否定など民主的

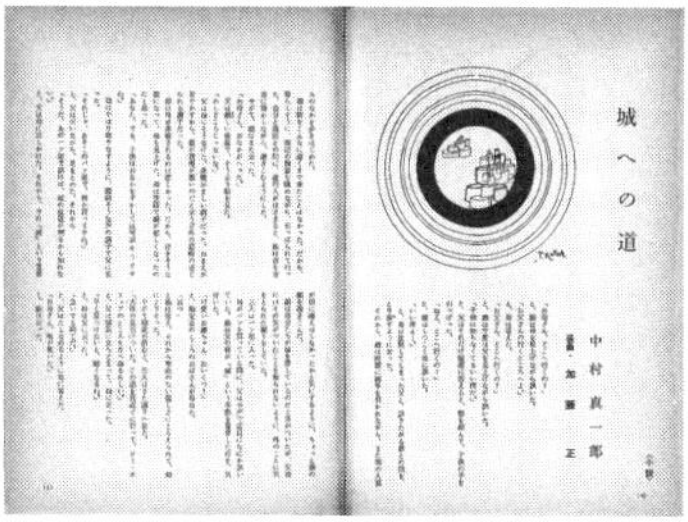
城への道
中村真一郎

『美術手帖』1958年10月号より

というよりアナーキーな指針を掲げていた。その後、岡本太郎が組織した国際アートクラブにも参加。現在も郷里宮崎市で活動している。中村との関係はわからなかった。
「城への道」は不条理な寓話。小島作ともどもカフカ的ではあるが、中村作のほうが教訓的に解釈しやすい。父、母、娘の親子が「城」を目指して歩いている。城はどこにあるかわからず、地図にも載っていない。道を失ったところへ若い男が城へ案内すると現われ、父は有り金の半分もの金を払うが、男は行方をくらます。疲れきった親子は野原で眠った。起きると母が消えていた。娘は母の行方を父に訊ねたが父は黙って悲しそうに首を振るだけだった。一晩で父は老け、娘は成長していた。それから何時間とも何年とも思える時が経ち、父娘は城に着いた。受付に聞いてくるからと父は城へ入った。待つうちに元気な体格のいい青年が娘に声を掛けてきた。青年は城なんてないという。父を侮辱するのかと怒る娘に、青年は「それはお父さんの人生で、君には君の人生を持つ権利があるはずだ」とヨット乗りに誘うが娘は断り、待っているからという青年を後にして城へ入る。受付に人はいず、中には階段があるばかりだった。いつまでも続くような階段を昇り切ると扉があった。中から父の声が聞こえる。開けると、虚無が広がっていた。「今まで自分の昇って来た階段も、振り返ったら、消え失せているのだ、と云うことが娘には判っていた……」。

詳しく見ると、いよいよ脈絡がない。作家と挿画家のマッチングにも関係性が見つけにくく、何かしらの方針はあったのだろうが、恣意的な組み合わせにしか見えない。

小島の「城壁」は、一度『美術手帖』誌上で復刻されたことがある。２００８年12月号は創刊60年記念特大号で、椹木野衣を特任編集長に迎えた「美術手帖60年史」という企画がメインを占めている。「美術手帖60年史」は、同誌全７３０号のバックナンバーから記事をピックアップし「もうひとつの編集部をシミュレートして、美術手帖の60年記念号の中に『美術手帖の60年』を圧縮した雑誌内雑誌をもう一冊つくる」（椹木）というコンセプトのものだが、なかで「城壁」が拾われているのだ。同作に対する椹木のコメントを引いておこう。

> 不思議に思う人もいるかもしれないけど、50年代頃を見ていて感じたことなんですが、当時は美術界と文壇との

クロスオーバーが美術手帖を媒介にかなりあったようなんですね。この小島信夫の「城壁」は、現在では『殉教・微笑』（講談社文芸文庫）に収まってますが、不思議な読後感を残す短編です。これは知人の編集者に聞いたんだけど、小島さんの家には斎藤義重や草間彌生の小品があって、現代美術は身近だったようです。またウナック・サロンの海上雅臣との親しい交遊は有名で、この短篇もそうですが、どこかで現代美術の素養が反映していたんじゃないかという気がします。（…）美術手帖でもこうした流れを復活させて現代美術に関心を持つ小説家に創作を寄せてもらえば、意外な傑作が飛び出してくるかもしれませんよ。

「城壁」は最近『戦争×文学』第五巻「イマジネーションの戦争」（集英社、２０１１年）にも収録された。この小説については、実は、作家自身の回想が『小島信夫全集』第4巻（講談社、１９７１年）に残っている。

「声」「城壁」といったものは、当時雑誌に載ったもので、とくに後者は掲載誌が美術雑誌だったので編集部で拾い出した作品リストからも洩れ、私も忘れていた。「城壁」のようなバカげた話は、読みなおして、満更でもないので、入れることにした。私の特徴が最もよく出ているともいえよう。

……「私も忘れていた」！

こうした調査の場合、作品にまつわる情報を糸口とするのが常道かつ早道であるわけだが、小島に限らず、やはり美術専門誌が初出というのがネックになっているようで、掘り下げてもほとんどデータが出てこない。当時の文芸誌をひとわたりあらためてみたが、この〈小説〉企画への言及は見当たらなかった。

澤野「奇妙な繪」、邱「蓮の道」、結城「千鳥」、耕「案内状」、遠藤「秋のカテドラル」は、これきりどこにも再収録されておらず、作品に対する解説や言及なども見つからない。

安岡「茶色の馬」、吉行「人形を焼く」、小島「城壁」、中村「城への道」は、彼らがその後大御所となったため、単行本、全集などに再収録されているものの、この〈小説〉企画の背景への手掛かりとなるような記述は見つけることができなかった。中村「城への道」を収録した『戦後の文学』（小久保実他編、笠間書院、1977年）の解説にかろうじて「当時『美術手帖』は、毎号前衛的な小説を発表して話題になっていた」という一文があったが、話題になった形跡はまるでないし、見てきたように「前衛的な小説」はむしろ少数である。

このあたりで結論をいってしまうと、1958年に突如始まり終わったこの〈小説〉企画に関し、誰がどういう意図で始めたのかとか、美術界と文学界を誰が橋渡ししたのかなど、これだという真相に辿り着くことは結局できなかった。

お手上げである。

ただし椹木が「当時は美術界と文壇とのクロスオーバーが美術手帖を媒介にかなりあったようなんですね」といったように、この頃、文学界の人材が美術界と交じわっていることがたしかに多く、その背景を読み解くことで、〈小説〉企画の謎に多少接近することはできるかもしれない。その線でもう少し解読を続けてみることにしよう。

・美術界と文学界の接点

椹木は「美術界と文壇とのクロスオーバー」といっていたが、正確には、戦後美術を巡る言説、美術評論なり批評なりが、この頃はまだ文芸と未分化だったというのが実状に近い。戦後美術批評の先駆である針生一郎にしても瀬木慎一にしても最初は文学をやっていたのが美術に転じたという経歴だし、当時盛んだった前衛芸術運動は、背景に左翼思想があり、そのアイデンティティの下に文学も美術も野合していたというのが実際のところである。

針生一郎が1966年に編んだ『現代美術と伝統』（合同出版）というアンソロジーに、花田清輝・久保田正文・広末保の鼎談があって、久保田がこんなことをいっている（久保田は作家・文芸評論家）。

「日本の戦後文学は、第一次大戦後のアヴァンギャルド芸術運動を豊富にとり入れるところから出発したと思うんです。それが第一次大戦後のアヴァンギャルド芸術運動だということが、もっとみんなに理解される必要がある。若い人なんかは、戦後派文学をそのまま第二次大戦後の文学だと思っている」

つまり戦前から続く主に美術で展開してきた芸術運動に

文学も巻き込まれていったということだが、こうした状況の中心は誰だったかというと、いま名前の出た花田清輝である。その次くらいに重要人物といえるのが文芸評論家の佐々木基一で、隠れキャラ的に安部公房が暗躍するという具合だ。

花田清輝は戦中の1941年に、主宰していた「文化再出発の会」の機関紙『文化組織』に『復興期の精神』を連載した。レトリックを駆使してルネッサンスの芸術について語った評論だが、過去のヨーロッパと現在の日本をともに「転形期」と見て二重写しにする意図のもので、本人が単行本化の際に書き添えたように、この過度なレトリックの目的は一つには時局下の検閲をくぐることにあった。

『復興期の精神』は1946年に花田が実権を握る出版社「真善美社」から出版されたのだが、この真善美社が、文学美術問わず戦後芸術運動の一つの拠点となる。真善美社から出版されたタイトルを拾っておこう。

中村真一郎・加藤周一・福永武彦『1946・文學的考察』、野間宏『暗い絵』、中村真一郎『死の影の下に』、安部公房『終りし道の標べに』、花田清輝『錯乱の論理』、福田恆存『平衡感覚』、荒正人『負け犬』、佐々木基一『個性復興』、埴谷雄高『死霊』、中野秀人『精霊の家』、平野謙『戦後文芸評論』、島尾敏雄『単独旅行者』、福永武彦『塔』『マチネ・ポエティク詩集』……。

花田清輝は、芸術とは芸術運動のことであるという信念の持ち主で、1947年5月に、岡本太郎、野間宏、椎名麟三、埴谷雄高、梅崎春生、中野秀人、安部公房、佐々木基一、関根弘、渡辺一夫という顔ぶれを集めて、前衛芸術運動を起こすための会合を持った。これが「夜の会」となるのだが、正式発足するのは翌1948年1月のことだ。

前後して花田は、真善美社を足場に、野間宏、佐々木基一、マチネ・ポエティク（中村真一郎、加藤周一、福永武彦）らと「綜合文化協会」を作り機関紙『綜合文化』を発行し始める。綜合文化協会は定期研究会も開催していたのだが、資料を見ていくと出席者に、同人および準同人たちのほかに、後に岡本太郎の秘書そして養女となる平野敏子（岡本敏子）と並んで、河野葉子という馴染みのない名前が頻繁に出てくる。河野は真善美社の編集者で、その後『美術手帖』編集者となる。隠れた重要人物といってよく、後ほどふたたび登場するので、名前を頭に入れておいてもらいたい。

さて総合文化協会のかたわら、1948年1月に「夜の会」が発足し、東中野にあったモナミというレストランで定期的に誰でも参加自由な会合が開かれた。この会合に、針生一郎や瀬木慎一、全学連初代委員長で文芸評論家になる武井昭夫などが参加し常連となる。

佐々木基一は終戦後すぐの1946年1月に同人誌『近代文学』を創刊していた。創刊時の同人は、平野謙、本多秋五、埴谷雄高、荒正人、小田切秀雄、山室静。47年以降は、花田清輝、久保田正文、大西巨人、野間宏、マチネ・ポエティク、安部公房、梅崎春生、青山光二、椎名麟三、島尾敏雄、中田耕治、武田泰淳、原民喜、福田恆存、三島由紀夫といった人たちが同人として加わり、同誌は戦後派の牙城になっていく。「夜の会」とメンバーが少なからず重複していたことがわかるだろう。埴谷雄高は「『夜の会』と『近代文学』の仲間は殆んど重なりあつてい」たと書いている（「「夜の会」のこと」）。

安部公房は、1946年に奉天から引き揚げて東大医学部に復学したが、医学はそっちのけで文学に傾倒していった。最初安部は、いいだももや中村稔、清岡卓行、中田耕治、針生一郎、瀬木慎一、森本哲郎、渡辺恒雄（後に読売新聞社社長になるあの渡辺恒雄である）などがいた「二〇代文学者の会・世紀」に接近していたが、卒業後、初めて書いた長篇小説『終りし道の標べに』を埴谷雄高に見せたことがきっかけで花田清輝をはじめとする『近代文学』や『綜合文化』の人たちを知り、前衛芸術運動に入れ込み「夜の会」に参加する。『終りし道の標べに』は埴谷の推薦で『個性』という雑誌に載り、前述したように花田の真善美社から出版された。

安部は「夜の会」で知り合った詩人・評論家の関根弘と「二〇代文学者の会・世紀」の再編成に動き、名前も「世紀」と変わる（「世紀の会」と記載している資料も多い）。「世紀」については記録によって事実関係が混乱しているが、瀬木の『戦後空白期の美術』『日本の前衛 1945-1999』がいちばん詳しく確かに思われる。これらによると、メンバー間に足並みの乱れの目立っていた「二〇代文学者の会・世紀」を、安部が「夜の会」『近代文学』に近い路線で仕切り直したということらしく、いいだももを中心とする一派が抜け、関根弘、針生一郎、瀬木慎一、渡辺恒雄らが主要メンバーとなった。

一方「夜の会」は1948年8月には早くも分裂してお

り、花田清輝と岡本太郎は抜けて「アヴァンギャルド芸術研究会」を組織していたが、1949年4月に「世紀」に吸収された。この時点での組織構成は、安部が会長、関根が副会長で、瀬木や渡辺のほかに、綜合文化協会のところで名前の出た平野敏子と河野葉子も役員に名を連ねていた。

岡本太郎の磁力で「世紀」には画家たちも集まってきて、同じ1949年に発足する日本アンデパンダン展へこぞって出品するようになるが、会としての「世紀」は1951年5月に解散した。

枝葉を落としているのだが、それでも入り組んでいてややこしい。まとめると、花田と岡本のイニシアチブの下、真善美社の綜合文化協会およびその機関紙『綜合文化』を足場として、『近代文学』と「夜の会」が相補的に合流し、別の文脈にあった「世紀」を乗っ取って、ごく短期間に発展し解散したというのが戦後前衛芸術運動の流れだったということになるだろうか。

・『美術批評』という場

美術出版社は1952年1月に『美術批評』を創刊した。文字通り美術批評の専門誌である。創刊したのは『美術手帖』の実質的な編集長だった西巻興三郎であり（当時、美術出版社には「編集長」という概念がなかったという）、『美術批評』は西巻が一人で仕切っていたようだ。

巻頭には「ラウンド・テーブル」という投稿欄が設けられていたのだが、この欄を舞台に、読者と執筆者が入り乱れた激しい論争が展開されることになる。

創刊号の「ラウンド・テーブル」には安部公房の投稿が載っている。肩書きは「小説家・二七才」。「芸術家の仕事」というタイトルで、芸術と批評が不即不離であることを述べたものだ。1953年2月号の同欄には針生一郎の投稿「『共通の言語』を」が載った。肩書きは「大学助手・二七歳」。これを機に針生は美術評論家として活動を始める。瀬木慎一も1953年8月号から同誌に執筆を開始し美術評論家として進むことになる。花田清輝や佐々木基一も寄稿していた。

瀬木の回想によると『美術批評』は、一足早く1948年に創刊していた『美術手帖』と実質的には一つの編集部であり、瀬木は「世紀」にいた河野葉子に西巻興三郎を紹介してもらい執筆することになったという（『戦後空白期の美術』ほか)。針生一郎の投稿も河野の依頼によるものだったそうだ(『戦後美術盛衰史』ほか)。『月刊あいだ』117号(2005年9月)の西巻のインタビューを読むと、「ラウンド・テーブル」欄の寄稿者は「未知の読者と依頼した人と、半々くらいかな」とあるので、安部公房の投稿もおそらく河野を介したものだったのだろう。

『美術批評』は新人批評家発掘の場としても機能しており、東野芳明や中原佑介といった戦後美術批評家の重要どころを輩出した。また号を追うにつれて、文学や音楽、舞台芸術なども取り上げるなど芸術総合批評誌のおもむきになっていった。

だが現在でも変わりないが、批評というのはメタ、つまり批評の批評になりがちで、同誌も次第に、一体何について議論しているのかという観念的な論調が目立つようになる。

おまけに当時はみんな左翼だから(前衛芸術運動とは左翼運動の芸術版である)、1955年の六全協を挟んだ共産党の分裂統合に象徴される政治的な意識の分断が論争の背景にあり、そこに後進による前進に対する批判なども絡んでいたため錯綜を極めていた。もっとも有名なのはおそらく、全学連初代委員長の武井昭夫と針生一郎とのあいだで起こり、他の論者や「ラウンド・テーブル」欄も巻き込んだ通称「スカラベ・サクレ論争」だろう(1956年3月号から7月号あたり)。一言でいうと、共産党の分裂抗争への批判に基づき、針生の前衛意識ならびに政治意識を批判した論争、となるだろうか。

現在から見ると理解がなかなか困難なのだが(というより読む気がしない)、当時もやはりそう思った読者がいたようで、「ラウンド・テーブル」欄には、論争のかたわら、論争ひいては美術批評自体に疑問を投げかける投書も毎号のように載せられていた。

「スカラベ・サクレ論争」後は比較的平穏な紙面が続いていたものの、『美術批評』は1957年2月号をもって突如「絶刊」する。「絶刊」は、実質的な編集長であった西巻興三郎が考案した言葉である(『月刊あいだ』117号)。インタビューによると絶刊の理由は、一人で編集作業をしていた西巻が激務で身体を壊してしまったからだったようだ。『美術批評』に対する風当たりから社内で孤立していた西巻は、後半は『美術手帖』の編集から外されていて、絶刊と同時に美術出版社を退社した。

『美術批評』が唐突に絶刊したため、同誌で進行中だった連載や企画の一部は『美術手帖』や『みづゑ』に引き継がれた。

・『美術批評』から『美術手帖』へ？

『美術手帖』はそれまでは、画家の紹介記事やアトリエ訪問、展覧会情報、絵の描き方の手引き、海外情報などを主な内容とする、今から見るとのんびりした雑誌だったが、1956年の中頃から、主に文学の人に書かせた「一日美術批評家」という連載コラム企画が載るようになる。文学者の登場することが多かった『美術批評』から流れてきた企画のように見えなくもない。つまり『美術批評』が批評家同士の論争の場と化してしまったがために、『美術手帖』が企画の受け皿となったのではないかということだが裏付けはない。「一日美術批評家」に登場したのはこんな面々である。椎名麟三（1956年5月号）、武智鉄二（6月号）、（特集号のため7月号はナシ）、五味康祐（8月号）、徳川夢声（9月号）、芥川也寸志（10月号）、中島健蔵（11月号）、山崎清（12月号。山崎は歯科医で人類学者）。山崎を最後にこの企画は終わったようだ。

また1957年7月号には、安部公房を書き手にした瀧口修造の自宅訪問記事が出ている。もっとも1951年5月号で「文藝批評家の美術批評家訪問」と題して福田恆存が今泉篤男を訪ねたりしているので、これは特に『美術批評』の動向とは関係がないかもしれない。

アトリエ訪問はもともと文学者が訪問者（書き手）に選ばれることが比較的多かったが、1956年になるとその傾向に拍車がかかり、すでに触れたものも含むが、澤野久雄が脇田和を（3月号）、結城信一が南大路一を（4月号）、石原慎太郎が岡本太郎を（5月号）、安岡章太郎が鳥海青児を（8月号）、安西冬衛が鍋井克之を（9月号）訪問している。

澤野、結城、安岡と〈小説〉企画に登場した作家の名前が見える。この頃まだ西巻興三郎が『美術手帖』の編集にタッチしていたか不明だが、この人選は『美術批評』人脈とは異質であるから、すでに離れていたのではないかと思われる。

1958年1月号からは、小説家（まれに文芸評論家）を筆頭に各界著名人と画家（まれに美術評論家）との往復書簡を載せる「知友交歓」という企画も一年間持たれた。青野季吉と福田豊四郎（1月号）、田村泰次郎と鈴木信太郎、白井浩司と今井俊満（2月号）、円地文子と森田元子、野間宏と東野芳明（4月号）、結城信一と駒井哲郎、芹沢光治良と高野三三男（5月号）、北原武夫と川端実（6月号）、中村武志と高橋忠弥（7月号）、佐古純一郎と難波田龍起、木下順二と本郷新（8月号）、青柳瑞穂と鳥海青児、飯澤匡と剣持勇（9月号）、壺井繁治と山本正（10月号）、三島由紀夫と東山魁夷（11月号）、市原豊太と斎藤長三（12月号）といった組み合わせが見つかる。こちらはさらに脈絡がない感じだ。

少し話が戻るが、『美術批評』絶刊後、1957年の終わりから翌年にかけて、『美術手帖』は、美術批評というもの自体を問い直す大きめの特集「日本の美術批評を検討する」を掲載した。1957年10月号に明治から戦前までの「その1」が載り（竹田道太郎）、翌1958年1月号に戦後美術批評を扱った「その2」が載った（竹林賢）。

竹田道太郎は朝日新聞社の美術記者。竹林賢はプロフィールがわからなかったがおそらく美術評論家で、『美術手帖』に初期から一九六〇年前後まで作家論をいくつも書いている。両者は、『美術批評』から出てきた戦後派批評家たちより一世代上の戦前派に位置づけられる。竹林が戦後編を締めるにあたって『美術批評』に触れた箇所を見てみよう。

「結局、歴史的にみると、同人雑誌風の趣きを呈した『美術批評』はいうなれば新進批評家がオギャーオギャーと存在を主張するゆりかごであったし、またゆりかごでありすぎたため、休刊のやむなきに至ったのでしょうが、新進を世におくったその功績は記録されてよいものです。中原以後の新人が、いまのところ現われていないのをみても、その感を深くさせられます」

評価しているのかしていないのか、よくわからない文章である。本篇が閉じられたあとに、「おわりに」と題する「私（竹林）」と「編集子」の雑談風後記があるのだが、ここに書かれていることがむしろ本音だろう。

編集子　どうもほとんど悪口ばかりですね。
私　そんなことといったって、私に書かせた目あては悪口にあったのじゃないの？
編集子　でも、戦後に何か〝よかった〟というものもあったと思うんですが。

私　それは、もしかしたら書いてないところはみんなよかったのかもしれないな。医者がさがすのは病気なんで、いいところじゃないはずだ。まあ、このお役目、口の悪いヤブ医者というとこさ。

画壇体質を引きずる旧来の美術批評を打破更新することを目指していた『美術批評』は、当時の美術出版社の体質とは異質だったと西巻は回想していた。瀬木も戦前派批評家からは睨まれていたと書いていた。この「おわりに」には、当時のそんな雰囲気がよく滲んでいる。

・前衛意識の変化の反映？

さて、見てきたように、1956年前後から『美術手帖』のほうにも文学とのミクスチャーを志向する傾向が出てきており、したがって〈小説〉企画も、そうした流れの一端だったと考えるのが妥当そうだ。

では〈小説〉企画が、戦後前衛運動の潮流の端っこに位置づけられるかというと、それはおそらく違うということになるだろう。針生や瀬木、東野や中原といった批評家は引き続き『美術手帖』でも活動していくことになるとはいえ、『美術批評』の絶刊および西巻の退社をもって、「夜の会」や「世紀」が担ってきた超ジャンル的前衛芸術運動の、美術出版社における影響は一度清算されたと見るべきだと思う。

しかし直接には『美術批評』の絶刊というローカルな出来事に由来するとはいえ、〈小説〉企画における人選の混乱は、戦後十数年を経た美術および文学の状況の混乱を、ある意味ではよく反映しているようにも見える。芸術運動の主要人物たちの動きや、美術、文学の動向を個々に追うと非常に煩雑になってしまうので、ごく大雑把にまとめてみよう。

花田清輝と岡本太郎を二つの頂点とした前衛芸術運動は、共産党分裂抗争に翻弄されるかたちで次第に求心力を失いバラバラになっていった。決定的だったのは1956年に始まる花田清輝と吉本隆明の論争だろうか。論争自体への評価はいまだに分かれているけれど、花田のオーガナイザーとしての威光は、この論争によって急速に衰えていった。1956年というのは、全ジャンル的に転機となった年だった。55年は、六全協決議や五十五年体制の成立など政治的な転換の年だったわけだが、その影響が1956年あたりから芸術方面でも現れ始める。

美術にもこの前後様々な変動があったが、足立元『前衛の遺伝子　アナキズムから戦後美術へ』(ブリュッケ)はそれを、「日本」に対する意識の変化に象徴される、「伝統というものを梃子にして、前衛芸術から共産主義のイデオロギーを引きはがそうとした」動きと要約している。1956年に発表された、新しい価値を創造することによってのみ伝統は継承されるのだと説く岡本太郎の『日本の伝統』は、前衛意識の変化をよく言い表わした一冊だった。

1956年の文学は、芥川賞を受賞し社会現象と化した石原慎太郎「太陽の季節」に席巻されたが、文学史的には石原の登場は、第三の新人まで含めた広義の戦後派に引導を渡したものと意味づけることができる。コミンフォルム批判、レッドパージの50年以降、戦後派文学には危機が囁かれ出していた。戦後派を支えていた共産主義的イデオロギーの弱体化という事態を、極私的な領域に留まるというかたちで消極的ながら乗り越えようとしたのが第三の新人だったといえるが、石原慎太郎は、戦後派の依って立っていた文学的な基盤そのものをひっくり返してしまったのである。戦後派のイデオローグであり擁護者だった佐々木基一は62年に「『戦後文学』は幻影だった」と題する評論を書き、『近代文学』は64年に終刊した。

・探求は続く……

以上のような動きを踏まえると、1958年という微妙な時期に始まり終わった〈小説〉企画が、ああいう脈絡のないものになっていたのは必然だったという見方もできる。

実際には編集部が縁故なり伝手なりで場当たり的に頼んでいったのだろうと推測されるのだけれど、文学的には焦点を失っているとしか思えない人選は、状況を踏まえると逆にリアルではある。ただ、石原慎太郎に続き、開高健、大江健三郎が出てきたことで、登場するや日陰に入ってしまい不遇をかこっていた第三の新人が多く起用されている点にやや疑問が残る。この当時、第三の新人を孤軍バックアップしていた『群像』編集長・大久保房男が何か関係していたのではと主著にあたってみたが、言及はないようだった。

ところで企画者も気づいていないようだが、『美術手帖』にはもう一つ、ここまで論じてきたのとは別の〈小説〉企画が存在している。結城信一のところで「ハンカチーフ」という掌篇に言及したが、この小説は実はその〈小説〉企画のうちの一篇なのである。

このもう一つの〈小説〉企画は「アート・フィクション」と題されたシリーズで、1963年1月号から12月号まで掲載された。「アート・フィクション」と並行して、詩と絵のコラボも「手帖通信」というタイトルの一ページ企画で復活している。

「アート・フィクション」は見開き二ページで完結するショートショートに古典絵画や彫刻のカットが一点添えられているという、ここまで見てきた〈小説〉企画に比べると規模の小さいもので、書き手はさらに統一感がなくバラバラである。具体的には、勝尾伸之（美術研究者）、高内壮介（詩人）、都筑道夫（推理作家）、辻邦生（作家）、久能啓二（推理作家）、岩田宏（詩人）、山川方夫（作家）、結城信一（作家）、泉真也（デザイナー）、伊藤海彦（放送作家、詩人）、川崎洋（詩人）という並びだが、都筑だけ二度書いていたり、脈絡がないを超えてもはや適当に見える。

当然というのも何だけれど、この企画の背景もまた不明である。とはいえ『美術手帖』もこの頃になると、総合誌化というのか、情報の増加にともない色々な企画が並ぶようになっていたから、そうした流れの一端だったのだろう。折しも星新一のショートショートが注目され始めた時期だ。

1958年の〈小説〉企画との連続性はどう見てもない。企画者の依頼に導かれた探求も、このあたりがそろそろ行き止まりのようだ。締まりのない結論になったばかりか、謎を増やしさえしてしまったが、むろん野暮な推理にすぎず、これが真相と断言するつもりはない。異論や反論、事実に関する訂正はむしろ歓迎だし、企画者も喜ぶだろう。現在進行中の〈小説〉企画の箸休めに、戦後美術と文学の接点を復習してみたという程度の読み物として楽しんでいただけたら幸いである。

【主な参考文献】

『安部公房全集』第1、2巻、新潮社1997年
『埴谷雄高全集』第9巻、講談社、1999年
佐々木基一『昭和文学交友記』新潮社、1983年
瀬木慎一『戦後空白期の美術』思潮社、1996年
瀬木慎一『アヴァンギャルド芸術』思潮社、1998年
瀬木慎一『日本の前衛 1945-1999』生活の友社、2000年
足立元『前衛の遺伝子 アナキズムから戦後美術へ』ブリュッケ、2012年
鳥羽耕史「〈夜の会〉〈世紀の会〉〈綜合文化協会〉活動年表」『徳島大学国語国文學』17号（2004年3月）
光田由里「批評の英雄時代 『美術批評』(1952-1957) 誌における現代美術批評の成立」『月刊あいだ』110号（2005年2月）～117号（2005年9月）
ほか

柴崎友香
（しばさき・ともか）

１９７３年生まれ。主な参加アンソロジー小説集に『本からはじまる物語』（メディアパル）、『こどものころにみた夢』（講談社）、『29歳』（新潮文庫）、『短篇集』（ヴィレッジブックス）、『ＮＯＶＡ10　書き下ろし日本ＳＦコレクション』（河出文庫）、『本をめぐる物語　栞は夢をみる』（角川文庫）などがある。好きなアンソロジー集は『ダブル／ダブル』（白水ｕブックス）。

岡田利規
（おかだ・としき）

１９７３年生まれ。主な参加アンソロジー小説集に『文学　２０１２』、『文学　２０１４』（共に講談社）などがある。好きなアンソロジー集は『平成史』（河出ブックス）。

山崎ナオコーラ
（やまざき・なおこーら）

１９７８年生まれ。主な参加アンソロジー小説集に『29歳』（新潮文庫）、『恋のかけら』（幻冬舎）、『君と過ごす季節　秋から冬へ、12の暦物語』（ポプラ文庫）などがある。好きなアンソロジー集は『レズビアン短編小説集』（平凡社ライブラリー）。

最果タヒ（さいはて・たひ）

1986年生まれ。主な参加アンソロジー小説集に『量子回廊　年刊日本SF傑作選』（創元SF文庫）、『NOVA4　書き下ろし日本SFコレクション』（河出文庫）、『文学　2013』（講談社）などがある。好きなアンソロジー集は『活発な暗闇』（いそっぷ社）。

長嶋有（ながしま・ゆう）

1972年生まれ。主な参加アンソロジー小説集に『東京19歳の物語』（G.B.）、『文学　2010』（講談社）などがある。また自ら編集した自らのアンソロジー集に『長嶋有漫画化計画』（光文社）がある。好きなアンソロジー集は『筒井康隆選・人間みな病気』（福武文庫）。

青木淳悟（あおき・じゅんご）

1979年生まれ。主な参加アンソロジー小説集に『文学　2008』（講談社）、『早稲田文学　記録増刊　震災とフィクションの〝距離〟』（早稲田文学会）、『名探偵登場！』、『文学　2014』（共に講談社）などがある。好きなアンソロジー集は『教科書でおぼえた名詩』（文春文庫）。

耕治人（こう・はると）

1906年生まれ。主な参加アンソロジー集に『百年文庫　雪』（ポプラ社）、『東京詩　藤村から宇多田まで』（左右社）、『高校生のための近現代文学エッセンス　ちくま小説選』（筑摩書房）、『コレクション私小説の冒険1』（勉誠出版）などがある。

阿部和重（あべ・かずしげ）

1968年生まれ。主な参加アンソロジー小説集に『文学　2005』、『それでも三月は、また』（共に講談社）、『秘密。私と私のあいだの十二話』（メディアファクトリー）、『現代小説クロニクル　1995〜1999』（講談社文芸文庫）、『20の短篇小説』（朝日文庫）などがある。好きなアンソロジー集は『彼女たちの可憐な恋愛白書』（MIRA文庫）。

いしいしんじ

1966年生まれ。主な参加アンソロジー小説集に『極上掌篇小説』（角川書店）、『本からはじまる物語』（メディアパル）、『文学　2010』、『それでも三月は、また』（共に講談社）、『高校生のための近現代文学エッセンス　ちくま小説選』（筑摩書房）、『文学　2014』（講談社）などがある。好きなアンソロジー集は『ちくま文学の森』（筑摩書房）。

古川日出男
（ふるかわ・ひでお）

1966年生まれ。主な参加アンソロジー小説集に『極上掌篇小説』（角川書店）、『それでも三月は、また』（講談社）、『早稲田文学　記録増刊　震災とフィクションの〝距離〟』（早稲田文学会）、『文学　2015』（講談社）、『The Book of Tokyo』（Comma Press）などがある。好きなアンソロジー集は『夜の姉妹団―とびきりの現代英米小説14篇』（朝日新聞出版）。

円城塔
（えんじょう・とう）

1972年生まれ。主な参加アンソロジー小説集に『虚構機関』に始まる『年刊日本SF傑作選シリーズ』（創元SF文庫）、『NOVA　書き下ろし日本SFコレクションシリーズ』（河出文庫）、『文学　2010』（講談社）、『短篇集』（ヴィレッジブックス）、『Twitter小説集　140字の物語』（ディスカヴァー・トゥエンティワン）、『早稲田文学　記録増刊　震災とフィクションの〝距離〟』（早稲田文学会）、『20の短編小説』（朝日文庫）などがある。好きなアンソロジー集は『新古今和歌集』。

栗原裕一郎
（くりはら・ゆういちろう）

1965年生まれ。『バンド臨終図巻』（河出書房新社）、『村上春樹を音楽で読み解く』（日本文芸社）、『石原慎太郎を読んでみた』（原書房）などアンソロジー的精神あふれる書物を企画および参加。好きなアンソロジー集は『日本ペンクラブ編　日本名作シリーズ』（集英社文庫）。

岡田利規　（撮影　青木登）
「新潮」2012年9月号柴崎友香
との対談時。2012年、7月。

古川日出男　左・近藤恵介　（撮影　川村麻純）
「絵東方恐怖譚」での公開制作。2011年、3月。

長嶋有　左・ダイナマイトプロ
もちつき大会にて。2012年、12月。

いしいしんじ　右・いしいひとひ　（撮影　石井園子）
京都、岡崎神社にて。2014年、12月。

山崎ナオコーラ　（撮影　山崎ナオコーラ）
自宅にて。2016年、1月。

円城塔　（撮影　福永信）
早稲田大学にて。2015年、2月。

耕治人　同人誌「丘」合評会にて。
（村上文昭『耕治人とこんなご縁で』武蔵野書房より）

栗原裕一郎　（撮影　福永信）
第151回芥川龍之介賞受賞式にて。2014年、8月。

青木淳悟　右・福永信　（撮影　岩渕貞哉）
〈小説〉打ち合わせ時。2011年、3月。

最果タヒ　（撮影　名久井直子）
新潮社にて。2015年、11月。

阿部和重　（撮影　川上未映子）
よこはまコスモワールドにて。2015年、11月。

柴崎友香　左・名久井直子　（撮影　福永信）
第5回坪内逍遥大賞奨励賞打ち上げ会場にて。2015年、11月。

謝辞

作品を寄せてくれた作者達がいなければ、この本はこうして世に問われることがなかった。耕治人、円城塔、山崎ナオコーラ、いしいしんじ、古川日出男、柴崎友香、岡田利規、阿部和重、栗原裕一郎、青木淳悟、最果タヒ、長嶋有の各氏に初出順に深く感謝する。本書収録の作品はすべて「美術手帖」が初出であった。日本で稀有なこのマンスリーアートマガジンがなければ本作の収録作は生まれなかった。深く感謝する。掲載は、耕氏の作品を除き二〇一〇年四月号から二〇一四年八月号までである。世界の存続に深く感謝する。耕氏の短編は一九五八年七月号掲載である。世界の存続にやはり深く感謝する。耕治人作品のみ二〇世紀の初出であるがなぜそれが、ここに収録されているのか。詳細はあとで説明する。読者のご寛恕に深く感謝する。今世紀に執筆された本書収録の円城、山崎、いしい、古川、柴崎、岡田、阿部、栗原、青木、最果、長嶋の各氏による著作、「手帖から発見された手記」、「あたしはヤクザになりたい」、「ろば奴」、「図説東方恐怖譚」＋「その屋根を覆う、覆す、覆う」、「鳥と進化／声を聞く」、「女優の魂」、「THIEVES IN THE TEMPLE」、「〈小説〉企画とはなんだったのか?」、「言葉がチャーチル」、「きみはPOP」、「フキンシンちゃん」はすべて、「美術手帖」第二特集枠において掲載された。第二特集に感謝する。「美術手帖」第二特集は通常十六ページフルカラーで印刷されている。十六ページフルカラーに感謝する。ところで第二特集があるのは第一特集があるからである。第一特集にも深く感謝する。本書収録の諸作品は初出時に、小説だけではなくそれに合わせたビジュアルが同時に掲載されていた。ビジュアル担当者は初出順に、山口薫（耕治人作品）、倉田タカシ（円城塔作品）、山崎ナオコーラ（山崎ナオコーラ作品）、小山泰介（いしいしんじ作品）、近藤恵介（古川日出男作品）、田中和人（柴崎友香作品）、ＤＪぷりぷり（岡田利規作品）、師岡とおる（青木淳悟作品）、森山智彦・佐山太一＋Three & Co.（最果タヒ作品）、ダイナマイトプロ（長嶋有作品）の各氏である。深く感謝する。本書のためにあらたにビジュアル担当者として加わってくれたのはいしいひとひ氏（いしいしんじ作品）、上條淳士氏（柴崎友香作品）、佐々木幸子氏＆高橋宗正氏（岡田利規作品）である。深く感謝する。本書に未収録の小山、田中、ＤＪの各氏のビジュアルは、ぜひ「美術手帖」バックナンバーで見てほしい。バックナンバーに感謝する。この企画において、小説とビジュアルはいつでも二人三脚でやってきた。あらためてすべての小説家、画家、デザイナー、写真家、女優、漫画家、イラストレーター、アーティストの各氏に感謝する次第である。唯一ビジュアル担当者が不在だったのは阿部和重作品である。阿部氏にはその孤独に耐えてくれたことに謝意を捧げたい。また、耕治人氏の作品「案内状」を本書のためにセレクトしてくれたのは栗原裕一郎氏である。深く感謝する。また「案内状」の収録にあたっては『耕治人自選作品集』の版元である武蔵野書房福田信夫氏にも大変お世話になった。お礼を申し上げたい。そして当然のことながら新しく耕作品にビジュアルを寄せてくれた福満しげゆき氏への感謝を忘れるわけにはいかない。さて、ところで、今から六〇年ほど前のことであるが、「美術手帖」一九五八年の一月号から一〇月号まで、耕氏を含む一〇名の小説家による短編小説および、その作品のために毎月異なる画家による挿絵が掲載されていた。その企画名が〈小説〉だった。さっき「あとで説明する」と言ったことをすでに書き始めているのだが円城、山崎、いしい、古川、柴崎、岡田、阿部、青木、最果、長嶋の各氏執筆の短編小説、および倉田、山崎、小山、近藤、田中、DJ、師岡、森山・佐山＋Three & Co.、ダイナマイトの各氏によるビジュアルはさしずめ、一九五八年の〈小説〉企画の現代版といったところなのである。つまり約六〇年前の元祖〈小説〉がなければ現代版〈小説〉はなかったのである。元祖〈小説〉企画に感謝する。現代版〈小説〉企画の実現へ向けて背中を押してくれたのは椹木野衣氏である。深く感謝する。「美術手帖」創刊六〇年記念特大号の特任編集長である彼のもと、元祖〈小説〉群が発掘されたのだが、その際現代版〈小説〉の可能性を示唆してくれたのである。椹木氏からの命を受けて現「美術手帖」編集長氏の脳裏に浮かんだのは一名の小説家の名前のみであった。その名は福永信である。福永信に感謝する。現「美術手帖」編集長氏の想念になぜ福永信が浮かんだのかと言えば現「美術手帖」編集長氏は新人編集部員時代から福永信にこれまで何度か原稿を依頼したことがあったからである。その最初は二〇〇二年の「堀尾貞治展　あたりまえのこと」の取材だったのだが個展会場・芦屋市立美術博物館で待ち合わせのはずが福永信は大遅刻したのである。正直に告白すれば、当時は新人編集者だった彼からの電話で目覚めたという次第だったのである。電話に感謝する。ファクシミリ付固定電話の受話器から「美術手帖の岩渕ですが」と、不安そうな声が聞こえたときには「終わったな」とわたしは思ったのである。なぜなら京都から芦屋まで、電車を何度も乗り継ぐ必要があるほど相当時間がかかるからである。しかし、東京から出張している当時新人編集者、現「美術手帖」編集長である岩渕貞哉氏は、電話口でこそ不安そうな声を隠さなかったものの数時間遅れで登場したわたしに対してその爽やかな青年風の笑顔を崩すことはなかった。深く感謝する。しかも取材活動はまったく問題なく遂行されたのである。関係各位の寛容さに感謝する次第である。ところで本書の中核をなす現代版〈小説〉は岩渕氏と本書の編者・福永信との共同企画であるが小説家の選択は完全に福永信にゆだねられた。信頼してくれたことに深く感謝する。選択の基準は小説にこんなことができるなんてという驚きを読者に与えてくれる人物という一点に尽きる。つまり初めに人ありきというわけである。小説家をこの世に産み落としてくれた母達に感謝する。さて、ところで、依頼は主にEメールによってなされた。Eメールに深く感謝する。もっともEメールアドレスを知らなければ依頼の文章を送信することは不可能である。たとえば古川日出男氏とは、面識はあったのだがEメールアドレスをわたしは知らなかった。そこで河出書房新社の編集者坂上陽子氏に教えてもらった。深く感謝する。また福満氏へのイラストの依頼を可能にしてくれたのは講談社「群像」編集部の加藤玲衣亜氏である。加藤氏には同社「モーニング」編集部竹本佳正氏を紹介してもらった。深く感謝する。竹本氏がいなければ福満氏による半世紀以上も昔の小説への挿絵の描き下ろしは実現しなかった。竹本氏に深く感謝する。ただ、Eメールを送信することができたところで、依頼文が心のこもったものでなければ多忙な小説家達の快諾を得ることはできなかっただろう。福永信の文才に深く感謝する。むろんEメールのみで事が足りるはずもなく、小説家と「美術手帖」の岩渕氏、福永信で三者面談をした。快くスケジュールを空けてくれたことに深く感謝する。待ち合わせは、時に例外もあったがほとんどが、当時美術出版社の社屋のあった神保町だった。今は美術出版社は代官山にある。当時に感謝する。待ち合わせをすると述べたがそれはいつも神保町駅からA6番出口を地上へあがったところに岩波ホールの看板があるのだがその下であった。岩波ホールの看板に感謝する。岩波ホール看板下の待ち合わせでも福永信は何度も遅刻している。深く謝罪する。ところでなぜわざわざ美術出版社まで小説家に足を運んでもらったのかといえば、こんな機会でもなければ小説家が、「美術手帖」編集部に顔を出すなんてことはなかろうからである。また、美術出版社の編集者達が小説家の現物を見る機会にもなると思ったからである。岩渕氏がかつて福永信だけしか小説家を知らなかったなどというような事態が繰り返されてはならぬと思ったからである。いしいしんじ氏が編集部に足を踏み入れたとたんフロアにいた女性編集者達がざわざわ色めきだしたのを昨日のことのように編者は思い出せる。また柴崎友香氏は珍しそうに社内を歩き、窓を開けてベランダにまで出て、ビルの外の神保町界隈を見渡したのだが建物の内と外に興味を示すその後ろ姿はなんとも柴崎さんらしく、わたしは微笑したのである。岩波ホールの看板の下で岩渕氏とわたしがいくら待っても岡田利規氏が現れなかったときには非常に心配になったが、編集部に戻ってみるとその岡田氏が、むしろわれわれを出迎えるという珍場面が用意されており、今ではそれも微笑を誘う思い出である。岡田氏は「直接編集部で待ち合わせかと思った」と率直に述べてわれわれにあわてんぼな一面を垣間見せたのである。深く感謝する。さて、ところで、編集部での三者面談後には、毎回、美術出版社の書庫へも立ち寄ることにしていた。一九五八年の元祖〈小説〉のバックナンバーをめくるのが主要目的である。書庫に感謝する。書庫には創刊号からずらっとそろっているが、もちろん「美術手帖」が今日あるのは、創刊号があるからである。創刊号に感謝する。書庫にはそのほか、「みづゑ」とか「ワイナート」とか、美術出版社の刊行物がひしめき合っている。あるとき、山崎ナオコーラ氏が、「とてもおもしろいです」と言った。「何がおもしろいんですか?」と聞くと、彼女が手にしている「美術手帖」の見開きに「ごぞんじですか?」というタイトルが見えた。細長の小さな数ページほどのブックインブック風な、洒落たコラムページである。こんなページ、今もあったらいいですね、とナオコーラさんは言っていたが、たしかにそう思う。本書にブックインブック風なページがあるのはそのとき書庫で漏れた声の小さなエコーなのかも。ナオコーラさんに深く感謝する。さて書庫を出るとようやく喫茶店に行っていわゆる世間でいうところの打ち合わせ風に論議をするのであるが、三時間を超えることもある編集部→書庫→喫茶店という流れを小説家達はまったく面倒くさがることなく、むしろおもしろがって付き合ってくれた。深く感謝する。謝辞をここまで書いてきてこの〈小説〉企画の最初のことをいろいろ思い出してきたが編集部での三者面談の際、円城さんはこちらがだめもとで提案したおそろしくタイトな締切に対して「なんとかなります」と平然と受け入れてくれたばかりでなく倉田タカシ氏を推薦してくれた。円城さんの存在がなければ、この企画はいつまでも具体的にスタートしなかったと今さらながら強く思う次第である。深く感謝する。古川さんは作品掲載号発売のわずか二日後にビジュアル担当の近藤恵介氏と二人で作品に関連する展覧会を企画した。誌面だけで終わらずに三次元空間へと繰り出そうとする男気に深く感謝する。その「絵東方恐怖譚」展の会期は三月一九日（土）から四月九日（土）までの予定であった。しかし現実に開催されたのは三月二六日（土）から四月一六日（土）である。一週間遅れたのは三月一一日（金）に東日本大震災があったからだ。この震災の大きさは、東京電力福島第一原子力発電所の事故の処理がすでに五年以上が経過してなお現在進行形であることからも実感し続けることができるが、二人は、わずか一週間しか会期を遅らせなかった。初日に行われたパフォーマンスの静かな熱気を生涯忘れることがないだろう。二人に感謝する。本書収録の短編「図説東方恐怖譚」は震災前にしか書かれ得なかったと確信する。二人展「絵東方恐怖譚」では、初出時の短編にはなかった文字が手書きで記されて展示されていたが、このときの手書きテキストを本書で再録している。当時の筆跡に深く頭を下げる。また記録写真の川村麻純氏に感謝する。さて、ところで、本書収録のデザインはすべて名久井直子氏によって新たにデザイン、もしくは再デザインされている。名久井氏に深く感謝する。名久井氏をサポートしてくれた新潮社装幀室黒田貴氏にも深く感謝する。また、初出時のデザインの改変を快く認めてくれた「美術手帖」のデザイン担当DynamaiteBrothersSyndicateのみなさんに深く感謝する。初出時のデザインの原形がもっとも保存されたのは、青木淳悟氏の作品である。青木さんからは作品完成時に、「学習漫画みたいにしてくださいい」というミステリアスな要請があった。福永信の脳裏にすぐに師岡とおる氏の画風が浮かんだのはこの謎めいたリクエストのおかげである。青木さんに感謝する。また福永信の卓見にも深く感謝する。初出時にもっとも反響があったのは阿部和重氏の作品である。編集部によれば電話などで熱心な問い合わせ（「印刷ミスではないか?」）、熱烈な訴え（「読めないじゃないか!」）があったそうである。電話対応の編集者達に感謝する。岩渕氏によれば数名とはいえこのような直接行動が編集部に対してなされるのはかなり珍しいそうである。能動的に反応してくださった皆様に深く感謝する。また作品は本書収録にあたって初出以上の白さを発揮しているが、それは阿部さんの意向であって「やるならね、ここまでしないと」との台詞を編者は確かに耳にしている。その英断に感謝する。ある日の午後のことであるが、新潮社でこの白く輝く阿部作品のページについて名久井氏、新潮社装幀室黒田氏、本書担当編集者加藤木礼氏と打ち合わせをしていると扉の向こうからとんとんとノックの音がする。さすが新潮社と思ってそのノックの音に耳をすましていると、「Ｙｏｎｄａ?」と聞こえるのである。あれ、ちょっと懐かしい、と思ってわれわれは顔を見合わせた。その間にも何度も「Ｙｏｎｄａ?」と聞こえてくる。立ち上がろうとするわたしを、加藤木氏が身振りで「どうぞ、そのままで。お気になさらずに」と制した。そこで、打ち合わせを続けることにして、テーブルの上の阿部作品に目を落とすと、また「Ｙｏｎｄａ?」と聞こえてくる。どうやら、白く輝くこの作品を読んだのか、どうなのかを訊ねているらしい。「Ｙｏｎｄａ」とわたしが答えた。「Ｙｏｎｄａに決まってるじゃないか」とも付け足したのは、企画者、編者の身で未読ということはあり得ないし、そういう疑いをかけられたのではたまったものじゃないとやや腹を立てたからである。しばらく沈黙があったが、ふたたび「Ｙｏｎｄａ？」と聞こえてくる。「だからＹｏｎｄａって――」とわたしが言いかけると、今度は名久井氏がわたしを制して、扉へ向かって、「Ｙｏｎｄａよ」と優しく答えたのである。が、打ち合わせを続けようとするとまた「Ｙｏｎｄａ？」と聞こえて邪魔してくる。加藤木氏、黒田氏も、それぞれ答えたのであるが、「Ｙｏｎｄａ？」としつこく問いかけてくるのである。「どうしてそんなに慎重なのかね」と、わたしが、とうとう立ち上がって憤った。「これは意図されたもので、印刷ミスなんかじゃない。読みにくいと思うかもしれないが、先入観もはなはだしい。とても厳密に考え抜かれているんだ。実際、読めるものだし、なんなら、この会議室の中に入って、この蛍光灯の下で、一緒に読んでみようじゃないか。どうしてきみはそんなに懐疑的なＹｏｎｄａ？」と怒鳴ると、少しだけ開いていた扉から見えていた黒くつぶらな目がびっくりして引っ込んで扉はバタンと閉じた。ちなみに「美術手帖」の記事全体の中でも〈小説〉企画は比較的反響が多かったという。これは阿部作品に対してではないが、ある日の午後、「もう年間購読やめます」と力強く表明したハガキが編集部に舞い込んだとも聞く。昨今の出版状況からすればこれは立派な企画打ち切りの理由になりうるはずだが、次々と短編小説とビジュアルは「美術手帖」に載っていったのである。美術出版社に感謝する。またわれわれの結束を強めた差出人にも深く感謝したい。ところで、二〇一〇年四月号の円城さんからなんとなく始まったこの企画は、年三回の掲載を目標としていたが、まる三年を過ぎた二〇一三年は青木さんしか掲載できなかった。石の上にも三年というけれどもこれは企画者の中だるみである。読者に謝罪する。石といえば塊であるが、岡田氏の「女優の魂」は二〇一二年二月号に掲載された。そして同年八月には著者自身による演出によってテキストはそのままにチェルフィッチュ作品、佐々木幸子さんによる一人芝居として初演されたのである。本書の写真は二〇一五年の再演ツアーの際、名久井さんの立ち会いのもと、高橋宗正氏によって撮影されたものである。舞台監督の鈴木康郎氏、照明の大平智己氏に協力してもらって印象的な場面を抜粋、佐々木さんに演じていただいた。本番前の貴重な時間にもかかわらずこちらの要求に嫌な顔ひとつしないで応じてくださったことに深く感謝する。撮影の機会を作ってくれたプリコグの兵藤茉衣氏にも感謝する。この「女優の魂」は再演を重ねるほどの代表作になっているが、初演の全国ツアーも無事に終わったその年の暮れ、〈小説〉企画の番外編として栗原裕一郎氏による「〈小説〉企画とはなんだったのか?」が美術手帖一二月号に掲載された。これは一九五八年の元祖〈小説〉の謎を究明すべく執筆された論考である。詳しくは本文を読んでもらいたいが、栗原氏は資料を駆使して当時の〈小説〉の謎に迫った。栗原氏に深く感謝する。ところで、さて、最果タヒ氏とはJR大阪駅大丸のカフェ・カカオサンパカで面談した。このとき「美術手帖」編集長岩渕氏は出張でやってきたがまたしてもわたしは遅刻したのである。両名に深く謝罪する。面談当日、最果氏はすでに小説、写真、ビジュアルデザインの三位一体の作品を構想していて圧倒された。最果氏に深く感謝する。しかも、最果氏の作品「きみはPOP」の掲載号の第一特集は「地球はポップで回ってる! ポップ・アート」だったのである。岩渕氏によればまったくの偶然だというから最果氏のヒキの強さに感謝せねばなるまい。三位一体といえば長嶋有氏の「フキンシンちゃん」もそうである。マンガ制作ソフトによる画像、長嶋氏による台詞、そしてレイアウトの設定によって構成された一編である。コミPo!に感謝する。長嶋さんはわたしにかつてこう述べたことがある。「自分は絵を描いてなくてパソコン上で操作をしているだけである。小説を書いている動作とまったく変わらないといっていい。自分が腐心しているのは言葉と言葉の置かれる位置である。その意味でも、小説となんら変わらない」。これは名言である。深く感謝する。もっともダイナマイトプロ氏によるサポートがあればこその完成度だと聞く。ダイナマイト氏に感謝する。さて、この〈小説〉企画は二〇一〇年のスタート段階からすでに本にまとめることが目論まれていた。全一〇作がそろった時点でアンソロジー集として出版する予定だったのである。諸般の事情があって当初の本書刊行予定から大幅に遅れたことをこの場で深く関係諸氏にお詫びする次第である。諸般の事情というのは、二〇一五年三月に美術出版社が倒産し、民事再生法に基づく手続きを開始したというものである。その半年ほど前から、名久井氏を装幀に迎え、岩渕氏らと共に美術出版社を版元に本書を刊行する具体的な準備を進行させていたのであるが、頓挫してしまったわけだ。名久井氏にも謝罪する。Eメールの記録によると報道されてから約二週間後（三月一八日一五時）には、わたしは新潮社にアンソロジー集の刊行を打診している。同日一七時一二分には文芸第一編集部の加藤木氏から前向きな返答が送信された。Eメールに再度感謝する。むろん加藤木氏に深く感謝する。新潮社での刊行はすぐに決定し、新潮社装幀室黒田氏と共に名久井氏、加藤木氏、そしてそれまで単行本の作業を進めてくれていた「美術手帖」編集部望月かおる氏にも一度同席してもらって、引き継ぎのような五者面談が行われた。まだCCC（カルチュア・コンビニエンス・クラブ株式会社）がスポンサーになる前の存続不明の不安な時期にもかかわらず冷静に本書の成立へ向けて矢来町へと赴いてくれた望月氏に深く感謝する。面談を終えたその日の午後、新潮社の書庫を加藤木、名久井、望月の各氏と探訪したのであるが、なんというかちょっと気まずさが周囲に漂ったのをわたしは記憶している。というのは、「芸術新潮」の創刊号一九五〇年新年号に、小説が二作、里見弴「沖」とアルラン「八月の宵」が掲載されているのを見つけてしまったのである。しかも、翌二月号の「芸術新潮」には〈小説〉とすら表記された阿部知二の短編「幻妖談」が載っているのも発見してしまったのである。「美術手帖」は一九四八年創刊で「芸術新潮」よりもお兄さんであるが小説の掲載に関しては出遅れていたことになる。つまり、元祖は「芸術新潮」だったわけである。ただ、ここで急いで付け加えておくが、「芸術新潮」の小説は竹田道太郎「画家・藤島武二」などのようにノンフィクションに傾いていくのに対して「美術手帖」の〈小説〉はあくまでフィクションに徹していた。二〇一〇年から始まった現代の〈小説〉もまたフィクションであって一九五八年の「美術手帖」の血を引いており、「芸術新潮」とは別系統である。ともあれ、偶然とはいえ、「美術手帖」の〈小説〉が新潮社によってこうして刊行されることにはフシギな縁を感じざるを得ない。さて話はもどるが、その後、美術出版社は再生し、「美術手帖」は今も若々しくマンスリーアートマガジンであり続けている。この謝辞の冒頭を踏まえていえば、「美術手帖」編集長岩渕貞哉氏がわたしに声をかけることがなければこの本はこの世になかった。岩渕氏に遅ればせながら深く感謝する。もちろん福永信にも深く感謝する。版元変更で出版できることについて著者各位は、よかったじゃないか、とエールを送ってくれた。深くその優しさに感謝する次第である。本書を見ればあきらかであるが新潮社の校閲者小川雅子氏には大変苦労をかけた。今、これを読んでいるはずである。感謝する。あらためて円城塔、山崎ナオコーラ、いしいしんじ、古川日出男、柴崎友香、岡田利規、阿部和重、栗原裕一郎、青木淳悟、最果タヒ、長嶋有の各氏に感謝する。本書の完成までそれぞれの短編集への収録を快く待ってくれたことにも深く感謝する。小説をふだんは書く側にいるはずのわたしであるが、この企画と共に過ごした時間がなければもっと小さく小説をとらえて過ごしていたと思う。不安もあったが、多くの人達に支えられて無事にこうして、アンソロジー集が刊行された。

この企画を始めてからというもの受信トレイに（1）と表示されているだけでとてもうれしくその数字にどれだけ編者は励まされたことだろう。それはこの企画への著者達からの快諾のメールであり、神保町での待ち合わせ場所の確認のメールであり、こちらの不躾な催促に対するすぐ送るという誠実なメールであり、作品が添付されたメールであり、ビジュアルの仮レイアウト版のデータであり、三月、上京を心配するメールであり、古川さんからの「頑張りましょう。それぞれが、やれることを」と書かれたメールであり、加藤木さんからの「ご提案とてもうれしく、ぜひ、お力になれたら、と思います」のメールであり、コルク三枝亮介氏からの「リブートしたとのこと、おめでとうございます！」とのメールであり、父からの「お金はだいじょうぶなのか、小説は書いているのか」のメールであり、名久井さんからの「本ができる年になるね」と書かれたメールであり、父の手術の日程を知らせる母からの慣れないメールであり、honto 最大三〇〇〇ポイントプレゼントキャンペーンをお知らせするメールであり、朝日新聞デジタルからの「号泣県議」が出廷ドタキャンという件名のメールであり、加藤木さんからの何度も締切を過ぎた謝辞のこの原稿を催促する「もうリミットです！」のメールである。様々な（1）に感謝する。二〇一六年現在に感謝する。それ以降の人間世界の存続に期待する。この謝辞を最後まで読んでくれた読者に深く感謝する。ありがとう。

編者

あとがき

アンソロジーは昔から好きでした。作品そのものだけでなく、なんというか、作品とは別のものを一緒に読んでいるように思えるからです。

私はアンソロジーを読んでいると、いつもそんな散漫な気持ちになります。なぜ、この作家なのか。どうしてこのような作品なのか。なんでこんな順番で、ならんでるのか。気になってしょうがなくなります。一冊のそのアンソロジーがそこになければ、まったく、さっきまで、気にならなかった、思いつきもしなかったことなのに。

雑多な考えが好きでした。整理できないこと、わからないことが多いほど、おもしろいと感じます。たとえば文章は、お行儀よくならんでいるように見えながら、ほんとは雑多なものです。整理できないから散文になるんだし、書けば書くほど、読めば読むほどわからないことが増えていくのが、文章の世界のフシギさです。

一日という単調さのなかで、雑多でいられること、整理を放棄すること、わからなさを許容すること、それらができる時間は、ごくわずかです。私達は、子供のうちから、段落なんて言葉までおぼえて、言葉の世界でさえ、整列してきました。でも、ほんとはそうではないんです。文章とは、ほんとうは、ばらばらなものです。一文一文はたがいに無関係といってもいいくらいです。飛び跳ねたり、転んだり。死んだフリしたり。にやって笑って起き上がって膝小僧払ってあらぬ方向へ駆け出したり。それなのに、私達は、目をつぶって、「まともなこと」をつい、考えてしまいます。順番にならんでいて、それをたどっていくと目的地に到着する、そこでようやく理解できるとでもいうように考えてしまう。でも人間の前にはほんとは、方向なんてありません。いつでも自由に動いています。本を読みながら、そこから外れて、色んなことを思い浮かべます。色んな、たくさんのことを。

アンソロジーに取り柄があるとしたら、それが、かりそめのものであるということです。いつか、それぞれの短編は、それぞれの作家の短編集の中に居場所を見つけるでしょう。この本でのならびは解かれ、ばらばらになるでしょう。アンソロジーに収録された作品はおたがいに無関係だったのですから、それは自然なことです。アンソロジー集は本屋さんの棚にずっとあるわけではありません。たぶん、意外とすぐ消えてしまいます。悲しいような気もしますが、でも、だから、こうして出会えたのかもしれませんね。

この本のどの作品も、まともではありません。「まとも」な読者からすれば、ふざけていると思うこともあるでしょう。でも、「ふざけるな」、そう思ったとき、すでにその「まとも」な読者も、ぼくらの仲間です。そうなんですよ。ここにある作品はどれも、誰も、たったの一人も、仲間外れにしないんです。読者が死んでしまっても、その友情は消えません。作者が死んでも、何も消えません。絶対に、何一つ、消えないんです。このアンソロジーは、大きな仲間意識というものから外れていると常に意識している人間達で、ある限られた時間の中で、一緒に作った本なんです。

装幀　名久井直子

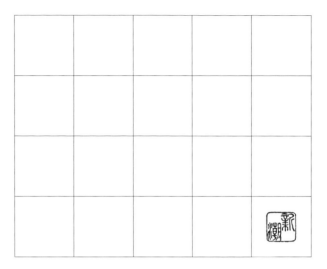

小説の家（しょうせつのいえ）

著者

柴《しば》崎《さき》友《とも》香《か》
岡《おか》田《だ》利《とし》規《き》
山《やま》崎《ざき》ナオコーラ
最《さい》果《はて》タヒ
長《なが》嶋《しま》有《ゆう》
青《あお》木《き》淳《じゅん》悟《ご》
耕《こう》治《はる》人《と》
阿《あ》部《べ》和《かず》重《しげ》
いしいしんじ
古《ふる》川《かわ》日《ひ》出《で》男《お》
円《えん》城《じょう》塔《とう》
栗《くり》原《はら》裕《ゆう》一《いち》郎《ろう》

編者

福《ふく》永《なが》信《しん》

発行 2016年7月30日

発行者 佐藤隆信
発行所 株式会社 新潮社
〒162-8711 東京都新宿区矢来町71
電話 編集部 03-3266-5411
読者係 03-3266-5111
http://www.shinchosha.co.jp

印刷所 大日本印刷株式会社
製本所 加藤製本株式会社

乱丁・落丁本は、ご面倒ですが
小社読者係宛お送り下さい。
送料小社負担にてお取替えいたします。
価格はカバーに表示してあります。

© Shin Fukunaga, Tomoka Shibasaki, Toshiki Okada, Nao-cola Yamazaki, Tahi Saihate, Yu Nagashima, Jungo Aoki, Haruto Ko, Kazushige Abe, Shinji Ishii, Hideo Furukawa, EnJoe Toh, Yuichiro Kurihara 2016, Printed in Japan

ISBN978-4-10-354050-2 C0093